◇校史研究专项课题重点项目（2015XSYJZX）成果
◇安徽师范大学校史编写项目（061628）成果
◇2018年度安徽省哲学社会科学规划项目（AHSKY2018D65）成果
◇安徽师范大学“庆祝中国共产党成立100周年”专项课题重点项目（QZJDBN2021XZD03）成果

安徽师范大学
校史研究资料选编

（第二辑）

陈孔祥　薛　芳◎编

安徽师范大学出版社
ANHUI NORMAL UNIVERSITY PRESS
·芜湖·

图书在版编目(CIP)数据

安徽师范大学校史研究资料选编.第二辑/陈孔祥,薛芳编.—芜湖:安徽师范大学出版社,2022.5

ISBN 978-7-5676-5160-9

Ⅰ.①安… Ⅱ.①陈… ②薛… Ⅲ.①安徽师范大学—校史—史料—汇编 Ⅳ.①G649.285.4

中国版本图书馆CIP数据核字(2021)第110775号

ANHUI SHIFAN DAXUE XIAOSHI YANJIU ZILIAO XUANBIAN (DI-ER JI)

安徽师范大学校史研究资料选编(第二辑)

陈孔祥　薛　芳◎编

责任编辑:马飞飞　李晴晴　　责任校对:祝凤霞

装帧设计:张　玲　姚　远　　责任印制:桑国磊

出版发行:安徽师范大学出版社

芜湖市北京东路1号安徽师范大学赭山校区

网　　址:http://www.ahnupress.com/

发 行 部:0553-3883578　5910327　5910310(传真)

印　　刷:江苏凤凰数码印务有限公司

版　　次:2022年5月第1版

印　　次:2022年5月第1次印刷

规　　格:700 mm × 1000 mm　1/16

印　　张:18.5

字　　数:295千字

书　　号:ISBN 978-7-5676-5160-9

定　　价:68.00元

《安徽师范大学校史研究资料丛书》
编委会

《安徽师范大学校史研究资料选编(第二辑)》编委会

前　言

安徽师范大学是安徽省建校最早的高等学府，也是全国建校较早的高等学府之一。学校自1928年创建以来，经历了省立安徽大学、省立安徽学院、国立安徽大学、安徽大学、安徽师范学院、皖南大学、安徽工农大学、安徽师范大学等办学时期。

《安徽师范大学校史研究资料选编（第二辑）》基于安徽师范大学历届党代会（党员大会）文献资料整理汇编而成，再现了1959年6月中共安徽师范学院第一次党员大会至2019年12月中共安徽师范大学第十一次代表大会的历史。

本书实录了安徽师范大学历届党代会（党员大会）的相关资料，附有安徽师范大学党的建设大事记，再现了中国共产党安徽师范大学基层组织在各个办学时期的奋斗历程。

全书近30万字，通过再现安徽师范大学历届党代会（党员大会）的历史原貌，真实地反映了不同办学时期安徽师范大学党的建设取得的主要成就、形成的丰富经验，是见证安徽师范大学建校以年来党的组织领导学校风雨兼程、励精图治、开拓进取的珍贵资料。

安徽师范大学党建史是安徽高校党建史的缩影，是安徽党史的重要组成部分。本书的出版是安徽师范大学档案馆档案编研工作的重要成果，既可为安徽师范大学强化党的建设工作提供借鉴和经验，又可为深入研究安徽高校党建史乃至安徽党史提供极具价值的基础材料。

目　录

中共安徽师范学院第一次党员大会

会议概况

中共安徽师范学院第一次党员大会于1959年6月14日至17日召开。学院全体党员参加会议。大会听取了万立誉同志代表院党委所作的工作报告。大会由倪新民、李东方、王立富、陈忠华、石锡侯、张良先后担任会议执行主席。大会一致通过中共安徽师范学院第一次党员大会的决议。

会议日程

6月14日下午:通过主席团名单,主席团就位;开幕式,大会开始,奏国际歌,张良同志致开幕词;万立誉同志作工作报告

6月15日上午:万立誉同志继续作工作报告

6月15日下午:大会发言

6月16日上午:大会发言

6月16日下午:大会发言

6月17日上午:大会发言;通过党委工作报告决议;闭幕式——童世杰同志致闭幕词,奏国际歌,大会闭幕

说明:(1)每天上午八时开会开到十一时半,每天下午二时开会开到五时半,和全校作息时间表相符。

(2)大会发言次序由大会主席团决定,执行主席在执行职务时依次宣布。

(3)大会进行时主席团可以机动时间,上午及下午中途可休息十分钟。

(4)开幕式执行主席宣布开会时立即奏国际歌。

(5)在闭幕式执行主席宣布散会时继续奏国际歌,全体党员在国际歌声中奔赴各自工作岗位。

执行主席名单

6月14日下午:倪新民

6月15日上午:李东方

6月15日下午:王立富

6月16日上午:陈忠华

6月16日下午:石锡侯

6月17日上午:张　良

工作报告

中国共产党安徽师范学院委员会向第一次党员大会的工作报告(节选)

(1959年6月14日)

一

第一,加强了政治思想工作,改变了我院师生员工的精神面貌。

1958年,开展了更深入更具体的整风运动。通过这一系列运动,我院师生员工的思想觉悟大为提高,精神面貌有了显著改变。

通过教育方针的学习和劳动锻炼,绝大多数人都初步认识到教育必须为无产阶级政治服务,教育必须与生产劳动相结合,并且认识到社会主义教育事业必须由党来领导,认识到党不仅能够领导政治,而且也能够领导教学和科学研究。因此,不仅在政治思想上要继续进行自我革命,而且在教育思想和学术观点上也必须进行深刻的批判。于是,在这种思想基础上,开展了学术批判运动。学术批判后,许多人要求学习马列主义理论和新的科学知识。这样,他们就在红专的道路上又迈进了一大步。

由于党加强了政治思想工作，我院政治空气大大活跃，师生员工的政治热情空前高涨，学习马列主义理论和关心国内外形势已形成一种风气。有的人过去对政治漠不关心，现在却一天不看报就感到好像有一件未遂的心愿。民主生活大为活跃，学生的组织性、纪律性和集体主义精神有了进一步的加强。总之，政治思想工作取得了很大的成绩，我院知识分子队伍的精神面貌有了显著改变，大多数人都有了不同程度的进步。在我院，一个既有集中又有民主，既有纪律又有自由，既有统一意志又有个人心情舒畅、生动活泼的政治局面正在日益发展起来。

第二，全面地贯彻教育为无产阶级政治服务、教育与生产劳动相结合的方针。

我院党的领导的全面确立和加强，师生员工政治觉悟的提高，为深入开展"教育革命"创造了条件。去年8月至9月，全体师生员工认真地学习了教育为无产阶级政治服务、教育与生产劳动相结合的方针，并以党的教育方针，特别是以教育与生产劳动相结合的问题为中心，开展了一场激烈的辩论。

通过辩论，广大师生员工对"教育超政治""教育不能与生产劳动相结合"等教育思想和教育方向进行了分析批判，比较深刻地认识到教育工作中脱离政治、脱离生产、脱离实际所造成的严重危害。于是，运用党委领导下的师生结合的群众路线的方法，制订了新的教学计划和教学大纲，并根据新的教学计划和教学大纲，着手编写新的教材。这些新的教学计划和大纲，基本上贯彻了党的教育方针，符合我院培养目标的要求。具体表现在：

1.加强了政治思想教育。各系科都增加了政治课的时数，并在政治课教学中密切结合当前革命斗争实践，使政治思想性大为提高。中文、历史、地理、数学、化学等系除了每周8小时的社会主义思想教育课外，还开设了哲学、政治经济学等政治理论课。中文系以毛主席著作为纲，增设了毛泽东文艺思想、中国现代文学、当代文选等课程。历史系新开了毛泽东著作研究、唯心主义历史观批判等课程。理科各系都强调以辩证唯物主义的理论阐述自然科学，批判唯心主义和形而上学的观点。

2.把生产劳动列入正式课程。全年按照"一、三、八"的规定，进行教学、生产劳动和休息的具体安排。根据各系科不同特点，劳动采取集中和分散两种办法。文科以下乡下厂为主,结合校内劳动;理科以在校内工厂农场劳动为主,结合下乡下厂,以此贯彻教育与生产劳动相结合的方针。

3.贯彻了理论联系实际的原则。生物系将原来的植物课程——植物形态学、植物分类学改编为以经济植物为纲的植物学,将原开设的动物学课程——无脊椎、脊椎动物学改编为以经济动物为纲的动物学。同时,加强了农业课程,把农业基础知识改为植物保护学、作物栽培学、土壤肥料学、家禽家畜饲养等四门课程来讲授,生产实践内容大为丰富。历史、地理、艺术等系科增加了安徽乡土教材。数学系也增设了密切联系实际的概率论与数理统计、微分方程、线性规划等课程。

4.贯彻了厚今薄古、古为今用的方针。中文系在古典文学的教学中,运用毛主席的文艺思想来进行分析,并把历代劳动人民的创作提到了应有的地位,同时适当地缩减了古典文学的教时,增加了现代文学的教时。历史系也适当增加了近代史和现代史的教时,并单独开设了中华人民共和国史这一课程。在教学中,以历史唯物主义的观点对历史事件和历史人物重新评述,突出地阐明了劳动人民在历史上的作用。通过课堂教学,对学生进行了四个基本政治观点的教育。他们对一些和当前革命斗争有密切关系的问题,进行了详尽的分析。如:他们着重讲授了台湾的历史,有力地论证了台湾自古以来就是中国的领土;在世界近代史教学中着重阐述了科学共产主义诞生的历史。

5.增设了一些尖端科学的课程,用世界上最新科学成就充实教学内容。数学系增设了计算数学等课程,化学系增设了稀有元素等课程,物理系增设了半导体物理等课程。

6.在教学方法上,以课堂教学为主。理科适当采取课堂教学和现场教学相结合的方法,文科适当采取课堂教学与社会实践相结合的方法。化学系把工业化学实验课搬到工厂。外语系开展课外会话活动,把所学知识与实际运用紧密结合起来。中文系在下乡下厂期间,围绕生产劳动和创作进行了社会主义思想教育、毛泽东文艺思想、当代文选、习作等四门课的现场教学。

第三,大搞生产劳动。

大搞生产劳动,是贯彻执行教育与生产劳动相结合、理论联系实际的方针的集中表现。一年来,我院在勤工俭学的基础上,掀起大办工厂、农场,大炼钢铁的运动。全体师生员工破除迷信,解放思想,干劲十足,试制了显微镜、焦炭破碎机、手风琴等很多产品,生产出大量焦炭、钢铁、细菌肥料、纸张等,并为科学研究加工了许多机械配件。收获各种农作物4万多斤。为国家创造了财富,为学校增加了教学设备,并且直接支援了国家的经济建设。全院经过几次调整合并,现在办有光学仪器厂、金工厂、硫酸厂、风琴厂、纸厂等工厂,两个农场,并与校外30多个生产单位挂上了钩,建立了密切的联系,从而为教学、生产劳动、科学研究三结合初步建立了一些劳动基地。与此同时,还组织师生员工参加了农业抗旱、工业运煤和灭钉螺等社会公益的义务劳动,使学校教育与整个社会主义建设实践得到了更好的联系。

由于加强了劳动教育和劳动锻炼,师生员工中绝大多数人不仅改变了轻视体力劳动和轻视体力劳动者的观点,而且更加热爱劳动,热爱劳动人民。因而有许多人都交了工农朋友,虚心向工农学习。同时他们也深切地体会到集体力量是巨大的,从而加强了组织性、纪律性和集体观点。此外,从辛勤劳动中,他们也真正懂得了“一粥一饭来之不易”,懂得应该艰苦朴素,树立了勤俭节约的风尚。

通过生产劳动的实践,学到了生产技术,锻炼了独立思考和解决实际问题的能力,从而提高了教学质量。化学系同学过去学了分析化学,不会化验矿石,通过分析厂的生产劳动,不仅掌握了化验的技能,而且独立编写出化验的讲义;有的同学在炼焦中成为“老师傅”“土专家”,有的同学还能讲授硫酸的工业制法,受到师生的好评。中文系师生过去讲“生活是创作的唯一源泉”,总是理解不进去,这次下乡下厂才真正体会到“人不吃饭难活命,诗离生活写不成”的道理。艺术科音乐组不少同学都初步学会制作风琴的技术。现在,无论是文科还是理科,一般都能联系实际,进行创造性的学习。

第四,面向教学、面向生产、面向尖端,全院师生员工结合教学和生产劳动,大搞科学研究。

过去认为科学研究高不可攀,青年教师不能搞,同学更不能搞,而有些教授、讲师搞科学研究,又往往从故纸堆里找题目,很少具有实际价值,科学研究弄得冷冷清清,空空洞洞。现在,科学研究由于破除了迷信,解放了思想,在面向教学、面向生产、面向尖端的方针指导下,采取了在党的领导下的师生结合的群众路线的工作方法,一年来取得了很大的成绩。去年8月到10月,仅三个月的时间,我院就制成了模拟式电子计算机、垂直光束干涉仪和双面镜,制成了切片机、显微镜和用于原子能科学的记纹式示踪原子计数器;制成中子减速剂氧化铍、半导体原料等900多项产品,其中有不少项是尖端产品。这些成绩对提高教学质量和对我省经济建设以及对新兴科学的研究,都有一定的意义。在这胜利的基础上,又在今年五个月的时间内,完成了340多项的研究。物理系制成光敏电阻、热敏电阻、晶体二极管、三极管,试制成自动报警器、报温器和半导体收音机;化学系在硅和锗等稀有金属及高分子的合成方面,正在积极地攻技术关,为提高纯度而努力;生物系制成金霉素、土霉素和赤霉素以及放射探测仪器多种;地理系制成袖珍辐射仪、偏光显微镜;数学系制成对称系数四阶行列式电子模拟计算机,创造珠算除法的改革——"撞十数",求出芜湖市降雨量强度公式。以上均是在条件差、设备少的极端困难情况下完成的。同时各系科还写出解决生产实际与提高教学的专题论文、调查研究报告、科学研究资料和总结100余篇,加强了对于科学技术的发展具有深远影响的基础理论的研究。此外,还协助中共芜湖地委开办了同位素应用训练班,培养干部。积极建立基点,开展研究工作。所有这些,无疑将会把我院的科学水平不断地推向高峰。

第五,开展群众性的文体活动。

在全面地贯彻执行党的教育方针,大力开展勤工俭学、大搞科学研究的过程中,我院还开展了经常性的群众性的丰富多彩的文体活动。在坚持业余和普及与提高相结合的原则下,在文娱活动方面出现了能歌善舞的活跃气象。一年来,各系科在校内外举行演出和联欢三十余次。体育工作亦有很大的成绩,全院同学基本达到了劳卫制一级、二级等级运动员、等级裁判员的水平,通过了普通射击手测试,并取得军用步枪射击满堂红。在普及基础上,体育技术水平亦迅速提高。破全国纪录2项,破省纪录13项,荣获国家运动健将称号的1人,达到健将水平的4人,通过一级运动员67人,二级运动员352人。"除四害、讲卫生"工作已经做到经常化,并取得了良好的成绩。由于群众性文体活动的开展,多数人增强了体质,提高了健康水平。

民兵师的建立,在工作和学习中贯彻组织军事化、行动战斗化、生活集体化和管理民主化,组织性纪律性加强了。通过军事训练,学习一些军事知识,国防观念也加强了。

第六,改进了行政工作,提高了行政工作效率。

一年来,行政工作有了很大改进。在教学、生产劳动和科学研究等方面获得的巨大成绩,是与行政工作人员的努力分不开的。他们根据勤俭办学的方针和教学、生产劳动、科学研究三结合的要求,深入群众,总结经验,修改和制定了各项规章制度,积极地改进工作。例如图书馆、卫生科都打破了过去常规,实行三班制,给群众以极大方便。在财务管理上,根据少花钱多办事的原则,注意了节约开支、合理使用。教学仪器设备的利用率也有了提高。许多同志都改进了服务态度和工作方法,主动地关心师生的生活福利,大力满足教学和科学研究中的各种需要。由于行政工作在教学和科学研究上发挥很大的作用,不仅密切了职工与师生们的关系,而且加强了职工的责任感,使他们更热爱自己的工作,决心拿出更大的干劲,做好工作。

综合上述,1958年我院获得的成绩是巨大的。但是我们在1958年的工作中也存在着一些缺点。例如,有些工作还做得不够深刻、细致,个别同志还有简单化和急躁情绪;在进行工作时,干劲大、敢想敢说敢做,但在处理个别问题上,还不够冷静,还缺乏科学分析的精神。因此,我们必须再接再厉,克服缺点,发扬优点,总结经验。

二

一年来的实践,使我们深深地感到,不仅要充分地认识到党的教育方针的正确性,更重要的是在于如何采用正确的方法和措施,以保证党的教育方针的全面贯彻。在这方面,我们的体会是很多的,基本的有如下四点:

第一,确立和加强党的领导,是一切工作取得胜利的根本保证。

由于确立和加强了党的全面领导,因而全院出现了蓬勃的发展局面,坚持了社会主义的方向。一年来的事实生动地证明:学院由党领导,这是关系到学院性质和发展方向的根本问题,是把教育事业引向何处去的原则问题,谁要是在这一问题上认识不清,谁就会犯原则性错误。

党对我院工作如何实现全面领导呢?这是一个必须解决的问题。根据一

年来的经验,我们认为:

1.加强政治思想工作。毛主席说:“没有正确的政治观点,就等于没有灵魂。”首先应加强政治理论教育。除政治教育课进行必要的改革外,还实行党委领导干部、总支书记兼任政治课教学,政治课教师则兼任党团工作和班主任工作,克服过去政治理论教育脱离实际、脱离政治思想工作、脱离专业教育的现象,而把它们有机地结合起来;同时在政治理论教育中,贯彻“两条腿走路”的方针,既进行系统的理论教育,又结合党的中心任务和国内外重大事件进行时事政策教育,使广大师生员工紧密联系当前的革命斗争实际,领会党的方针、政策,培养马克思列宁主义的四个基本观点(阶级观点、群众观点和集体观点、劳动观点、辩证唯物主义观点),提高政治觉悟,运用马克思列宁主义的立场、观点和方法去学习专业知识。其次,在加强政治理论教育的同时,还根据党在各个不同时期的中心任务和师生员工中的思想情况,进行经常性的政治思想工作,在各项实际工作中不断务虚,交代方针政策,明确目的要求,启发群众自觉性,保证各项工作的胜利完成。

2.党的领导要深入到教学、科学研究工作中去。过去,一些认识模糊的师生,认为党能领导政治,不能领导教学和科学研究等业务。在贯彻党的教育方针时,我院党既抓政治,又抓业务,使政治与业务结合;既务虚、又务实,以虚带实、虚实并举;既抓生产劳动,又抓教学,把教学、科学研究和生产劳动有机结合起来,全面安排,推动了科学研究,又提高了教学质量。

3.健全党委的集体领导,坚持群众路线,充分发挥各种组织的积极作用。党不是党员的简单综合,而是以马克思列宁主义为指南的工人阶级的阶级组织的最高形式。因此党的领导,首先要在政治上加强党的统一和团结,学院的一切方针政策和重大问题,都必须经过党委集体讨论作出决定,然后分头去办。其次,要走群众路线。全党同志生活在群众之中,宣传党的方针政策,倾听群众意见,在实际行动中带领群众前进。这是实现党的具体领导的重要方面。同时,党的领导干部要深入群众、深入基层,种试验田,加强调查研究,依靠群众的智慧和力量,抓住工作中的重要问题,加以解决。只有这样,才能实现全面的具体领导。最后,要充分发挥我院行政、共青团、教工会、学生会、体协、各民主党派的组织作用。特别要实行党委领导下的院务委员会负责制。

在党委统一领导下,充分发挥各种组织的作用,各种组织的积极性主动性愈大,党的组织愈能摆脱行政事务,更能集中力量来解决我院的重大问题,检查和监督各种组织的工作,从而加强了党的领导。

第二,认真贯彻党的知识分子政策,是党在高等学校工作中一个十分重要的问题。

为了正确地执行党的知识分子政策,根据过去的经验,必须区别各种问题的界限,对问题要进行具体分析。不同的问题是具有不同的性质,应该采取不同的方法予以对待,这就可以避免把不同性质的问题混为一谈。所谓具体分析和区别对待,主要是分清以下几种界限:一是区别好心肠和坏心肠。对好心肠讲了些错话的人,要用好心肠对待他们,耐心解释,热情帮助。只是对那些坏心肠恶意搬弄是非的人和反革命分子,才要严肃对待。二是区别合理要求和思想问题。对一切合理要求,要耐心听取,认真研究,不要都当作思想问题加以批判。三是要分清政治问题和思想问题的界限。在思想问题中,又要分清是根本观点的错误还是认识方法的错误。四是对人们道德品质方面的问题,也要区别轻重、情节的不同,对一般性的问题都要采取教育帮助的态度。五是在学术问题上,要允许人们"争鸣",在艺术上要允许有方法、风格、形式的差别,允许选择的自由,不要强求一律。

第三,全面贯彻党的教育方针,是提高教学质量的根本关键。

在学习党的教育方针时,有的人曾经怀疑教育结合生产劳动会不会降低教学质量。经过一年来的实践,事实告诉我们,只要是妥善地安排了教学、生产劳动和科学研究,不仅不会降低教学质量,还会提高教学质量。首先,贯彻执行党的教育方针,有效地促进了广大师生员工政治思想觉悟的提高。其次,贯彻执行党的教育方针,把生产劳动正式列入教学计划,使生产实践和理论教学紧密结合,大大丰富了教学内容,培养出大批既有高深理论又有熟练生产技能的人才。最后,贯彻执行党的教育方针,广大师生员工经常参加劳动锻炼,促进了脑力劳动与体力劳动的结合,体质大为增强。综上所述,正确贯彻执行党的教育方针的结果,无论就德育、智育或体育来说,教育质量都有很大提高。事实证明,全面贯彻党的教育方针,是提高教学质量的根本关键。

经过一年多的摸索,在贯彻执行党的教育与生产劳动相结合的方针方面,我们有下列几点体会：

1.教学、生产劳动、科学研究三者的结合，应以教学为中心。我们把生产劳动安排在教学计划之内，并使生产劳动的内容尽可能地结合专业特点。为了便于结合教学安排生产劳动，我们筹办了十多个工厂和两个农场。规模较大的工厂，为了维持正常生产，保证产品质量，我们配备了固定徒工和专职的管理干部。在安排生产任务的时候，我们经常注意生产任务的分配要力求适当，以免生产任务过重而影响学生的学习。去年十一月间，我们曾规定“一、三、八”和“一、一、五”两条防线，现在看来，是有积极作用的。科学研究也以结合教学、生产劳动进行为主。科学研究的选题，大都是从教学实践或生产实践中提出来的，其中一部分是为进一步提高教学质量所必须解决的问题。如：历史系着手编写安徽地方史的工作，这是教学中亟待解决的乡土教材问题，对进一步提高教学质量意义很大。以教学为中心，围绕教学进行生产劳动和科学研究，有效地促进了教学质量的提高。

2.学生参加生产劳动的形式，应该根据系科专业特点作出不同的安排。我院学生参加生产劳动的基本形式有三种：一种是在学校自办的工厂或农场中参加劳动，一种是学校安排的下厂下乡的劳动，一种是参加社会公益劳动。理科学生以较多的时间在自办的结合专业的工厂或农场中参加劳动。如化学系自办了硫酸、试剂、糠醛、稀有元素、分析等工厂，该系有关工业化学、分析化学、无机化学等课程，都可在有关工厂现场教学和劳动实习。又如生物系学生通过参加自己培育的小麦丰产田的劳动，进行了选种和栽培密度、土壤和合理施肥等一系列的教学和科学研究活动。文科学生以较多的时间下乡下厂参加生产劳动，他们结合劳动，进行创作或社会调查。社会公益劳动，如支援大炼钢铁的搬运工作、灭钉螺等，则不分系科专业，有计划地组织参加。

3.关于参加生产劳动的时间问题，学生应多安排集中劳动的时间，少安排分散劳动的时间。分散劳动可以培养学生劳动的习惯，但在校内劳动基地未建好以前，安排不宜多。集中劳动有很多好处，理科便于系统地学习与掌握生产技能和劳动锻炼。如化学系二、三年级部分同学下乡下厂三个月，进行化验矿石和参加大炼钢铁的劳动，他们深刻地掌握了分析化学的操作和原理，并根据在劳动实践中所学的知识编写出26部有一定质量的简明分析化学教材。文科实行集中劳动，便于深入工农群众，进行社会调查和采风、创作。如艺术科下乡下厂参加劳动，结合采风，一个月内仅在阜阳地区就学会了唢呐、笙、嗨剧、梆子等近二十种民间乐器和曲艺。中文系学生下乡下厂劳动三个月，并结合进行现场教学和文艺创作，学生写作能力大为提高，创作了近四百万字的厂社史和革命斗争回忆录。历史系下乡一个半月，结合劳动开展社会调查，编写出近四百万字的历史资料和论文初稿，其中有不少是第一手材料。

4. 贯彻党的教育方针是一次深刻的“教育革命”。我们必须不断地加强政治思想工作，克服各个不同发展阶段上出现的思想障碍和抵触情绪。例如：在批判了不重视生产劳动的资产阶级教育思想以后，又出现了忽视读书、不愿学习系统的理论知识的错误倾向；最近，当我们强调读书时，有的人又企图否认参加生产劳动的重大意义，高唱闭门读书的滥调。我们必须不断地和这些错误思想作斗争，才能保证党的教育方针的正确贯彻。

第四，坚持党的群众路线，是党领导高等学校的基本方法。

一年多来的革命实践，使我们深刻地体会到：相信群众，依靠群众，充分发动群众，是执行党的教育方针的基本方法。贯彻党委领导下的教师、学生三结合，是党的群众路线在高等学校中的具体运用。而建立正确的师生关系，则是实现“三结合”的重要条件。

实践证明，教学、科学研究等工作必须贯彻群众路线。我们由于放手发动群众，依靠党团员和进步师生，并通过他们去团结广大群众，使党的方针政策变为群众自觉的行动，因而调动全院一切积极因素，在贯彻党的教育方针过程中不断地取得胜利。如在编写教学大纲和教材时，由于充分发动了群众，人人动手动脑，分头阅读书籍，广泛进行调查研究、搜集资料，各系科在短短的两个月内，写出了大部分教学大纲和教材。在科学研究工作中，也是如此。

三

我院在1959年至1960年8月一年半期间内总的工作任务是：进一步加强和巩固党的领导，团结全院师生员工，在1958年所取得的胜利基础上，继续贯彻党的教育方针，巩固和发展“教育革命”的成果，根据巩固、提高和适当发展的工作方针，采用精雕细刻的工作方法，逐步做好以教学为主的教学、生产劳动和科学研究三者的有机结合,努力提高教学质量,争取更大更好更全面的跃进,为把我院逐步建成一个共产主义的师范学院而奋斗。

第一,继续加强政治思想工作,深入开展社会主义和共产主义教育。

1.政治思想工作是一切工作的统帅和灵魂。要做好我院各项工作,在全体师生员工之中必须继续加强马克思列宁主义的教育,同各种各样的资产阶级思想展开坚决的斗争,提高师生员工的社会主义和共产主义觉悟,逐步树立工人阶级的阶级观点、群众观点和集体主义观点、劳动观点、辩证唯物主义观点;调动一切积极因素,以推动各项工作的开展。任何忽视或放松政治思想教育工作的倾向都是错误的,这样也是不可能顺利完成党所交给的任务的。

2.政治理论教育,应该坚决贯彻"两条腿走路"的方针,即同时进行"形势与任务"的教育和系统的理论教育。

根据一年来开设"形势与任务"课的经验,它是密切联系实际,引导群众关心国家命运、正确领会党的方针政策、提高政治觉悟,推动各项工作的一种很有效的政治教育方式,应该把它当作政治理论教育的一个重要组成部分列入政治课教学计划。目前"形势与任务"课的内容,应该以党的八届六中全会的决议、周总理在第二届全国人民代表大会第一次会议上的政府工作报告为中心,结合学习国内外形势和党的各项方针政策,以直接推动我院各项工作。

四门政治理论课,即社会主义和共产主义概论、中共党史、政治经济学和马克思列宁主义哲学,从1959年暑假后在各系科、班级分别开设。四门政治理论课是马克思列宁主义基础知识,在高等学校是必修的课程,我们必须把它教好学好。通过四门政治理论课的学习,使群众获得系统的理论知识,并结合学习党中央的有关文件,研究社会主义革命和建设中的实际问题,批判国际工人运动中的修正主义,借以提高共产主义觉悟和马克思列宁主义水平,逐步解决立场、观点、方法问题。

政治理论课的考试考查,也应当采取党总支、教师、学生三结合的方法,一面对所学习的理论知识进行考试考查,一面对学生的政治觉悟进行考察鉴定。

3.必须加强各级党组织对政治思想教育工作的领导。党团专职干部在做好政治思想工作的同时,应经过一定时期的艰苦学习达到一定理论水平后,参加一门政治理论课的教学或辅导工作;政治理论课教师在讲授理论课的同时,也应该兼做政治思想工作。

在有条件的系科，应逐步建立以党总支直接领导的，以下放系科的政治理论课教师和各班主任为主要成员的马克思列宁主义教研组，在马克思列宁主义教研室统一领导下，具体领导和掌握本系科政治思想教育和政治理论课教学工作。

4. 教职员的政治理论学习，除“形势与任务”的学习内容基本与学生相同以外，还应按照毛主席的指示，用心阅读斯大林著《苏联社会主义经济问题》、马恩列斯《论共产主义社会》、苏联《政治经济学教科书》三本书。此外还应学习毛主席所著的《实践论》《矛盾论》《关于正确处理人民内部矛盾的问题》等书。坚持每周六小时的政治理论学习制度，坚持理论联系实际的学习方法，并以自学为主，边读边想，结合座谈讨论和组织写作。

第二，全面合理地安排教学、生产劳动、科学研究，并使三者有机地结合起来，不断提高教学质量。

我院的任务，是为国家培养有较高社会主义觉悟、有较高科学文化水平、有健康体质的中等教育师资。我省教育事业的飞跃发展情况，要求我院培养的师资不仅在数量上要多，而且在质量上要高。这是我院面临的重要政治任务。

1. 教学是学校教育的主要任务，应该千方百计地不断提高教学质量，为国家培养出又红又专的社会主义建设人才。关于教学和生产劳动的时间安排，各系本科一般实行全年学习八个月，劳动两个半月，假期一个半月；专科一般实行全年学习八个半月，劳动两个月，假期一个半月；文理各系科可以根据不同情况进行具体安排。但教学时间全年最少不得少于八个月，劳动时间全年最少不得少于两个月。对所制订的教学计划、教学大纲，经过一次审查修订以后，采用边实践、边研究、边修改的办法，使之逐渐完善起来，符合高等师范教育的要求。生产劳动应列入教学计划，并制订生产劳动课的教学大纲。军事课程，因学习任务重，时间紧，暂缓开设，一般的军事训练，可以利用课外时间进行。

要大力抓好教材建设工作，因为教材是进行教学的主要依据，是提高教学质量的中心环节之一，必须根据主客观条件分清轻重缓急，有组织有计划有步骤地加以解决。目前一般教材可在原有基础上作适当的“删、减、增、补”继续使用,或者采用国内外比较好的教材,再另编写某些补充教材,以便做到每门课程都有教材和参考资料可供学生学习,且可腾出手来研究教学中的急需解决的问题,迅速提高教学质量。但我们还要抓紧教材建设工作,订出计划,组织力量,分期编写,要求各系科在两到三年时间逐步做到大部分课程都有水平较高的教材和参考资料。所有教材的编写修改,都要以马克思列宁主义理论和党的方针政策为指导思想,贯彻理论联系实际的原则,吸收最新的科学成就和各种实际斗争中的新经验,并注意各门课程之间和课程内部的联系。此外,还要注意正确处理“古今”“中外”的关系问题。

教育学和心理学已经过较深刻的教学检查和学术批判,并深入实际,进行了有计划地调查研究,搜集了大批资料,现正积极编写新的讲义,已完成初稿。决定从1959学年度开始系统讲授,力求继续不断提高其教学质量。其他公共必需课程,也要注意提高质量。

要改进和充实教研组的工作。由于生产劳动已列入教学计划,教研组不仅要负责完成教学任务,进行科学研究工作,而且还要结合教学和科学研究有计划地安排生产劳动,搞好“三结合”。教研组必须发挥集体作用,加强工作计划性,组织教师备课、进修、编写教材、观摩教学、总结经验、开展学术研究等等,并倾听和分析学生对教学、生产劳动和科学研究等方面的意见和要求,不断地改进教学,提高教学质量。

根据我院理科各系发展较快和进一步贯彻理论结合实践的教学原则,现有实验室及其仪器设备等已不能适应教学的需要,今后除通过生产劳动解决一部分专业实践问题以外,还应根据需要和可能,逐步扩充各种实验室,添置必要的仪器设备,并提高利用率,以巩固和提高学生的学习质量。

2.教育结合生产劳动是搞好教学和科学研究的根本因素,我们必须深入研究,创造生产劳动尽可能地与专业特点相适应的具体结合的途径和方法。根据过去的经验,生产劳动时间可以采取分散或集中使用的方法。在集中劳动期间,文科各系以下厂下乡从事生产劳动结合进行调查研究和创作为主,适当参加校内的生产劳动或其他劳动;理科各系以在学校自办的工厂、农场进行生产劳动,结合现场教学和科学研究为主,适当地下厂下乡进行生产劳动,培养与工农群众的思想感情。这样,使学生既有理论和实际知识,又与工农群众结合起来,因而真正掌握了较为完备的知识,成为社会主义所需要的人才。分散劳动时间每周目前暂以安排一个下午为宜,主要是在校内进行工农业的生产劳动和绿化美化学习环境、清洁卫生等工作。

3.科学研究应该安排在教育计划之内,必须与教学和生产劳动结合起来,使之经常化,成为提高教学质量的一种力量。科学研究计划应该建立在切实可行的基础上,首先注意解决教学和生产劳动中所提出的问题,再根据主客观条件,向尖端科学进军和开展基本理论的研究。每个系科不要使科学研究的任务过重,以致妨碍了经常的教学工作。科学研究必须继续破除迷信,解放思想,贯彻党委领导下的专家和群众相结合的群众路线。凡一切必须的和经过努力可能办到的科学研究项目,必须继续鼓足干劲,努力完成。1959年全院向国庆十周年献礼的十五个重点项目,这是各系科提出并经多次研究决定的,除有特殊原因外,应该下定决心,克服困难,互相协助,保证完成。此外,还要办好学报,发挥学报在提高教学和推动科学研究工作中的作用,在保证质量的前提下,争取每季出刊一期。

4.教育实践是教学计划中不可缺少的一部分,应该妥为安排并加强具体领导。为提高教育实践的效果,也可以采取"两条腿走路"的办法,即一面继续组织学生深入附近工厂、公社、机关大办学校,锻炼学生办学的能力;一面还要有计划地组织将要毕业的学生到附属中学和其他全日制中学进行教育实践,使他们熟悉中学教学的情况,并取得中学的教学经验。各系科教学法课程今后仍应开设,但教学内容和教学方法必须研究改进,力求切合实际;一般应与教育实践结合进行,既能加强教育实践的指导,又可学习有关教学方法的理论知识。

5.结合教学、科学研究,应该有目的、有计划、有领导地开展学术研究,以提高思想水平和学术水平。在学术研究中,必须继续贯彻"百花齐放、百家争鸣"的方针,提倡在个人艰苦钻研的基础上,进行学术上自由争论。对于学术问题上各种不同意见,应该展开充分探讨,允许保留不同的意见。对于比较复杂的一时不易作出结论的问题,不要忙于作结论;即使作出了结论,如果还有不同的意见,还可以继续研究和争论。每个人都应有"坚持真理,修正错误"的正确态度,要把学术研究和政治斗争区别开来,力求以理服人,防止简单粗暴和采取压服的方法。

6.在全面安排教学、生产劳动、科学研究的三结合,继续深入"教育革命"的过程中,要求我们根据处理人民内部矛盾的原则,采取"团结—批评—团结"的公式,运用教育说服的方法,善于分析和解决各种问题,以端正政治方向,保证我们在社会主义的道路上不断前进和提高。但是也应该提高政治警惕性,防止敌人的任何破坏活动。

第三,积极培养一支又红又专的教师队伍和干部队伍。

根据社会主义教育的要求,新的教师应该具有工人阶级的立场,马克思列宁主义世界观,理论联系实际的专业知识,密切联系群众并有走群众路线的工作经验,以及既能从事于脑力劳动、又能从事于体力劳动的能力。我院现有教师,一年来在政治上思想上业务上虽有显著的进步,但离上述要求还远,在数量上也很不足,与我院今后所担负的任务存在不小的矛盾。对这一矛盾除继续请求上级调配和兄弟院校支援外,必须按照自力更生的原则,有计划地逐步解决。

从教育事业的长远发展来看,必须大力培养青年教师。我院教师队伍中青年教师占大多数,他们一年多来,政治思想觉悟和教学业务有了迅速的提高,他们和老教师及同学一起在教学、生产劳动、科学研究中取得了显著的成绩,并且有的已成为教学和科学研究中的骨干。

行政工作是保证教学、生产劳动和科学研究顺利开展的重要因素,必须加强对行政干部的培养,建立一支又红又专的行政干部队伍。为此,必须组织他们学习马克思列宁主义和时事政策,坚持每人每天要看两至三份报纸和每周两个半天的政治学习制度,组织他们参加各种生产劳动,以提高思想觉悟,树立起全心全意为人民服务,为社会主义教育事业服务的观点。教育他们认真钻研业务,学习文化知识,以便在短期内成为业务上真正的内行,充分发挥积极性和创造性,不断地提高工作效率。对于先进事迹和工作中有特殊成绩的积极分子,给予适当的表扬和奖励,并鼓励在职干部,在搞好本岗位工作的同时,进行业余的科学研究、技术革新,开展社会主义的劳动竞赛,以促进我院工作的全面开展。

第四，关心群众生活，贯彻勤俭办学的方针，修订各种规章制度。

群众的干劲越大，越要关心群众生活。关心群众生活，正是为了保持群众的干劲，更有效地进行工作和学习。特别是青年学生正在长身体的时期，对他们的健康更要加倍关心和照顾。要使学生每天有八小时睡眠时间和每周大约有十八小时课外活动时间，在课外活动时间内，安排必要的会议（如党团组织生活）和体育、军事训练等活动最多不得超过九小时，其余时间由学生自由支配。星期日除清洁工作外，一般也不占用。体育活动可以增强体质，减少疾病，保证学习；提倡人人参加锻炼，并在普及基础上注意提高，以培养有相当水平的体育选手。但体育活动的时间应有一定的限制，除上体育课外，学生的体育活动应和军事训练、劳卫制锻炼结合起来，在课外进行，不能占用上课时间，训练体育选手应在课余时间进行，全院性运动会除有特殊需要以外，规定每学期只举行一次。学生的文娱活动应该充分执行自愿原则，以丰富多彩的内容、多种多样的形式吸引学生参加，不要强求一律，不要硬性规定任务。根据学生的爱好和特长，组织各种文艺社团，但全院性文娱会演的次数不能太多，每学期也以一次为宜，以免影响学习。对教职工的工作、学习、休息、睡眠的时间也应有一个适当的规定，以搞好教学和工作。一般规定每天工作八小时，睡眠八小时，吃饭休息四小时，除星期天外，每周尚有二十四小时，其中开会、文体等活动最多只用六小时，其余由本人自由支配，除特殊原因外，不应占用。

我院的行政总务工作，必须根据勤俭办学的方针和为教学服务的原则，不断地研究改进，订出合理的规章制度，实行民主管理，加强责任制，主动及时合理解决各种具体问题。伙食工作是群众生活最大的问题，必须加强领导，大力办好。一面发动管理人员和炊事员同志动脑筋想办法，在可能的条件下尽量做好饭菜，使大家吃得又饱又好又经济；另一方面要办好农场，尽可能地多养家禽家畜，根据需要有计划地种菜，依靠自力更生的办法，使大家尽快吃到质量较高、富有营养的菜肴。对于不在食堂吃饭的教职工的副食品供应，在可能的范围内给予适当照顾。对福利金、人民助学金应该主动、及时、合理地使用，使有经济困难的同志能够集中精力搞好工作和学习。

要加强卫生教育，督促全院人员搞好环境卫生，养成良好的卫生习惯。要充分发挥现有人力及物质设备的潜力，为教学、生产劳动、科学研究服务。

第五,巩固提高和适当发展函授教育,加强对附属学校的领导。

函授教育是我院帮助提高在职中学教师教学水平的一项重要任务,我们应在现有基础上,力求巩固提高并适当发展,以适应客观形势迫切的需要。各科函授的教学计划、教学大纲和教材,应根据党的教育方针和中学教学实际,加以适当的必要的修改补充。加强函授辅导工作,与各地教育行政部门和函授站密切结合,督促函授生坚持学习,并保证学习质量。

附中是学生进行教育实践的重要基地,应注意加强附中党的领导力量,充实师资设备。各系科要与附中建立密切联系,加强业务上指导,帮助总结经验,积极主动地帮助解决教学中的困难问题,争取把附中办成我省质量较高的重点中学之一,并在我院的各系科教学中起到它的应有的作用。

附属小学,暂委托附中直接领导,但学院也应帮助改进教学,在物质设备上给予可能的支援。

四

在党的领导下,我院整个面貌已经发生深刻的变化。全体师生员工从亲身的体验中认识到:只有党的领导,才能正确地贯彻党的教育方针,办好社会主义的高等师范教育。这就要求我院党组织一面要维护党对我院的绝对领导;一面要在实践中不断地努力提高自己的领导水平,认真做好一切工作。

加强党的组织建设和思想建设,这是进一步加强和巩固党的领导的基础。去年以来,我们又新发展党员46名,省委调来的干部26名,由此证明,我院党组织的力量正在不断增强。但是,党的队伍在数量上和质量上都还不能适应形势和任务的要求,我们必须继续加强建党工作。要在整风的基础上加强组织生活,经常开展批评与自我批评,严格党的纪律,加强支部的战斗堡垒作用,加强党内的政治思想教育,实行一年一次的整风制度,认真克服某些党员还存在着不同程度的个人主义、本位主义、个人英雄主义、自由主义和忽视政治的倾向。必须统一思想统一行动,把全党团结成坚强有力的战斗部队。在巩固党的基础上,根据中央的“积极慎重”的方针,开展发展党的工作。加强对积极分子的考察培养教育,应把那些又红又专确实具备党员条件的人吸收入党,要特别注意在党的力量比较薄弱的单位发展党员,争取逐步做到所有年级、班级和多数教研组都建立党的组织。此外，还应加强对预备党员的考察教育，在处理预备党员转正时要严格掌握党员标准。

依靠群众，走群众路线，是我党一切工作的根本路线。我们过去一年的工作经验证明：由于我们依靠了群众的大多数，大搞群众运动，以及实行了在党委领导下的教师、学生三结合的群众路线的工作方法，因而我院各项工作任务就能顺利完成。为了适应新任务的要求，今后我们在各项工作中必须继续贯彻群众路线，必须切实执行中共中央、国务院《关于教育工作的指示》中提出的六条办法，更好地运用大搞群众运动的经验，在党委领导下进一步将专家和群众、教师和学生很好地结合起来，以充分发挥群众的积极性和创造性，调动一切积极因素，不断改进教学，提高教育质量。同时我们还必须认识：群众路线，"三结合"的工作方法，并不排斥教师作用，而且应该充分发挥教师在教学上的主导作用，充分发挥每个教师的专长。这就要求教师在教学上要有高度责任心和民主的思想作风，不断地提高教学水平。同时学生应该尊重教师，虚心向教师学习，对于教师的错误观点，可以提出善意的批评和建议，帮助教师进步。这样才能真正做到教学相长，尊师爱生，巩固和发展民主团结的新型的师生关系，才能使我们有力量做好各方面的工作。

会议决议

关于中国共产党安徽师范学院委员会向第一次党员大会的工作报告的决议

（1959年6月17日通过）

中国共产党安徽师范学院第一次党员大会，在讨论了万立誉同志代表院党委所作的工作报告以后，一致认为院党委从整风运动以来，执行党的方针政策是正确的。这个报告全面地总结了过去的成绩和经验，恰当地提出了今后的任务。大会一致同意这个报告。

大会认为,院党委在中央和省委正确领导下,团结全党,团结全院师生员工,在整风运动和反右派斗争中、在贯彻党的总路线中、在执行党的教育方针中,都取得了巨大的成绩,使得学院的整个面貌发生了深刻的变化,党的全面领导进一步确立和加强了,无产阶级的教育体系初步树立了,从而为不断提高教学质量,培养又红又专的工人阶级知识分子队伍打下了可靠基础。

大会认为,院党委提出的"1959年至1960年8月的工作任务"是正确的、适时的。这个任务的提出,是在已经获得巨大成绩的基础上,根据巩固、提高和适当发展的工作方针,充分地估计到客观实际情况和主观能动作用,制订了稳妥可靠的计划,提出了切实可行的措施,全体党员必须紧密地团结广大群众,继续发挥冲天干劲,不断克服前进道路上的困难,保证完成和提前完成院党委提出的工作任务。

大会一致拥护院党委传达省委关于开展增产节约运动的指示。正确贯彻和执行省委指示,对于我院贯彻勤俭办学的方针,支援和发展工农业生产,使教育和生产劳动紧密结合,都有巨大意义。全体党员必须带动全体师生员工共同行动,形成一个声势浩大的群众性运动。

大会认为,全体党员必须和全院师生员工一道,更进一步地团结在院党委周围,调动一切积极因素,破除迷信,解放思想,戒骄戒躁,谦虚谨慎,为把我院建成新型的共产主义的师范学院而努力奋斗。

闭幕词

中国共产党安徽师范学院第一次党员大会闭幕词

(1959年6月17日)

同志们:

中国共产党安徽师范学院第一次党员大会,现在闭幕了。

我们这次大会的任务是:总结1958年的工作经验,讨论和决定1959年到

1960年8月的工作任务，提高思想，统一认识，团结全党和全院师生员工，调动一切积极因素，进一步贯彻党的教育方针和巩固、提高、适当发展的工作方针，提高教育质量，争取更大更好更全面的发展。

现在，我院党的领导已经全面确立和加强了，全院师生员工在党的领导下，提高了政治觉悟，更紧密地团结起来了，一个既有集中又有民主、既有纪律又有自由、既有统一意志又有个人心情舒畅、生动活泼的政治局面，正在日益地发展起来。

这些巨大成绩的取得，是在院党委领导下，依靠全党同志，紧密团结全院师生员工，共同艰苦奋斗、辛勤劳动、克服困难的结果。

这次大会是一次胜利的大会，团结的大会，亦是争取更大更好更全面的大会。大会的召开将对我院今后的工作产生深远的影响。我们全党同志必须进一步团结全院师生员工，拿出更大的革命干劲，认真严肃地为完成院党委提出的今后工作任务而奋斗。

我们坚信，这次大会一定能胜利地完成历史任务，全院师生员工在党的领导下一定能在今后各项工作中，取得更大的胜利，把我院办成一所新型的共产主义的高等师范学校。

最后，对参加这次大会的我院民主党派负责人和其他党外同志，表示热烈的欢迎，对给大会贺信的同志们表示衷心的感谢。

会议口号

1.全党和全院师生员工团结起来，立即开展一个以提高教学质量为中心的增产节约运动！

2.教育为无产阶级的政治服务，教育与生产劳动相结合！

3.做好以教学为主的教学、科学研究和生产劳动三者的有机结合，努力提高教学质量！

4.教学和生产劳动结合是提高教学质量的根本途径！

5.继续加强政治思想工作，努力学习马克思主义，深入开展社会主义和共产主义教育!

6.大力培养一支又红又专的教师队伍,不断提高师资质量,为无产阶级的教育事业服务!

7.调动一切积极因素,为把我院建成新型的共产主义师范学院而奋斗!

8.加强党的领导是完成学校各项工作任务的根本保证!

9.放手发动群众,大力开展学术研究!

10.全面安排师生员工的生活,贯彻勤俭办学的方针!

11.坚持贯彻群众路线的领导方法和工作方法!

12.发扬敢想、敢说、敢做、敢于坚持真理、敢于修正错误的共产主义风格,提倡踏踏实实、认真负责、实事求是的工作作风!

13.马克思列宁主义万岁!

14.中国共产党万岁!

中共安徽师范学院第二次党员大会

会议概况

中共安徽师范学院第二次党员大会于1960年2月14日至27日召开。出席大会的党员共286人,系主任以上干部和各民主党派负责人21人应邀出席了大会。主要议程是:传达中央和省委教育工作会议精神,总结第一次党员大会以来的工作和布置1960年的工作任务,选举出席省二届党代会的代表。大会听取了万立誉同志代表院党委所作的工作总结报告。万立誉、张教坛两同志当选为省二届党代会代表。

会议日程

2月14日上午:开幕式、传达报告

2月14日下午:传达报告

2月15日下午:传达报告

2月15日晚上:传达报告

2月16日下午:传达报告

2月16日晚上:选举我院出席省二届党代会代表

2月17日下午:讨论

2月17日晚上:讨论

2月18日下午:讨论

2月18日晚上:讨论

2月19日下午:大会发言

2月19日晚上:讨论

2月20日下午:大会发言

2月20日晚上:讨论

2月21日上午:大会发言

2月21日下午:大会发言

2月22日以后:总结报告、闭幕式

注意事项

一、报到

1.各总支(支部)统计出席人数,在2月13日下午向大会秘书处组织组报到,领取出席证。

2.列席大会的人员,由大会秘书处邀请,发给列席证。

3.大会工作人员一律发给大会工作证。

二、会议

1.凡出席、列席大会和大会工作人员,凭大会出席证、列席证和工作证出入会场。

2.参加大会人员因故不能参加大会的,应向各总支(直属支部)请假,由总支(支部)将缺席人数报给大会秘书处组织组。

3.到会人员请按时出入会场,不要迟到早退。

4.大会讨论以总支(支部)为单位分组进行,讨论中要有专人记录,讨论后应按问题分类整理;下午讨论于晚上九时,晚上讨论于次日上午十时前汇总大会秘书处秘书组。

三、文件

1.所有大会文件,由大会秘书处统一编号,总支(直属支部)按出席、列席大会人数,向大会秘书处领取。

2.大会所发文件、证件,必须妥为保管,不得遗失。

四、大会秘书处组织和办公地点

大会秘书处(设院长办公室)

秘书组(设党委办公室)

组织组(设党委组织部)

宣传组(设党委宣传部)

总务组(设总务处)

五、大会作息

上午会议　8:00—11:50

下午会议　1:30—5:20

晚上会议　6:30—9:30

执行主席名单

2月14日上午:张　良

2月14日下午:童世杰

2月15日下午:沙流辉

2月15日晚上:石锡候

2月16日下午:倪新民

2月16日晚上:张　良

2月19日下午:方荫生

2月20日下午:陈忠华

2月20日晚上:李东方

2月21日上午:王立富

2月21日下午:李东方

2月22日以后:陈　政、童世杰

开幕词

中国共产党安徽师范学院第二次党员大会开幕词

(1960年2月14日)

同志们:

中国共产党安徽师范学院第二次党员大会,现在开幕了。

从第一次党员大会以来,全国人民在党和毛主席的指导下,提前三年完成了第一个五年计划主要指标。我们为祖国的这种大好形势和所取得的巨大成就感到欢欣鼓舞。

一年来,我院在省委的正确指导下,同心同德,团结全院师生一道,实现了各项工作的大发展,在政治思想教学、生产劳动、科学研究、文体活动和教育行政等各项工作中都取得了巨大的成就。

在这样的大好形势下,召开这次党员大会意义是重大的。它标志着我院走向新的里程,进入新的发展阶段。最近,省委召开了大、中、小学的相关大会,更向我们提出了新的具体的奋斗目标。我们这次大会的任务是:贯彻执行中央和省委对教育工作的指示,听取和审查第一次党代会以来的工作报告,讨论以提高教学质量和开展科学研究为中心的各种工作问题。通过这次大会,进一步鼓足干劲,动员全党,紧密地团结全院师生员工,在总结学习党的八届八中全会文件的基础上,掀起一个全院学习毛泽东思想的高潮,进一步全面贯彻党的教育方针,大抓提高教学质量,大搞科学研究,勇往直前。

总之,我们这次大会,是团结的大会,鼓干劲的大会,是高举党的总路线和教育方针红旗,高举毛泽东思想旗帜,奋勇前进,不断革命,继续跃进的大会。

在这次大会上,我们邀请了一部分党外同志参加,在这里表示热烈的欢迎。为了圆满地完成这次大会任务,出席这次大会的同志必须认真开好这次大会,集中精力听取传达报告,做好报告笔记;在讨论中要认真总结各项工作经验,为了取得会议工作的更大进步,想办法提措施;要热烈地献宝献经,人人献计献策，集中到会同志的智慧，高速度地达到全国先进大学水平。

工作报告

中国共产党安徽师范学院第二次党员大会的总结报告（节选）

（1960年2月27日）

一、提高了认识，统一了思想，为我院各项工作的继续跃进在党内打下了思想基础

（一）进一步认识了毛泽东思想是一面旗帜，是一切工作的指针，不断提高自己的理论水平和觉悟水平

通过听取传达报告和展开讨论，大家进一步认识到毛泽东同志是最全面发展了马克思列宁主义，是当代最杰出的马克思列宁主义者，不仅是马克思列宁主义与中国具体实践相结合的典范，而且具有国际意义。毛泽东思想是放之四海而皆准的马克思列宁主义的真理，是社会主义革命和建设的指南，是教育广大群众站稳无产阶级立场，识别方向，分清大是大非，向右倾机会主义和现代修正主义进行斗争最锐利的武器。我们从事教育事业的人，学习毛泽东思想更有其迫切的意义。因为学习毛泽东思想对于改造思想、树立世界观具有巨大的意义，而且只有用毛泽东思想教育下一代，才能培养出共产主义的新人。有的同志对“只要听党的话，不学理论也不会犯错误”的糊涂思想作了自我批判，认识到一个共产党员应该是用马克思列宁主义武装起来的自觉的共产主义战士，只有学好了理论才能更好地在大风浪中辨认方向，才能在贯彻执行党的方针政策时把灵活性与原则性正确地结合起来，把工作做得更出色。有的同志主动地检查了把学习和工作对立起来的错误思想，认识到学好毛泽东思想是做好工作的前提。有的同志批判了自己在学习理论时的畏难情绪，认识到只要肯于钻研，钻进去，一遍、二遍、三遍，总会学会的。在提高了认识，统一了思想的基础上，目前全院已掀起一个学习毛泽东思想的热潮。各系科

纷纷成立了学习毛主席著作的小组,订立了学习毛主席著作的计划,并广泛地开展了学习毛主席著作的活动。

(二)认识到形势逼人,我们必须鼓足干劲,力争学校教育继续全面跃进

在讨论中,大家一致提出,在这次大会上受到了深刻的教育,认识到形势逼人,学校教育必须继续跃进。早在1955年12月,毛泽东同志即明确地指出:“中国的工业化的规模和速度,科学、文化、教育、卫生等项事业的发展的规模和速度,已经不能完全按照原来所想的那个样子去做了,这些都应当适当地扩大和加快”(《中国农村的社会主义高潮》序言)。目前,我国工农业生产正以一天等于二十年的速度向前跃进,这就要求教育事业必须紧紧地跟上去。在这样一个总的形势之下,我省中学教育奋马扬鞭,由落后水平跃居全国先进行列,在去年全国高考中得了第二名,这就更迫使我省高等教育非相应地追上去不可。基于这一情况,有的同志检查了自己过去的自满情绪,表示一定要克服自满情绪,力争更大跃进。有的同志认识到了中游思想对自己的危害性,认为在跃进的激流中,中游是站不住脚的。今日的中游,就是明日的下游。甘居中游,实质上就是下游思想。有的人提出要火烧中游思想,永远力争上游。

(三)破除了迷信,解放了思想,坚定了我院继续跃进的胜利信心

去年10月,我院制订了三年规划,提出要在三年内赶上国内师范大学的先进水平。当时,有些人虽跟着大家一起举手通过了这个跃进规划,但信心是不足的。他们觉得北京师范大学、华东师范大学,教授那么多,仪器设备等条件也比我们好,赶上这些学校谈何容易。在这次大会上,他们听到了许多活生生的事例,如巢县中学由落后水平跃居全省第一,受到了很大启发,深信“后来可以居上”的道理,从而坚定了实现我院三年跃进规划的信心。过去,也有的人认为多快不能好省,教育事业发展得太快了,就难以保证质量。在这次大会上,也受到了深刻的教育,认识到数量和质量是辩证的统一,把两者对立起来是不对的,数量的变化必然引起质量的提高。我省去年高中毕业生参加统考获得全国第二的成绩,而这一届高中毕业生都是1956年大发展时招收的。这个事实雄辩地说明了教育事业能够多快好省地发展。总之,在这次大会上,大家都受到了一次总路线的教育,破除了迷信,解放了思想,对我院各项工作的继续跃进,充满了胜利的信心。

(四)认识到函授教育的重要意义,决心搞好函授教育

广泛开展业余教育,是我国文化革命中的重大任务之一,也是培养干部的一个重要方法。函授教育是业余教育的一个重要组成部分,是在教育工作中贯彻"两条腿走路"方针的一项重要措施。函授教育的特点,在于它可以不受物质条件的限制,把分散在各地的人组织起来学习,可以充分利用原有的师资、设备开展教学活动,由少数教师指导多数函授生学习,这完全符合多快好省的精神。当前,我院急需发展函授教育以适应教育事业发展的需要。函授教育在将来有着广阔的前途。成千上万的在职干部和同志将要通过函授教育不断提高自己的政治水平和科学文化水平。在这次大会上,大家进一步认识到函授教育的重大意义,批判了认为"函授教育低人一等""函授教育马虎一点没关系"等错误思想。在提高认识的基础上,各系科纷纷表示要加强对函授教育的领导,保证把函授教育搞好。数学系提出今年函授生的招生名额要翻一番,由500人增加到1000人,并做到:①重点讲授、重点辅导和举办讲习会;②办8期函授刊物;③对教材作进一步的修改,使其达到国内先进水平;④及时答疑和批改作业。其他系科也纷纷提出了一些具体指标和措施,争取做到函授教育与面授教育双双跃进,以贯彻党提出的"两条腿走路"的方针。

二、总结和交流了我院连续两年的工作经验

各部门、各系科、各单位都有许多具体的经验,然而,归纳起来集中到一点,就是坚决贯彻执行了毛主席的指示:"高等学校应抓住三个东西:一是党委领导;二是群众路线;三是把教育和生产劳动结合起来"。

(一)坚持党的领导是教育工作不断跃进的根本保证

我们的教育工作之所以必须由党来领导,是因为我们的教育事业是社会主义教育事业,它是无产阶级改造旧社会和建设社会主义、共产主义社会的强有力武器,必须由党来领导。只有加强党的领导,才能保证教育工作的社会主义方向,才能保证党的教育方针的贯彻执行,才能更好地实现毛主席的指示:"应该使受教育者在德育、智育、体育几方面都得到发展,成为有社会主义觉悟的有文化的劳动者"。

党能不能够领导教育工作呢?实践证明:党是能够领导的。近两年来,我院

党的领导有很大进步。除调整5个系师生到我省新办的高等学校外,在校学生也有很大发展。1959年在校学生较1958年增长了50%。其中物理系是在1958年暑期重新创办起来的,现在学生人数已达400人。我院不仅规模扩展得很快,教学质量也普遍提高。1959—1960年度第一学期期终考试98%以上的学生成绩优良,这就是一个很好的例子。这些事实都是大家亲身经历的,难道还有什么值得怀疑的吗?因此,说党不能领导教学,完全是一派胡言,毫无事实根据。有同志说得很好:"我们党曾经一千次一万次被人们说成是'外行',但是到了最后,事实都证明我们的党是比任何内行还要内行一些。"

今后,我们要继续坚持党的领导。实践证明:哪里离开了党的领导,实际上就会是资产阶级的领导,就会变得死气沉沉,甚至会产生根本方向的错误;哪里有了党的领导,就会出现生气蓬勃、不断跃进的局面。目前我们要继续努力的,就是领导要深入细致,总结一套经验,掌握工作中的规律性。

(二)贯彻群众路线,是发展教育事业的有效方法

党的领导和群众路线是分不开的。在学校里走群众路线,第一,要解决专家与群众的关系问题。专家与群众结合,才能发挥其所长,贡献出最大力量。群众要解放思想,不要迷信,但也要注意与专家结合起来,发挥专家指导作用。现在主要问题是专家要相信群众、与群众结合。过去专家不愿与群众结合,受过批判,已有转变,但仍未完全解决问题。

第二,是建立新型的师生关系问题。应当在党的领导下,在教学相长的原则下,充分发挥教师的主导作用和学生的学习积极性,师生结合,促使教学质量不断提高,促使科学研究花多果硕。

第三,还必须密切老年教师与青年教师之间的关系。一般地说来,老年教师知识较丰富,教学经验也较多,但也有一些弱点。如有的老年教师体弱多病,精力不足;有的老年教师学术上有一定成就,背上了包袱,不敢大胆地干,怕干不好,有损自己的威信。虽然青年教师没有这些顾虑,精力旺盛,朝气蓬勃,干劲很大,进取心很强,但缺乏经验,知识领域也比较窄些。因此,要加强老年教师与青年教师之间的协作,积极发挥老年教师的指导作用,注意培养新生力量。对青年教师的教育除强调要鼓励他们向老年教师学习有用的知识外,还要教育他们破除迷信,解放思想,发扬敢想敢干的共产主义风格,并大胆

地把工作交给他们去做，让他们在干中学，在实践中提高。我们的思想必须明确：忽视老年教师的作用是不对的，但这是容易纠正的，最重要的是对新生力量的培养。如果忽视了这一点，对教育事业的发展和提高影响是很大的。

（三）全面地组织以教学为中心的教学、科学研究、生产劳动三结合

我们的培养目标是把学生培养成为德育、智育、体育全面发展的工人阶级知识分子。要实现培养目标，必须坚决贯彻党的教育方针。而全面地组织以教学为中心的教学、科学研究、生产劳动的三结合，则是贯彻执行党的教育方针的基本问题，也是提高教学质量的关键所在。教学与生产劳动相结合，使教学工作改变了脱离生产、脱离实际的状况，师生在生产劳动中获得大量知识，提高了运用自己所学的理论知识去解决实际问题的能力。教学与科学研究相结合，可以不断地以最新的科学研究成果丰富教学内容，就能够有力地促进教学质量的提高。生产劳动与科学研究也有着密切的关系，人们在生产劳动中学到的知识，需要通过科学研究，才能够上升为理论，并反映到教学中去。因此，必须做好以教学为中心的教学、科学研究、生产劳动三结合。对其中任何一方的忽视或削弱，对贯彻党的教育方针和提高教学质量都是不利的。

教育是否与生产劳动相结合，是区分无产阶级教育方针与资产阶级教育方针的根本标志之一。教学与生产劳动相结合是"教育革命"的核心。师生坚持参加劳动，是贯彻执行党的教育方针的根本问题。自从强调发奋读书，建立正常教学秩序以来，忽视劳动的倾向又有所抬头。有的人企图减少劳动或不劳动，有的人用科学研究挤掉了生产劳动，这是不对的。生产劳动对促进学生德育、智育、体育的全面发展有着重要作用。学生参加生产劳动不仅能改造思想，学习生产知识和技能，丰富感性知识，而且能使他们不断地碰到许多在教学和科学研究中没有碰到过的新问题，促进师生从理论上研究和解决这些问题，从而充实理论教学和科学研究的内容。科学研究活动中有些可以算作生产劳动，但不能全部算作生产劳动。一般科学研究不能代替生产劳动。

科学研究不仅是高等学校的一件重要任务，也是提高教学质量的重要手段。有的人认为"教学工作这样紧张，哪有时间搞科学研究？""教学工作是硬任务，科学研究是软任务。"这些看法都是不正确的。大搞科学研究提高了教学质量的事例，在我院是很多的。沙副院长已讲了，我不再重复。在以教学为

主的原则下,必须大搞科学研究。

三、明确了我院今后工作任务和努力方向

至于具体的任务,在童副院长、沙副院长、石副院长及其他同事的发言中,已经明确地提出来,党委基本上同意各部门发言中提出的各项任务。我在这里,仅就我院的几个主要任务讲一讲。

(一)系统地深入学习马克思列宁主义、毛泽东思想,进一步加强政治理论工作

首先,系统地深入学习马克思列宁主义、毛泽东思想,是当前极为重要的政治任务。我院教职员和学生在学习党的八届八中全会的几个专题以后,教职员开始学习政治经济学教科书社会主义部分,学生转入学习四门政治理论课,这些学习都应以毛泽东思想为纲,教职员和学生都应认真地阅读、钻研毛泽东同志的有关著作。学习马克思列宁主义、毛泽东思想,是为了改造思想,推动工作,因此,就不能看成是突击性的运动,应该坚持理论联系实际的学习方法,密切结合当前阶级斗争和个人思想实际,有计划地学习,作出合理安排。要遵照毛主席的指示,下决心,挤时间,养成习惯,持之以恒。每周除规定政治学习时间外,再增加一些时间来学习毛主席著作是可以的。

其次,学习马克思列宁主义、毛泽东思想,应该与写作相结合,以写作来推动学习。前次党委召开了写作会议,总支书记以上的干部,马列主义教研室教师和具有写作能力的同志都报了写作题目,要保证按时按质地完成任务。从第二季度开始,各总支都应该结合毛泽东著作写出1—5篇质量较高的文章。今后政治理论学习中,每学期要进行考试和考查。同志们如写出质量较高的文章,则可以以文章代替考试和考查。教职员政治理论学习成绩作为检查红专规划考察干部的重要内容之一。学生政治学习成绩(包括理论学习和思想鉴定)不及格,则坚决不能升级。再次,为了搞好马克思列宁主义、毛泽东思想的学习,不断提高全院师生员工的政治理论水平,各级党的组织要加强领导。党委和各总支都要成立理论学习领导小组,具体领导全院和各系科的理论学习,制订学习计划,及时总结学习经验,组织写作。马列主义教研室教师应该对毛主席著作进行专题研究,对教职员和学生的毛泽东著作学习进行辅导和提供必要的资料,以保证我院毛泽东思想的学习运动迅速地开展起来,坚持下

去，使各项工作都在毛泽东思想指导下胜利前进。

（二）进一步贯彻党的教育方针，千方百计地提高教学质量

我院是全日制的高等学校，一切工作都要以教学为中心。教学质量的高低，是衡量我们学校工作的根本标志。各级党的组织和行政领导都应深入到教学过程中去，全面地加强教学工作。现在我院在“教育革命”中制订的教学计划，经过多次修改，基本上已经审查定稿，如有必要，可以个别修改，但要经过批准。各科教学大纲没有编完的应迅速编完，已编完的还应该组织力量审查修订，使它更加契合党的教育方针的要求。对于教材建设要大力地抓。各科凡采用校外教材和苏联教材的，都不能生搬硬套，要根据教学大纲的要求，采用其实用部分，对所缺部分应该补充教材或结合我校实际予以编写；凡没有外校教材的，应组织力量编写，保证质量。各总支和系科室主任要有计划地对各科教材进行审查，并充分发挥教研组和教学组在修改教学大纲和教材建设中的作用。其次，要大抓各个教学环节，特别是要大抓备课、课堂教学、实验课、课后作业和辅导等几个教学环节。在备课这一环节中，给教师充分的备课时间，强调在教师个人钻研基础上的集体备课，做到备早、备全、备透。对于新开课的教师，要适当减轻他们的其他工作，并指定具有较高水平的教师对他们进行具体的帮助。在课堂教学中，应根据教学大纲规定的内容进行讲授，贯彻理论联系实际原则，启发学生进行独立思考，加强基础理论课。在系统讲授的基础上突出重点，讲透难点，做到概念清楚，保证教对、教懂、教会，不遗留问题。在实验课中，要加强主讲教师和担任实验课教师的联系和配合，妥善安排课堂教学和实验课的时间，编写实验大纲，具体规定实验课的目的、要求、时间和进度。实验结束后要作出总结。此外，如辅导、批改作业、教学检查，学期考试和教育实习等教学环节，也必须抓紧。再次，教师应该经常通过互相听课、观摩教学、评议会、经验交流会等各种方式，不断地改进教学方法，以便通过较好的教学方法，把较好的教学内容传授给学生。同时各教研组和教师要经常了解和研究学生的学习方法，指导学生做好课堂笔记和阅读参考书籍，对实验课、习题课和课外作业提出严格的要求，大力培养学生独立思考的能力。学生则应该在教师的指导下想办法、找窍门，养成认真读书、刻苦钻研的良好学风，不断地改进学习方法。教学是教师和学生的双边活动，只有在党的领导下，将教师的主导作用与学生学习的自觉性、积极性相结合，才能取得较好的

教学效果,不断地提高教学质量。再次,要积极为创办春季始业和五个新专业而准备条件。再次,要大力支持与协助附中提高教学质量。最后,教学是一个细致、复杂的过程,各级党组织和行政领导在贯彻党的教育方针、大抓提高教学质量的过程中,要及时检查和总结经验。另外可以以系为单位,组织一些人外出参观访问、取经、寻宝、看看形势。不断地提高教学,争取在我省高等学校统考中取得优异成绩。

(三)积极贯彻教育事业上"两条腿走路"的方针,大力办好函授教育

培养师资是教育事业的先行。在目前教育事业迅速发展、我省教师数量不足的情况下,积极贯彻"两条腿走路"的方针,大力办好我院的函授教育,对提高我省中学教师教学水平具有极为迫切的意义。为进一步搞好函授教育,首先要加强党的领导。各总支应该进一步加强对函授工作的组织领导与思想领导,建立与健全函授组织,教育函授教师热爱自己工作,在教学上积极发挥主导作用。同时,还要加强与各级教育行政部门和中等学校的联系,继续争取他们对函授教育的领导、重视与支持,帮助函授生解决工作与学习的矛盾,定期检查函授生的学习情况,及时督促完成学习任务,并加强思想领导,使函授生保持饱满的学习情绪。其次,要积极做好教材教设工作。由于函授教学的主要形式是函授生自学,而函授生在自学中的主要活动是钻研教材,因此,在组织函授教学中起决定作用的就是保证函授教材的质量和及时供应。编写函授教材,除应贯彻党的教育方针外,还要特别注意照顾函授生的实际水平和适应函授生的需要。由于我院的函授生90%以上都是有一定工作经验的中学教师,因此编写教材时应考虑到他们的实际水平,他们理解能力较强,有些内容可以适当深化。同时,函授教材应特别注意面向中学,密切联系中学实际,以解决函授生在当前教学实践中所迫切要求解决的许多疑难问题,对改进中学教学起直接的推动作用。为了保证函授教学能够按照进度进行,函授教材的供应必须及时。各系科必须督促函授教师按时交稿付印。函授部与印刷厂应密切配合,保证函授教材的及时印发。第三,要大抓各个教学环节。函授教育的教学过程,由自学、批改作业、辅导、重点讲授和考试考查等五个基本环节组成。自学是函授生获取知识的主要方法,搞好自学对提高教学质量有决定性意义。为指导学生搞好自学,各门课程的任课教师除编写教材外,还应编写教

学指导性文件，其中包括学习方法指示、课程计划、作业指导、自学进度表等。完成一定的作业是督促函授生自学的主要形式之一。教师通过批改作业，可以了解函授生完成教学计划的情况及消化理解教材的程度。教师必须认真批改作业，给予评分评语，按时发还给函授生。在自学过程中，教师还应加强对函授生的辅导。除了函授生随时把问题寄给教师，由教师个别函复外，有些共同性的问题可通过“函授教学”刊物作集体解答，或派出教师到各地作重点的口头辅导。函授教学中的重点讲授，可采用举办暑期讲习会的形式进行，主要是复习旧课和提示新课。指导函授生补做实验，并结合专业特点进行野外实习。考试和考查是系统地检查与巩固函授生所学知识的手段，必须认真进行。考试、考查前应进行辅导，以帮助函授生进行系统的复习。

（四）大搞科学研究，不断提高科学水平

第一，我院今年在全国和全省一盘棋的原则下，确定35个重大研究项目（随着形势的发展还可能增加），都是我国经济建设和国防建设中亟待解决的问题，与我院创办五个新的科学技术专业有着密切的关系。我们首先要加强领导，充分发动群众，建立专题研究小组，实行定题、定人、定条件，采取积极有效的措施，保证按时按量按质完成。在这个基础上，结合教学和生产实践，积极开展一般性项目的研究。在科学研究中要实行三级管理制度：重大项目，由学校直接抓；重要项目，由系科抓，科研处督促检查；一般项目由教研组负责，各系科督促检查。各教研组要指定专人管科研，高年级学生组织科研小组，低年级学生组织科技活动小组，自上而下和自下而上地统一组织，统一指挥，统一行动，充分发挥师生的专长和积极性。在充分发动群众时，要注意培养和建立科研的基本队伍。物理系从一年级开始就组织各种专门的科研小组，培养其科研兴趣和能力，并逐步提高，建立科研基本队伍，是较好的方式，可以总结、提高和推广。当群众提出千万个科研课题时，要全面规划、统一安排，既照顾群众的积极性，又要不影响重大项目的完成，不影响教学，并保证科研的质量。关于资料、技术、经费和器材设备，要做好准备。科研处和各系科要积极搜集资料，使科学情报和资料工作走在科研前面，保证科研的需要。技术力量应采取派出去短期进修学习、参观和校内培养等方式，积极地进行培养。科研经费由科研处统一分配，各系科要精打细算，注意节约。器材设备要采用土洋结合的办法,尽可能找寻代用品和利用现有的仪器设备,系科之间和教研组之间要互相协作,互通有无,充分发挥现有设备的作用。总之,要克服一切困难,采取积极的措施,做好一切准备工作,保证重大项目的完成。

第二,要进一步加强基础理论的研究,对科学技术研究的成果,如有机玻璃、各种定标器、抗生素处理后的小鸡等研究项目,其中有关于有机结构的理论,关于抗生素对小鸡生理机能的影响等问题,要进行总结、提高、上升为理论,进而指导实践,通过实践—理论—实践的反复研究,把这一项研究提到更高的水平,取得更大的成就,并用来充实教学内容,提高教学质量。同时,要发展新的科学技术,如创造性地设计一种计算机,需要有计算方法、程序设计、数理逻辑等理论基础,我们只有加强基础理论的研究,才能够不会停留在模仿阶段,跟在人家后面跑,而发挥独创精神,进行创造性地设计,更好地发展科学技术。此外对于教育实践中的问题,如教学方法、中学教学问题的研究,也必须进一步地加强。

第三,科学研究必须紧密结合生产。各系科除积极与生产部门挂钩,开展协作,收集研究课题外,应把科研成果及时地运用于生产。如抗生素处理山芋和小鸡的研究成果应在人民公社中推广,半导体仓库温度计应运用于仓库,电子计算机应帮助生产部门进行计算,通过实践来检验和不断提高我们科研的成果。过去,有的科学研究的成果只停留在实验室的基础上,不仅作用不大,而且还不能发现问题,进一步地提高,这种状况必须迅速改变。

第四,为了活跃学术空气,不断提高科学水平,我们还应贯彻“百花齐放,百家争鸣”的方针,积极开展大、中、小各种不同类型的科学报告会和讨论会。今年改校名的时候打算开一次全院性的科学报告会,各系科要做好充分准备,选择质量较高的论文参加讨论(包括学生论文)。参加讨论的论文,质量高的可由学报发表或推荐给全国性的杂志发表或出版社出版。有一定质量的文章,可编成论文集发表,并给以适当奖励。此外,我们还要请一些专家(土专家或洋专家)来院作报告,并和有关高等学校挂钩,参加他们的学术讨论会或听取有关国外专家的学术讲演,以多种方式来活跃学术空气。

第五,省委同意我院建立的光学、数学、应用化学、实验生物等四个研究所,应该积极筹建。目前,四个研究所和有关系合在一起,统一领导,但要积极地创造条件，配备力量，逐步地发展成为单独的科学研究机构。

关于科学研究的宣传报道工作，要实事求是，宁可十分讲九分，决不能九分讲十分，同时要注意保密。凡发表科学研究的稿件应经科研处审查，其中重要的稿件要经过党委审查。保卫科和科研处应该尽快地拟定科学研究的保密和保卫工作细则，切实加强科学研究的保密和保卫工作。

（五）积极参加生产劳动，实现教育与生产劳动相结合，完成生产任务

我们“教育革命”的中心问题是实现教育与生产劳动相结合。一年多来的实践证明，把生产劳动引进学校大门，促进师生在德育、智育、体育几方面的全面发展，提高教育质量，有着极为重大的作用。全院教职员和学生都应该按照规定的时间参加生产劳动，不能不参加或少参加劳动。为了提高生产劳动课的质量，各系科应在总结经验的基础上，对原来制订的劳动教学大纲进行修订。从现在情况看，各总支应该制订劳动教育计划，具体规定劳动教育的内容、时间、地点、考核办法和组织领导等问题，同时应根据劳动计划，对工业、农业等重要劳动项目制订劳动教育大纲具体规定该项生产劳动的教育内容，教育进度，提出明确的目的要求和具体措施，使生产劳动尽可能地结合教学和科学研究，有目的有计划有步骤地进行。现在党委已决定农场包产到系，作为各系劳动基地之一。劳动时间也由系科自行安排。为了提高劳动质量、防止劳动的窝工浪费现象，本学期开始，除继续实行劳动卡办法外，还应该建立生产劳动的统计报告制度，切实掌握和计算实际劳动的时间。对列入国家计划的光学仪器厂、综合化工厂应迅速扩建，并筹建无线电器材厂、抗生素厂，抓紧工厂的基建工作，及时完成扩建和新建的任务。力争无线电器材厂在今年第三季度投入生产。投入生产的工厂，要加强生产管理，订立重要的规章制度。建立生产秩序，培训技术力量，大闹技术革新与技术革命，实行经济核算，不断提高劳动生产率，节约原材料，降低成本，完成今年生产显微镜1250台，其他光学仪器14种33980件，和其他生产任务。现有农场也应该扩建，以养猪为纲，适当发展蔬菜生产，结合饲养家禽，大抓猪舍、饲料、饲养等三大关键问题，大搞饲养工具的技术革新，逐步向半机械化和机械化的方向发展，为今年养猪千头以上，实现全院猪肉半自给和今后全自给目标努力。最后全院教职员和学生在参加校内工厂、农场劳动的同时，要适当参加校外的工厂、公社劳动，在今年

暑假期间,则要抽出两周的时间去支援公社的农业生产,与群众同吃同住同劳动,加深同工农劳动群众的感情,使学校教育与校外社会主义建设事业直接联系起来,更好地贯彻教育与生产劳动相结合的方针。在生产劳动中要加强政治思想教育,每次集中劳动后要做总结鉴定,每学期做一次总的全面考核,评定劳动成绩。

(六)贯彻勤俭办学的方针,在为教学服务的前提下做好学校行政工作

根据我院的发展规划,基建工作要大力加强,及早完成生化楼、大厨房等跨年度的建设工程,积极筹建体育馆、物理大楼(一部分)、学生饭厅、学生宿舍、职工宿舍等新建工程;充实和扩大教学设备,新设科学技术专业建立实验室,为新办的四个科学研究所创办研究室,增添图书资料,以适应教学和科学研究的需要;进一步改善师生员工的生活,伙食工作要有长期全面计划,在副食品供应方面给有家属的职工以适当的照顾,做到吃饱吃好,进一步办好托儿所、供应点、洗澡、理发等公共福利事业,给师生员工在生活上以最大的方便。印刷厂要大力提高印刷质量、增加品种、降低成本,特别要集中力量解决理科教材和文件的印刷技术问题。校内绿化、美化工作要继续加强,力争把黄土面貌改变为绿荫葱茏、沿途夹道成荫。各项行政方面的规章制度,要在总结经验基础上及时修改,以适应大跃进形势发展的需要。同时要做好"除四害、讲卫生的工作,实行分区包干,做到"四无""四净""五不""六勤",消灭疟疾病、丝虫病、沙眼病,防治季节性的传染病,保持芜湖市除害灭病先进单位的光荣称号。

四、为了胜利地完成本学期和1960年的各项工作任务,全体党员在各项工作中要起积极带头作用、骨干核心作用。各级党组织要加强领导,特别要抓以下三个问题

(一)加强政治思想工作

目前的形势对我们是极为有利的,摆在我们面前的任务也是极为艰巨的。怎样利用有利的形势,胜利地完成各项工作任务呢?关键的问题就在于充分发挥人的主观能动性。客观条件只是事情的可能性,把可能性变为现实性,决定性的东西是人的主观能动性。关于这一点,毛主席在《论持久战》一书中写得很清楚:"一切事情是要人做的,持久战和最后胜利没有人做就不会出现。

做就必须先有人根据客观事实,引出思想、道理、意见,提出计划、方针、政策、战略、战术,方能做得好。思想等等是主观的东西,做或行动是主观见于客观的东西,都是人类特殊的能动性。这种能动性,我们名之曰'自觉的能动性',是人之所以区别于物的特点。一切根据和符合于客观事实的思想是正确的思想,一切根据于正确思想的做或行动是正确的行动。我们必须发扬这样的思想和行动,必须发扬这种自觉的能动性"。怎样才能最高度地发挥人的主观能动性呢?关键的问题就是加强政治思想工作。毛主席在《论持久战》一书中强调指出:"这个政治上动员军民的问题,实在太重要了。我们之所以不惜反反复复地说到这一点,实在是没有这一点就没有胜利。没有许多别的必要的东西固然也没有胜利,然而这是胜利的最基本的条件。"由此可见,做好政治思想工作是胜利完成各项工作任务最基本的条件。

我院各级党组织都要狠狠地抓政治思想工作,每个党员都应该成为先进思想的播种机,积极地做好政治思想工作。我们要见物又见人,见人又见思想,在工作中既务实又务虚,以虚带实,虚实并举。有的人认为政治思想工作可有可无,马虎一点没关系,这是不正确的。政治思想工作是各项工作大跃进的基础。人的行动都是由思想支配的。思想问题解决了,干劲就会鼓足,各项工作才能做好。

为了更好地实现我院各项工作的继续发展,当前必须扫除下列几种思想障碍。

第一,要打破"唯条件论",振奋敢想敢做的精神。我们不否认做工作要有一定的条件,然而,我们主张必须对一切有关的条件做全面的、具体的分析。条件是多种多样的,有客观方面的条件和主观方面的条件,有内部条件和外部条件,有有利条件和不利条件,有长期起作用的条件和暂时起作用的条件,有主要的条件和次要的条件等等。唯条件论者往往只看见客观条件,而看不见主观条件,做起工作来整天叫苦连天,不积极想办法克服困难。有人说:"巧妇难为无米之炊。"这句话有一半的道理,还欠一半道理。如果看见锅里没米,就坐在灶门口等着挨饿,那还叫巧妇吗?是巧妇,就应该积极设法去弄米。唯条件论者往往只看见外部条件,看不到内部条件,因而在工作中表现为伸手要,向上级要人,要设备,而不去自力更生谋求解决。唯条件论者也常常只看见不利条件，看不见有利条件，因而在工作中丧失信心。唯条件论者还常常表现为鼠目寸光，只看见暂时起作用的条件，看不见长期起作用的条件，或是只看见次要条件，看不见主要条件。党的坚强领导，往往被他们忽视了，因而不懂得如何依靠党、依靠群众来做好工作。

我们也承认，任何人不可以无根据地胡思乱想，不可以超越客观情况所许可的条件去计划自己的行动，不要勉强去做那些实在做不到的事情。但是，我们和唯条件论者不同，我们认为客观条件是可以改变的，是可以创造的。我们是客观条件的主人，而不是客观条件的奴隶。只要破除了迷信，解放了思想，发挥了高度的人的主观能动性，我们就会改变客观条件，创造新的条件，更好地利用客观条件为我们服务。

第二，要克服自满情绪，用不断革命的精神武装我们头脑。有的人取得一点点成绩，就沾沾自喜，故步自封。有的人甚至骄傲起来，认为我们已经超过国内一些先进高等学校了。有的人说："安徽搞了个第二，能保住就不错了。"有的人说："不要光拿华东师大的题目考我们的学生，最好也拿我们的题目考考华东师大的学生。"毛主席一再教导我们："虚心使人进步，骄傲使人落后。"我们必须迅速克服这种骄傲自满情绪，否则就会阻碍我们向人家学习，就有落后的危险。

两年来，我院各项工作成绩是很大的。然而，距离客观形势对我们的要求来说，还相差得很远。不久，我院即将改为皖南大学，许多我们还不熟悉的新的工作和新的任务，等待着我们去完成。这就特别需要我们虚心学习，刻苦钻研，有什么理由值得骄傲自满呢？

至于我们是否已经赶上和超过华东师大，这个断语不能由我们自己来下。华东师大是一个基础比较好的学校，是全国重点高等学校之一，值得我们去学习的地方是很多的。我们要切戒骄傲自满情绪，因为，有了这种情绪，就会妨碍我们向先进的兄弟院校学习更多有用的东西，就会自己把自己手脚束缚起来，故步自封，停滞不前。

我们是马克思主义者。我们工作中的任何成就，和我们远大的理想比较起来，都只是万里长征中的一小步。否认了事物的发展，是违背唯物辩证规律，也是和客观事物不相符的。

第三，要消除自甘落后、消极悲观的情绪，满怀热情地对待自己的工作和生活。

在工作中犯一些或大或小的错误，这是很难避免的。我们应当极力争取不犯或少犯错误。当我们已经犯了错误以后，应该怎样对待自己的错误呢？是自暴自弃，自甘落后呢？还是从所犯错误中吸取教训，使自己思想认识提高一步，站到党的立场上来，以便将来更好地为党工作呢？显然，正确的态度是后一种，而不是前一种。毛主席告诉我们，坏事可以变成好事，犯了错误以后，接受同志们的批评，吸取犯错误的教训，就能够变成一个好同志。相反，如果自甘落后，从此一蹶不振，那么错误就会愈犯愈严重，甚至发展到不可收拾的地步。我们应该满怀热情地帮助那些犯了错误的同志，同时，犯了错误的同志也应当有勇气来承认错误和改正错误，回到正确的道路上来和我们一道前进。

随着年龄的增加，人到了晚年以后生理机能就会衰退，这是自然发展规律，然而这和一个人的干劲大小没有什么必然的联系。晚年成名的事例，古今中外都不少。北宋苏洵壮年后才开始读书，晚年时在文学上与他两个儿子苏轼、苏辙同时成名，被后世誉为眉山三苏，列入唐宋古文八大家。明末，我国百科全书式的学者方以智，五十岁以后才开始著述《物理小识》这部杰出的著作。苏联伟大的生理学家巴普洛夫五十多岁以后才开始研究高级神经活动，后来却创立了著名的“条件反射”学说。老年人经验较多，知识较丰富，正是成熟的时期，应该发挥更大的干劲来总结和传授自己的经验和知识，为人类追求幸福生活作出更多的贡献。因此，认为“年逾花甲”就“无干劲可鼓”是错误的。希望他们迅速打掉暮气，振作起来，为社会主义事业作出应有的贡献。

此外，有的学生闹专业思想的问题，不安心在我院学习，也必须很好地予以解决，帮助他们认识到如何正确对待祖国需要和个人志愿之间的关系，树立起革命的志气，从而搞好学习。

(二)做好全面安排

学校的工作任务是很多的，每一件工作任务又有很多具体工作要做。因此，对这些工作作出全面妥善的安排，使之摆在适当的位置上，既不“眉毛胡子一把抓”，又不顾此失彼；而是分别主次，分清轻重缓急，有计划有步骤地进行工作，是十分重要的问题。工作安排好了，就能出现一马当先、万马奔腾的局面;工作安排不好,就会手忙脚乱,其结果必然是工作效率不高,影响全面跃进。全面地妥善地安排好了一学期的整个工作,使师生明确目标,了解布局,知道什么时候要做什么,就可以更好地发挥工作上的主动性和积极性,有利于组织各方面的力量去完成各项工作任务。毛主席在《关于领导方法的若干问题》一文中指出:"领导人员依照每一具体地区的历史条件和环境条件,统筹全局,正确地决定每一时期的工作重心和工作秩序,并把这种决定坚持地贯彻下去,务必得到一定的结果,这是一种领导艺术。"我们要认识到:做好全面安排,使工作有计划有步骤地开展,对完成一定时期的工作任务有着极端重要的意义。

如何做好全面安排呢? 总的指导思想,应贯彻以教学为主,生产劳动、科学研究为辅,并使之者密切结合的原则,以提高教育质量和教学质量为根本目的。为此,对做好全面安排,提出如下几点意见。

第一,抓时间安排。

本学期总的时间安排:从2月6日开学至7月16日考试结束,17日开始放暑假。这学期共计23周,其中3周劳动,2周科学研究,16周上课,2周复习考试。生产劳动过去原定一学期安排4周的,这学期安排3周,另外在暑期安排2周下乡劳动。暑期2周劳动之后,就正式放假。这样,学生七月底回家,八月底返校,九月初新学期开始。集中的科研时间安排2周,但各系科还可根据不同年级结合教学在平日进行一些科学研究活动(每周一至四小时为宜),使科研的经常性活动和突击运动相结合,使经常为突击做好准备,突击又为经常教学活动提供内容。

党委为了保证教学和其他工作的更好开展,曾于去年8月间制定了《关于建立教学秩序的几项规定》。从执行情况来看,这个规定对搞好教学起着积极的重要的作用,本学期仍应坚决贯彻执行,特别是对教师的教学时间(包括备课、讲授、辅导、批改作业)、学生的学习时间(包括课堂教学时数与课外自习时数的比例),应按规定予以切实保证,使教师有充分的时间备课和批改作业,学生有充分的时间学习。对师生的社会活动、休息时间也应作妥当安排,并保证有8小时的睡眠时间。注意学生干部的学习,把他们的工作时间固定下来,使之有充足时间读书,也能得到必要的休息,保证睡眠时间。

对一学期的，一周的，一天的时间安排好了，使各项工作尤其是教学工作在时间上有了保证，从而就能使师生有劳有逸有节奏地工作、学习和生活，保持充沛精力和旺盛的干劲，使教学工作效率更快地提高，对提高教育质量和教学质量是有很大作用的。各总支要按党委对各项工作应占的时间的规定作出具体安排，使教学、劳动、科研、体育文娱等工作在时间上有一定保证。

第二，抓工作计划。

前面讲了，学校的工作很多，都要做，都要做好，但是也不可能在一个早上就把它做完，这就必须有个通盘打算，把各项工作排一排队，看抓些什么工作（如教学工作抓些什么，科学研究、生产劳动、体育、函授教育等工作又要抓些什么），达到什么要求，什么时候着重抓什么，采取哪些措施。要求尽快制订好本学期本年度的工作计划并安排就绪。这里对计划的一些主要内容简略地谈一下：

（1）关于学习毛主席著作应根据党委统一布置去进行，各单位再具体地考虑安排一下，这里不详细讲了，目前学生学习的热情很高，这是好现象，要予以鼓励。但是有的利用所有自修时间或下晚自习后来开夜车来阅读毛主席著作的做法是不行的，这样做是不能持久的。对学生除政治理论课的学习而外，一周再有两个小时的课外时间阅读毛主席著作就可以了。如占过多的时间，不是减少其他课程的学习时间就是占去休息和睡眠时间，其结果还是要影响学习的。

（2）教学工作：如何抓编写、审查教学大纲和教材；如何组织教师认真备课，改进教学方法，提高课堂教学质量；如何抓学生的学习；如何抓检查总结教学经验和问题；如何培养提高师资队伍；如何发挥教研组的作用，各系科应根据自己情况提出具体要求和做法。

（3）科学研究工作：本学期可以搞好哪些重点项目和一般项目，什么时候完成什么项目；如何组织师生开展科学研究，并根据不同年级而采取不同的要求和做法；与哪些厂矿企业单位固定联系或是订立合同；怎样开展校内外的协作；经常性科研活动与突击性的科研活动如何结合，时间怎样安排；以及科学报告会的次数、内容、何时举行。

（4）生产劳动：根据农场的生产计划和分给的土地如何做好生产前的一切

准备工作，如何安排学生的工农业生产劳动的内容、要求和时间，如何加强组织领导和政治思想领导、安全教育和进行劳动考核的问题。

要订好这学期的工作计划，还应向师生传达党员大会精神。各总支应向群众提出本学期的初步打算，发动大家认真讨论，修订补充，使计划、措施更加充实具体，使领导意图成为广大师生的意志。这样，计划措施就有可靠的思想基础和物质力量，就更有胜利实现的可能性。然后，在此基础上，进一步发动各教研组、班级、共青团、工会、学生会的组织制订自己的计划和措施，同样的发动群众充分讨论修订。这样层层发动，使所有计划措施更加切合实际，既是轰轰烈烈，又是踏踏实实，整个学校工作也就可以安排得更好。

第三，抓人力安排。

要调动一切积极因素，充分发挥人的主观能动性，去完成各项任务。要集中主要力量去搞教学和重大科研项目，又要使各项工作都有人管，达到“事事有主”，对各人所担任的工作要明确职责，有具体要求。把各人的工作量要安排恰当，防止劳逸不均。在安排教师工作时，要尽可能照顾其专长和特点，使之更好地发挥作用。对思想问题多的人，要加强政治思想教育，也要分配他们的工作，在业务上发挥他的作用，对科学知识水平较高和教学工作能力较强的老年教师，可以分给他们担任培养青年教师，指导科学研究或是教基础理论课。根据我院现有师资力量和教学、科研任务来看，可考虑大部分教师以担任教学工作为主，并适当分配他们一些科研任务；另一部分教师以担任科研工作为主，适当分配他们一些教学工作，这样，既能使两者兼顾，又能使教师工作各有重点。

第四，抓检查督促。

各项工作有了全面的妥善的安排，人人各有其职责之后，就要抓紧检查督促，抓得紧，抓得狠，抓到底，非特殊情况务使计划圆满实现。为此，应通过多种形式和各种组织对每个人和每个方面的工作，能做到每周一次小检查，两周向总支汇报一次，总支可以在每个月内对各项工作按所规定的要求进行一次较深入的检查，看哪些完成了，哪些没完成，没完成是什么原因，帮助研究解决存在的问题。通过检查，对好的表扬，工作不力的要批评。各总支要制定出对各方面工作的检查汇报制度，促使各单位每个同志都能积极工作，尽快地实现预定的计划。

(三)加强组织领导

党委为了加强对学校各项工作的领导,决定在党委领导下成立政治思想工作、教学工作、科学研究工作、生产劳动工作、行政基建工作和文体工作的领导小组,负责研究这些方面的工作,处理一般性的问题,定期向党委汇报,提供情况和意见,帮助党委更好地加强对学校工作的全面领导。各总支如不能建立工作小组,应有专人负责这些方面的工作,以便更深入细致地抓这些工作。

在加强党的统一领导的前提下,要充分发挥行政和各种组织的作用。党对学校工作的领导必须发动群众,走群众路线,而发挥行政、共青团、工会、民主党派、学生会等组织的作用,是贯彻党的群众路线的重要方面。为了贯彻党的群众路线,报请省委批准后,将实行党委领导下的院务委员会负责制。要充分发挥行政组织的作用。党的有关工作会议可请行政负责同志参加,使之了解党的意图、明确当前任务。在工作中帮助他们改进工作方法,提高工作质量,定期地检查总结工作。现在有的单位事不论大小,问题不分轻重,如学生请假、学生退伙食等问题都找党的组织签署意见,把党的领导变成应付行政事务,这是不对的。加强党的领导应与发挥行政作用统一起来,这是一个问题的两个方面。行政方面,必须遵照党的指示,大胆负责,不要遇事推向党的组织,加重党的事务。这样,党的组织就有更多的时间,深入群众处理问题、总结经验、指导工作,更有利于党在重大问题和重要问题上发挥领导作用。对共青团、工会、民主党派、学生会等组织也是如此,在党的统一领导下应充分发挥这些组织的作用,尤其是共青团组织应当成为党的极为有力的助手。

加强党的组织建设,这是学校教育事业迅速发展和进一步巩固党的领导的基础。各级党的组织必须把建党作为一项重要的政治任务,根据积极慎重的方针,完成本年度的建党工作计划。尤其是在教师中的建党计划一定要按计划完成和争取超过。要做好建党工作必须书记挂帅,全党动手,统一党内思想认识,加强调查研究和培养教育工作。争取在今年内使教研组和行政处、室单位、学生年级都建立党的组织。实践证明,凡是建立了党组织的单位,工作就好开展得多,党的指示决议就能得到迅速而很好的贯彻。

必须根据德才兼备的标准积极培养和提拔干部,以适应学校教育事业发展的要求,对干部要加强马列主义和毛泽东著作的学习,按中央规定分期分批组织参加校内外的劳动锻炼,既要放手使用,又要具体帮助,提高他们的思想水平和工作业务能力。采取多种形式进行评比,好的表扬,不好的批评。经过实际考验,凡思想进步、对党忠诚、立场坚定、积极肯干、品质好、作风正派、密切联系群众的干部,要大胆提拔到领导岗位上来。对不适宜担任领导工作的干部要进行调整。我们的干部绝大多数是勤勤恳恳积极工作的,并向又红又专的方向努力的,我们希望全体同志都鼓足干劲、奋发向上,积极工作,努力学习,力求使自己由外行逐步变成领导学校工作的内行,出色地担负起党交给的光荣任务。

为了充分发挥广大群众的积极性,必须表扬先进,树立标兵,掀起一个比先进、赶先进、超先进、帮后进的运动,造成一个人人争上游的局面。有的人认为教育工作与工农业生产不同,评比竞赛必然会流于形式。这种看法是完全错误的。竞赛,就是“吸引真正大多数劳动者参加工作,使他们能够在这种工作中大显身手,施展自己的本领,发挥自己的天才”。(《列宁全集》第26卷,1959年版,378页)这不仅适用于工农业生产,也适用于教育工作。

同志们!这次党员大会是在60年代第一个春天到来的时候召开的,是在新学期开始的时候召开的。我们要紧紧地团结全院师生员工,在党的领导下,高举毛泽东思想的旗帜,发挥高度的社会主义积极性和劳动热情,勇往直前,争取提前实现我院三年规划。

中共皖南大学第三届党员大会

会议概况

中共皖南大学第三届党员大会于1966年2月12日至15日召开,参加大会的党员共204人。大会的主要任务是:进一步动员全体党员和师生员工认真学习毛主席著作,向全体党员做工作总结报告,选举党委会,更好地加强党对全校各项工作的统一领导。大会听取了陈韧同志代表校党委所作的工作报告,选举产生了中共皖南大学委员会和监察委员会,并通过了大会决议。

会议日程

2月12日上午:开幕式;传达和学习毛主席和党中央关于教育工作的部分指示;传达和学习中央批转高教部党委关于减轻学生负担的两个文件

2月12日下午:学习《毛泽东同志论政治工作》;分组座谈学习的心得体会

2月13日上午:作党委工作报告

2月13日下午:分组讨论党委工作报告

2月13日晚上:自学大会印发的参考材料

2月14日上午:继续讨论党委工作报告(着重今后任务部分)

2月14日下午:讨论党委委员候选人名单

2月14日晚上:机动

2月15日下午:选举党委委员;通过大会决议;闭幕式

注意事项

1.各总支、直属支部统计党员人数和编组名单,于本周五下午到大会秘书组报到,领取出席证和记录本;参加大会的党员,一律凭出入证出入会场。

2.大会期间所学文件,除《毛泽东同志论政治工作》一书自行解决外,其余文件由大会秘书组负责发给;对所发文件、证件,要妥为保存,不得遗失。

3.党员的学习和讨论,由各总支、直属支部负责组织领导,讨论时要有专人记录,并按问题分类整理,于当晚九时前报秘书组。

4.出席大会的同志,应按时出入会场,不要迟到早退。如因故不能参加,应通过总支、直属支部向大会秘书组请假。

5.大会会场设在"五四堂"。会议期间的作息时间按学校规定时间执行。

6.为了集中精力开好这次大会,希各总支、直属支部和各行政部门及早妥善安排好教学和各项工作。

工作报告

中国共产党皖南大学委员会向第三届党员大会的工作报告(节选)

(1966年2月13日)

现在,就几项主要工作的成绩和存在问题以及今后工作意见,分别报告如下:

一、工作成绩

(一)大抓毛主席著作学习

从"四清"运动结束以来,根据以贯彻主席"七三"指示这个中心工作,组织教师干部认真学习了主席的指示,少奇同志的两种劳动制度两种教育制度的报告，以及中央有关文件规定，并反复学习了《实践论》《矛盾论》《人的正确思想是从哪里来的?》三篇哲学论著。学生主要结合政治理论课和民兵政治课，学习主席有关著作。工人深入学习了《为人民服务》《纪念白求恩》《愚公移山》。从去年12月下旬起，还组织教师干部集中学习《反对自由主义》《放下包袱，开动机器》两篇文章，并结合开展了群众性地学习王杰同志的英雄事迹活动。与此同时，还大抓了阶级教育和备战教育，组织大家学习了陈毅同志以及纪念抗战胜利二十周年的有关文章，作了五次形势任务报告，组织参观了南京和本市的阶级教育展览，在新生中还开展了忆苦思甜教育活动等。通过这些教育和学习活动，广大师生员工在认清形势，改造思想，改进教学和各项工作方面，都有明显提高，无产阶级的阶级观点，劳动观点，集体观点和革命观点，都有进一步增强。

在组织群众性学习主席著作中，我们深深体会到要搞好各项工作，首先，必须把学习主席著作放在首位，这是一个根本性的方向问题，关系到以什么思想挂帅的问题，关系到办成什么样的学校和培养什么样的接班人的问题。为此，从党委到各总支、支部，都重视了这项工作，把学习主席著作列入工作计划的首要内容；在研究、布置、检查和总结工作时，首先，研究、布置、检查和总结学习主席著作情况；充分利用各种会议、广播、黑板报等形式，反复宣传学习主席著作的重要性；并在时间安排上加以保证。共青团、工会和学生会等组织，也把组织学习主席著作当作头等任务来抓，通过党团工会组织生活，经常检查督促，以推动和启发学习的自觉性。

其次，在启发自觉学习的同时，还必须加强领导。因为群众学习的自觉性，要靠领导教育、启发和诱导，不会自发形成。为此，上学期一开始，从党委到各总支都成立了中心学习组，大抓领导骨干的学习，同时带动和帮助群众学习。六个总支都召开了学习心得交流会，讲用会，以及学习经验展览会等。由于各级组织加强了对学习主席著作的领导，因而广大群众的学习热情不断提高。我校过去几次群众学习主席著作高潮和当前不少单位的学习情况证明，凡是领导重视，抓得勤，抓得细，抓得紧，群众学习的自觉性就强，热情就高，效果也好；如果放松领导，听其自流，群众学习的劲头就差，热情就低，成效就少。

再次，学习主席著作是为了指导思想和行动，因此，必须理论联系实际，学用结合,言行结合,并在用字上下功夫。毛主席教导我们:“对于马克思主义的理论,要能够精通它、应用它,精通的目的全在于应用。”如果学了不用,或者学了只是对人马列主义,对己自由主义,那么学得再多,也不顶事。所谓“用”,就是用毛主席思想之“矢”,射自己思想和工作实际之“的”,落实到行动,改造思想,改进工作。我们应该认识到,读毛主席的书,不是一般地读书,而必须当作一切工作的最高指示。一般地读书,可以执行,也可以不执行。指示就必须执行,最高指示尤其要执行。

总的说来,我校大多数党员和师生员工,对读主席的书是重视的,学习也是努力的。不少同志全文抄写了《毛主席语录》,坚持天天学,经常用;有的还通读了《毛泽东选集》一至四卷,写了不少心得笔记;许多同志在用字上也下了一定功夫,能带着问题,向主席著作请教,并取得了显著效果。如有的教师曾经想走只专不红的道路,经过学习和实践,认识到此路不通,决心走又红又专道路,能严格要求自己,积极搞好教学工作。有些职工同志原来不安心工作,学习了《为人民服务》等文章后,初步树立了一切工作都是革命的思想,把自己的平凡工作和伟大的共产主义理想联系起来,把中国革命和世界革命联系起来,不仅能安心工作,而且能努力提高工作效率。有些犯了错误的同志,通过对《放下包袱,开动机器》等文的学习,正视了自己的错误,能振作精神,积极工作。不少同志在工作中遇到困难时,能自觉地按照主席教导,动脑筋,想办法,战胜困难。化学系实习助教胡仲明同志,没有学过仪器修理技术,但他学了《愚公移山》等文章后,提高了认识,刻苦钻研,几年来为实验室检修各种仪器296台,为学校节省修理费6000多元。生物系花房工人乐帮金同志,坚持学习《为人民服务》,工作踏踏实实,处处为集体着想,精心培育花草新品种,不仅为教学提供了条件,而且增加了学校收入,半年来仅卖花一项,就为学校增加收入600多元。总务科保管员王昌根同志,原来是汽车司机,后来因工作需要改做保管工作,通过主席著作学习,由不安心到安心,并能积极搞好工作,主动送货上门,改变了过去“门市营业”的消极被动情况,提高了工作效率。广大同学通过主席著作学习,思想觉悟也大为提高,学习目的更加明确,为革命而勤奋学习,为祖国而锻炼身体蔚然成风,好人好事不断涌现。

总之,半年多来的学习实践,使我们进一步体会到,活学活用主席著作,坚持以主席思想挂帅，是做好一切工作的根本保证，也是实现革命化的必由道路。我们一定要认真地读毛主席的书，听毛主席的话，照毛主席的指示办事，要像王杰同志那样“毛主席怎样说的，我就怎样做”。一定要在党组织领导下，把党团员和师生员工组织起来，努力学习主席著作，切实在用字上下功夫，真正使学习落实于行动，改造思想，改进教学和各项工作。

（二）大力进行教学改革，促使学生德智体生动活泼地主动地发展

第一，深入开展教育改革，促使教师思想革命化。

通过“四清”运动，广大教师的思想认识有了很大提高，但随着教学改革的逐步深入，两种教育思想的斗争仍然相当尖锐复杂，在部分教师中产生了畏难、犹豫、怀疑甚至抵触种种情绪。

我们从党内到党外组织了一系列的学习，进一步用毛泽东思想武装头脑。早在去年七月，首先组织部处级以上干部和政工干部学习了主席“七三”指示；九月又在全体教师、干部中用七周时间集中学习中央的有关报告，以及人民日报、人民教育有关贯彻“少而精”原则的社论和文章；十一月又组织党员教师和科级以上干部学习高校政治工作会议的有关文件和规定。在学习过程中，引导大家运用毛主席的教育思想联系实际，找差距，订措施，自觉地进行思想革命。同时，我们又发动广大教师、干部深入学生作比较系统的调查了解；并有计划地组织部分教师到农村中学、工厂和人民公社调查访问，广泛听取意见。通过学习和调查，广大教师受到很大教育，提高了认识，也不同程度地解放了思想，认识到贯彻主席“七三”指示，是关系培养革命接班人的一项具有战略意义的措施，是关系国家、民族长远利益的根本问题，也是关系正确贯彻主席教育思想和党的教育方针的百年大计。此外，各系党总支还抓紧了日常的政治思想工作，突出政治，抓活思想，把政治思想工作的重点放在教学第一线上。各个教研室都把学习主席著作当作首要的战斗任务。通过学习和实践，毛主席思想在教学工作中初步扎了根，任课教师一般都加强了与学生的联系，不少政工干部和班主任都深入学生实行“三同”，了解掌握学生的意见与要求，对有碍于教学和学习的思想问题及时给予解决。由于进行了这一系列的工作，广大教师的积极性已调动起来，基本上端正了教学改革的态度，为全面贯彻主席“七三”指示奠定了初步思想基础。不少教师认识到：教学改革的关键在于

教师。

第二,大力进行教学改革,不断提高教学质量。

首先,放手发动群众,在充分务虚和调查研究的基础上,经过反复讨论,制订了新的教改方案。为了把学生培养成为政治坚定,思想活跃,业务较好,身体健康的无产阶级革命接班人,我们将学生参加三大革命运动列入了教学计划,突出了政治,加强了生产劳动,加强了理论联系实际;减少了课程门类和总学时,各系专业课总数由59门减少至43门,总学时由原来的2600学时减为2000学时左右,周学时规定为44学时,每周上课时数不超过20学时,减轻了学习负担,为促使学生德智体全面发展提供了有利条件。

其次,大抓课程改革,促进了课程内容、教学方法和考试制度改革的深入开展。广大教师通过大学主席著作,特别是大学《矛盾论》与《实践论》,为大胆进行教学改革提供了锐利的思想武器,对如何贯彻"少而精"和理论联系实际的原则开了窍,有了明确的方向。在课程内容上,主要抓了两件事:一是贯彻"少而精",一是理论联系实际。由于我们按照主席的思想,不断实践,不断总结,使课程内容的改革,由原来的强干削枝发展到三种类型。第一种是彻底打破旧框框,进行教学体系的改革。如政治理论课,彻底改变了过去"从书本到书本"的本本主义倾向,增强了政治理论课的实践性。教育学和生物系的农基课,打破了"三脱离"的旧体系,建立了与政治、生产实际联系较为密切的新体系。第二种是对教材内容划"三线",即学生必须掌握的为第一线,必须了解的为第二线,可学可不学的为第三线。这样主次分明,重点突出,效果较好。第三种是强干削枝,加强"三基"教学,删去陈旧、繁琐、重复的部分。上学期43门课程都重新修订了教学大纲。自编讲义和讲稿30余种,其中一部分讲义在保证"三基"的前提下,大大精减了教学内容。如数二的数学分析讲义和过去比较,内容大有精简,共砍去3章13节,6个定义,42个定理,教师讲授减少了36学时。

在理论联系实际方面,抓了实验课的改革,强调让学生多动手,多实践,从而基本上克服了过去实验课拖堂和与课堂教学脱节的现象。如分析化学实验,过去经常拖堂,学生疲劳不堪,称之为"马拉松"实验。这次他们在主席思想指导下,在调查研究基础上,打破旧体系,砍掉8个实验,减少40个学时,把多出的时间补充一些理论联系实际的内容，放手让学生自己动手，进行实物分析，使实验教学初步形成了生动活泼的局面。对于某些与农业生产有密切联系的课程，要求师生一起动手种试验地，搞样板田，把室内实验和田间实验结合起来，大大丰富了教学内容。在课堂教学方面，通过演示实验，图表模型，加强了直观教学。此外，还组织了师生下乡下厂，参加劳动，进行生产实习，并和工人一起搞技术革新，不仅加强了理论联系实际，同时也加强了教学为生产服务。

在教学方法上，各门课程都大胆进行改革，普遍重视了启发式教学，把重点讲解和指导自学结合起来，把课堂讲授和学生实验结合起来，把课内教学与课外阅读结合起来，从而在很大程度上克服了满堂灌的偏向。有些课程已摸索了一些行之有效的方法。如政治课和教育学课程所采用的启发、自学、讨论、总结的方法；物理系电工无线电和数学系一些课程所采用的讲授、练习和讨论三结合的方法；化学系某些课程所采用的精讲多练、讲练结合，辅以讨论的方法，等等。实践证明，这些方法对于调动学生学习的积极性，对于培养他们独立思考和独立工作的能力，都起了良好的作用。

考试制度也有很大改革，普遍推行了开卷考试，改变了出难题、出怪题脱离教学主要内容的现象。有些课程通过实验课和生产实践对学生进行考查，以便把学生从记条条、背条条引向活学活用。

为了全面贯彻主席“七三”指示，我们一方面深入开展教学改革，解决课内负担过重的问题；另一方面对学生负担情况进行重点调查，作出了关于减轻学生负担、实行劳逸结合的规定，解决课外活动过多的问题。由于合理安排了学生的活动总量，保证了学生的休息时间和自由支配时间，因而广大同学在生动活泼的主动的学习方面，出现了不少新气象。许多同学不仅独立地完成了课堂学习任务，而且能积极开展课外学习活动。据图书馆统计，每天借出图书平均在400册。数二甲44人，共借阅各种图书294册，平均每人6册多。不少同学在学好功课的前提下，还广泛开展课外科技活动。据数、理、化、生四系统计，共有科技活动小组45个，学生285人。学习风气比过去生动活泼得多，学习质量也比过去有所提高。例如化二的分析化学通过实物分析，学生解决实际问题的能力大为增强，不仅掌握了盐类、化肥、合金、矿石等实物分析技术，而且能在独立思考的基础上搞实物分析方案设计,上学期共设计出方案37个,其中有30个在一定范围内打破了硫化氢系统,有两个具有一定的创造性,改变了过去“纸上谈兵”现象。数学分析课经过初步教改后,学生普遍反映:“分析课大有进步,教师讲课能抓主要矛盾,学习感到主动了”。参加本届教育实习的570名实习生,绝大多数都能独立组织教学活动,取得了较好的效果,得到实习学校的好评。学生的学习负担减轻以后,政治思想比过去更为活跃,学习主席著作已成为广大同学的自觉行动,个个学雷锋,人人学王杰,好人好事不断涌现,精神面貌有很大变化。在课外时间,同学们大看红色书籍,大唱革命歌曲,积极参加体育锻炼,体质比过去普遍增强。所有这些都说明广大同学在生动活泼的主动的得到发展方面,已有很大进步。

在教学改革实践中,我们深深体会到,主席“七三”指示,是切中当前学校工作要害的,为我们进一步开展教学改革,从根本上提高教学质量指明了方向。只有认真贯彻主席的指示,才能使我们培养出来的接班人真正成为政治坚定、思想活跃、业务较好、身体健康、富有创造精神的革命者;而不是政治模糊、思想简单、知识贫乏、体弱多病、缺乏独立思考和创造能力的书呆子。

第三,积极推行新学制,大抓半农半读试点工作。

实行半农半读教育制度,从本质上说,就是组织我们的阶级队伍的问题,是逐步消灭三个差别的问题。因此,上学期以来,我们根据主席的“四改”指示,和少奇同志关于两种劳动制度两种教育制度的指示,在生物系实行半农半读试点,并从一年级起,搬到郊区农场边读书、边劳动。

半年来的试点工作取得了不少成绩,多数师生的思想面貌发生了显著变化,对半农半读积极拥护,劳动观点和身体素质普遍增强,教学质量也有所提高,并在实践中初步摸索了一些好的办学方法,即三个“结合”。第一是教学、科研和生产劳动相结合。在教学和劳动的安排上,采取农忙少学,农闲多学,并尽可能与生产季节结合。这样不仅克服了教学与生产劳动的矛盾,而且收到了教学与生产两得益的实际效果。第二是课堂教学、实验教学和现场教学相结合,除了运用课堂教学的形式外,充分发挥田间大课堂的作用,边讲授,边观察,边操作,手脑并用,学用结合。这样既克服了理论和实际脱节的现象,又充分地调动了学生学习的积极性和主动性。第三是领导、教师、老农和学生相结合。即领导出主意,教师讲理论,老农传经验,互相结合,取长补短,集思广益,共同提高。从目前看,这些办法都是比较好的,应当继续试行,以便不断实践,逐步提高。

第四,努力培养提高一支革命化、劳动化的师资队伍。

为了适应教学改革和培养无产阶级革命接班人的需要,必须培养一支又红又专的师资队伍。我们的主要办法是:组织全体教师认真学习主席著作,积极投入三大革命运动中经受锻炼,在教学改革中培养提高,使其做到边实践、边学习、边提高。教育教师特别是青年教师要认真读书,刻苦钻研,练好基本功,尽早地掌握和精通本门业务,及时扭转了一些青年教师一度忽视读书的不良现象。鼓励有经验的教师上教学第一线,以积极热情的态度支持青年教师上讲台,用集体备课,课前试讲,课后讨论的办法帮助青年教师提高教学质量和业务水平,使新生力量更快成长。

进行科学研究,也是提高师资水平和提高教学质量的一个重要方面。我们要求教师在完成教学的前提下,积极地进行科学研究,克服了过去一部分教师只愿搞科研,不愿搞教学,或只满足于教学而不积极从事科学研究的偏向。半年来,我校科研工作有新的进展。承担的国家科研项目,已做出一些成绩,有的项目今年可以拿出成果。有的系,结合科研开展了学术讨论,活跃学术空气。不少教师在总结科研成果的基础上,写出了有一定质量的论文。一部分青年教师通过参加科研工作,独立工作能力和业务水平都得到了较快提高。

总之,通过半年来的教学改革实践,使我们进一步体会到:搞好教学改革千条万条,坚持毛泽东思想挂帅是第一条。我校教学改革能够比较扎实和深入地开展,这是与大学"两论"分不开的。上学期在全校教学改革经验汇报会上所介绍的七门课程,都不同程度地说明必须活学活用毛主席著作。通过这次经验汇报会,大家都受到很大启发,进一步认识到:坚持毛泽东思想挂帅是搞好教学改革的根本保证。根据毛主席的教导,我们还必须坚持走群众路线,把教改工作放在可靠的基础上。只有通过调查研究和采取一切经过试验的群众路线办法,才能有所发现,有所创造,有所前进。此外,各级领导抓得紧、抓得狠,也是推动我校教改工作不断前进的重要原因之一。半年来各级领导把教学改革作为中心工作来抓,各系都抓了一门基础课进行试点,不少领导同志深入教学第一线,培养典型,帮助总结经验,从而有力地推动了教改工作深入开展。实践证明,有的教学单位领导抓得紧一些、狠一些,教改的成绩就显著一些,反之,如果松松垮垮,就难以作出什么成绩,这说明了只有落后的领导,没有落后的地区,因此领导狠抓也是一条重要的经验。

(三)继续发扬革命干劲,进一步实现机关革命化

学校机关革命化的主要标志是什么?我们认为:第一,各单位的工作是否做到了为基层服务、为教学服务、为学生服务?第二,是否做到了机构灵、制度严?第三,工作人员是否作风好、办事快?这三条是衡量机关革命化的主要标志。在"四清"运动基础上,我校在进一步实现机关革命化方面,也取得了显著成绩。

1.严格执行规章制度,认真贯彻勤俭办学方针。

通过"四清"运动和主席著作学习,广大师生员工勤俭办学思想大为增强,在执行制度,勤俭节约,维护集体利益,爱护公共财物等方面,都出现了不少新气象。全校的教学设备,基本上做到了把"三关",即计划关,采购关,供应关。在物资使用上普遍做到了"四不用",即能用旧的不用新的,能用普通的不用高级的,能用国产的不用进口的,能维修使用的不买新的。物资采购由于采取了校系两级民主评议,也比较彻底地克服了过去积压浪费、盲目采购的现象。总务处职工发扬勤俭办学精神,挖潜力,找措施,算细账,开展节约运动,收到了立竿见影的效果。木工厂工人动脑筋,想办法,找到了适合学校特点的管、选、拼、接、代的一套节约木材方法,仅去年九至十二月就节约木材17立方米。水电室工人狠抓开源节流,近四个月来节省水电费6400多元。体育系师生干部贯彻自力更生、勤俭办学精神,自己动手修场地和运动器材,半年来为学校节省开支3000多元。特别是保管员钱双根同志,不仅能严格执行规章制度,而且处处为集体着想,带头修理器材和拆洗运动衣裤,受到了群众的一致赞扬。附中师生干部艰苦奋斗,劳动建校,开荒种地,半年多来也为国家节约开支2500余元。到去年底,全校共上交国库资金30000多元。所有这些事实,都充分说明,认真贯彻勤俭办学方针,不仅具有重大的经济意义,而且有深远的政治意义,它对于促进思想改造,培养勤俭朴素、艰苦奋斗的无产阶级作风,都是十分重要的,我们必须坚持贯彻执行。

2. 切实改进工作作风，一心一意为教学服务。

从贯彻主席“七三”指示以后，广大干部教师的工作作风，也有很大改变，普遍走出办公室，到基层、到学生中蹲点调查，实行面对面的领导，帮助解决思想问题和实际问题。教务处的干部，坚持执行了“一二三”制度，即看一次晚自修，听二节课，参加三个半天教学活动，定期编印“教学情况”，交流教改经验，推动教学改革。化学系总支订出了“二四五”的制度，即二个半天政治学习，四个半天开会和处理日常工作，五个半天参加教学活动。物理系从总支书记到政治辅导员，全部做到和学生“三同”。不少教师也能注意向学生做调查研究，联系实际，有的放矢地进行教学。函授部和夜大学根据业余教学的特点，积极组织教师深入有关工厂、学校和机关调查研究，广泛征求意见，从而合理调整了课程设置，提高了教学质量。行政部门的职工，为教学服务的观点也大有增强，工作有显著改进。

3. 坚持参加劳动，自觉进行锻炼。

要实现思想革命化，首先必须劳动化，认真贯彻中央关于干部参加劳动的规定。为此，我们对师生干部参加劳动的时间作了明确规定，并成立了校生产领导小组。各级领导干部能以身作则，带头参加劳动。多数师生干部对劳动的重大意义也有进一步体会，能坚持参加劳动，自觉进行锻炼。各部门主动精简了勤杂工，从扫地打开水到递通知，全部由干部教师自己动手。附属工厂、图书馆和各系库房所购物资设备，都由职工自己搬运，既锻炼了思想，又节省了开支，一举两得。在同学中，普遍以艰苦朴素为荣，以铺张浪费为耻，坚持了缝洗等自我服务性劳动。通过下乡下厂及日常劳动锻炼，广大师生干部的劳动观点普遍增强，工农感情更为深厚。

目前，全校基本上有四种劳动形式：一是下乡下厂的集中劳动；二是每周半天的分散劳动；三是附属工厂和总务部门的跟班劳动；四是农场师生干部的半农半教，半农半读。我们认为这四种劳动形式，是适合我校目前具体情况和特点的。

4. 发扬革命干劲，提高工作效率。

通过大学主席著作和王杰同志的活动，广大教职工在王杰同志的英雄形象鼓舞下，工作积极性大为提高，全校在抽调227位同志参加城乡“四清”运动，精简了四十余位教职工的情况下,充分发挥了"一顶二"的革命干劲,教学和各项工作不仅没有受到影响,工作质量和效率还有所提高。不少教师能主动多承担教学任务,许多行政干部也是一人做了几个人的工作。生物系师生干部,在大战"三秋"中,不怕苦不怕脏,在前后三周内,抢种了40亩小麦,积攒了1000多担肥料。总务部门有些职工,过去只吃饭干活,做工拿钱,现在多数同志都能把自己的工作和革命联系起来,认识到不管做什么工作,都是干革命,都是为人民服务,革命精神有很大发扬。

这些事实使我们进一步体会到,人的因素是第一,思想因素是第一。有一个好的精神状态,非常重要,有了好的精神状态,才能有好的工作,只有思想革命化,才能实现机关革命化。

(四)认真贯彻民主集中制,进一步加强党的领导

1.进一步发扬民主,加强集体领导。

要正确贯彻党的方针政策,搞好教学和各项工作,首先必须充分发扬民主,加强集体领导。从"四清"运动以来,我们进一步发扬了政治民主,对全校15个基层党支部,进行了民主改选。对教师干部的"四清"运动鉴定,进行了组织鉴定。党的各级委员会一般都能坚持实行集体领导和分工负责相结合的原则,一切重大问题,都由集体研究决定,有些重大问题,还召开党员大会和师生代表会,广泛征求意见,不断改进政治思想工作。在教学中,不少教师也能发扬教学民主,听取学生意见。数学系和体育系专业课,还采取了群众民主总结的形式,收到了良好的效果。在经济工作中,除了定期公开财务账目外,还成立了房屋管理委员会和伙食管理委员会,充分发挥群众民主管理的作用,显著地改进了经济管理工作。

民主集中制是我们党的根本组织原则,是社会主义国家的根本制度。要搞好政治思想工作、教学工作和经济管理等工作,我们体会到必须充分发扬民主。只有高度的民主,才有高度的集中;只有在各项工作中坚持群众路线的方法,才能最大限度地调动广大群众搞好工作的自觉性和积极性;才能增强党的团结,密切党群关系;也才能使工作做得既快又好。

2.狠抓三大作风,加强支部建设。

过去,我们虽然强调党要管党,要加强基层组织的建设,但到底怎样加强,

应抓住哪些问题,思想上不是十分明确。通过中央和省委高校政工会议文件学习,才深刻地感到“要逐步建设起以毛泽东思想武装起来的,密切联系群众的,能够开展批评与自我批评的,坚决贯彻执行党的路线和政策的,勇于克服困难的党支部”,就必须狠抓党的三大作风,即理论和实际相结合的作风,和人民群众紧密地联系在一起的作风,以及批评与自我批评的作风。这三大作风,是主席对我党建设经验的科学概括,是党的建设的根本问题,是我们党区别于修正主义党的三个显著标志。为此,我们除采取先骨干后党员的方法传达学习了中央和省委有关指示精神外,还召集了组工干部41人,进行短期集中学习。各总支、支部也做了不少工作,进一步落实了主席著作学习;建立了党员联系群众的制度;严格了组织生活;开展了一定的批评与自我批评等,因而使支部建设得到了显著加强。

实践证明,凡是工作做得好的支部,他们有许多好的地方,但归根到底是三大作风好。相反,有些工作做得不够好的支部,可以找出许多缺点,归根到底也是三大作风不好。因此,只有把树立三大作风作为支部建设最重要、最经常的工作去抓,并切实抓紧抓好,才能使支部工作从根本上得到加强;才能真正发挥支部的战斗堡垒作用和团结教育群众的核心作用。

3.发展新党员,壮大党的队伍。

要加强党的建设,还必须做好新党员的发展工作。近几年来,我们对建党工作抓得不够紧,全校只有党员284人,占师生员工总数不到10%。其中学生党员只有11人,而且都集中在数、理、化三个系的9个班级中。为了适应党的工作需要,适应培养无产阶级革命事业接班人的需要,我们根据中央关于积极地、较多地、慎重地发展新党员的指示精神,认真抓了积极分子的培养教育和新党员的发展工作。半年多来,共培养教育了积极分子406人,发展新党员16名,补充了新的血液。与此同时,团的组织也根据积极地、有计划地发展团员的方针,接受了148名新团员,从而扩大了团的队伍。

在建党工作中,我们体会到根据我校的实际情况,采取“一个首先”“二个注意”“三个重点”“四个不接受”“五个落实”的办法,是行之较为有效的。“一个首先”,即在接受新党员时,首先必须贯彻阶级路线和重在表现的政策。“二个注意”是:注意接受相应比例的女党员;注意贯彻家庭出身和社会关系看本人,历史问题看表现,现实问题看大小的原则。“三个重点”是:全校重点是薄弱环节和空白点,师生员工重点是学生,学生重点是高年级。“四个不接受”是:没有经过政治审查缺乏旁证材料的不接受,没有经过系统教育的不接受,没有经过上级组织派人谈话的不接受,高级知识分子的世界观没有解决的不接受。“五个落实”是:落实发展对象,落实教育措施,落实政治审查,落实联系帮助人,落实发展时间。我们认为只有采取这些办法,才能使建党工作既能做到慎重、保证新党员的质量,又能积极地、较多地发展新党员。

此外,在教育培养和调整干部队伍方面,也取得了一定的成绩。因工作需要全校共调整干部20人,支援兄弟单位的教师干部32人,退休的1人,作其他处理的5人,从而进一步精简了干部队伍,为充分发挥干部的专长和积极性,创造了有利条件。对于加强党员和干部的培养教育问题,我们认为要培养一支又红又专的经得起风险考验的干部队伍,必须积极组织他们学好主席著作和党的方针政策;坚持参加劳动;分配他们担任一定的工作;以及组织他们到城乡“四清”运动中去,在三大革命运动的实际斗争中进行锻炼和培养。对于犯有错误的干部,也必须本着“惩前毖后、治病救人”的方针和严肃、积极、热情的态度,帮助教育,着重鼓励前进。只有这样,才能使这些同志在自我改造过程中,有所提高,有所进步。

二、今后任务

本学期我们的任务,在党委计划中已经讲了。现在就几项主要工作,补充几点意见。

在新的一年里,我们必须本着“备战,备荒,一切为人民服务”的精神,高举毛泽东思想伟大红旗,以阶级斗争和两条道路斗争为纲,以全面贯彻主席“七三”指示为中心,进一步抓好主席著作学习,努力实现思想革命化、教育革命化和机关工作革命化,为培养又红又专的德智体全面发展的革命接班人而努力。为了更好地完成这个任务:

第一,必须认真抓好主席著作的学习,切实加强和改进政治思想工作。毛主席教导我们:“掌握思想教育,是团结全党进行伟大政治斗争的中心环节。如果这个任务不解决,党的一切政治任务是不能完成的。”因此,在我们的一切工作中，最主要的作为基础的是必须突出政治，坚持不懈地做好政治思想工作。只有这样，才能有坚定正确的政治方向，才能促使思想革命化和机关革命化，保证教学和各项工作的胜利进行。

为此，各级党的组织，团委和工会，都必须把组织师生员工活学活用主席著作放在一切工作的首位。根据党委的中心工作和师生员工中的思想问题，进一步组织教师干部认真学习《实践论》等三篇哲学论著。一、二、三年级同学主要是结合政治理论课和民兵政治课学习主席有关著作。毕业班同学和工人结合学习王杰同志的英雄事迹深入学习《为人民服务》等三篇文章。

学习总的要求是：从形势、任务和思想实际出发，带着问题学，活学活用，学用结合，学一点，用一点，不断总结，逐步提高，并切实使学习落实到改造思想，改进工作和学习上去。教师着重落实到为革命而教，认真贯彻主席"七三"指示，积极进行教学改革上去。干部着重落实到为革命而工作，树立和加强为基层服务，为教学服务，为学生服务的思想上去，切实改进工作作风和工作方法。同学着重落实到巩固专业思想，明确学习目的，端正学习态度，树立为革命而勤奋学习上去，毕业班同学还要落实到"党叫干啥就干啥"，无条件服从国家分配的思想上去。工人着重解决一切工作都是为革命，全心全意为师生员工服务的思想。

为了加强对政治思想工作的领导，在党委领导下，拟成立政治部，下设办公室和宣传、组织、人事、民兵工作等四个处。并在数学系设政治处，在物理、化学、生物、体育、外语等五个系，以及教务、总务两个处和图书馆、直属教研室等单位，设立政治协理员。在系教研室设政治指导员，在学生年级设政治辅导员。政工干部的配备，采取专职和兼职相结合的办法，主要从现有干部中调整，并拟从高年级学生中挑选一部分品学兼优的党员学生，采取半工半读办法兼任年级的政治辅导员，以便充实基层政工干部队伍，从组织措施上加以保证。

第二，全面贯彻主席"七三"指示，深入进行教学改革。这是我校在相当时期内的一项中心工作，必须认真抓好。毛主席教导说："党委对主要工作不但一定要抓，而且一定要抓紧。什么东西只有抓得很紧，毫不放松，才能抓住。抓而不紧，等于不抓。"因此，各级领导必须根据这项中心任务，着重抓好如下几件工作：

1.组织师生干部继续系统学习主席七月三日和历次有关教育工作的指示。

在学习文件、提高认识的基础上,采取整风方法,教师干部可着重找一找自己在哪些方面贯彻主席指示还不够有力,原因是什么,应当怎样克服等这样一些关键问题。学生可着重找一找自己在生动活泼地主动地学习方面做得够不够,在培养自己德智体全面发展方面做得够不够,应当怎样把自己培养成为政治坚定、思想活跃、业务较好、身体健康、富有创造精神的革命接班人等问题。这样以便更深入进行教学改革,提高教学质量扫除思想障碍。

2.深入开展教学改革。在教学内容的改革中,要大力贯彻“少而精”和理论联系实际的原则。在教学方法上,各门课程都要摸索总结出适合自己课程特点的启发式教学方法。所有教师都必须对学生负责,注意教学工作的思想性,做到教书又教人。各总支和系领导,还要狠抓一下教材建设问题,要全面规划,做到落实编写门类,落实编写人员,落实完成时间。各门课程至迟到1967年1月都要准备好一套适用的教材,以便彻底改变过去多年来存在的上课记笔记、下课对笔记、考试背笔记的错误做法。如果到时拿不出适用的教材或讲义,就不准上课;如有意不给学生发教材或讲义的教师,应当解除其职务。

3.在学制改革方面,必须本着“五年试验,十年推广”的精神,切实办好现有的数学、物理、化学、外语、体育五个全日制系,同时要认真抓好生物系的半农半读试点工作,为积极筹建一个以生物系为主的半农半读分校做好准备。此外,还要加强对函授、夜大等业余教学工作的领导,进一步提高业余教学质量。

4.搞好教学改革的关键,在于广大教师要有较高的政治水平和业务水平。为此,必须加强对师资队伍的培养和提高,特别要加强对青年教师的培养,组织他们努力学习主席著作和党的方针政策,分批分期地参加“四清”运动和劳动锻炼,积极支持他们上讲台,鼓励他们开展科学研究,以便在三大革命运动中不断得到锻炼和提高。

第三,要继续发扬革命干劲,进一步实现机关革命化,特别在当前教师干部比较少,教学和各项工作比较繁重情况下,每个党员和干部更要鼓足革命干劲,努力提高工作效率;认真学习解放军坚持“四个第一”,大兴三大作风;深入进行调查研究;积极参加体力劳动;进一步发扬民主办学和勤俭办学的精神,使我们的各项工作真正做到为基层服务,为教学服务,为学生服务,使我们的机关真正成为机构灵,制度严,作风好,办事快的革命化机关。

第四，还要积极进行党的建设，加强党的领导。这是关系到正确贯彻党的方针政策，搞好教学和各项工作的根本问题。为此，首先必须认真做好建党工作，本着中央关于积极地、较多地、慎重地发展新党员的指示精神，切实贯彻“一个首先”“二个注意”“三个重点”“四个不接受”“五个落实”的做法，既要发展一定的数量，又要严格保证新党员的质量，并要做好预备党员的考察教育工作。

同时要进一步加强支部建设，抓好党的三大优良作风教育，组织党员认真学习主席关于三大作风的指示；进一步落实党员联系群众的制度，定期加以检查督促；严格小组生活和各级委员会的民主生活；认真开展批评与自我批评；并在党内提倡“五要”，即要勇于暴露思想，要听得进尖锐的批评，要坚持党的原则，要反对自由主义，要在党内称同志，以便进一步增强党的团结，发挥支部的战斗堡垒作用和团结教育群众的核心作用。

此外，还要加强对党员和干部的考察了解和培养教育工作，根据德才兼备的方针，坚决地、放手地、逐步地培养提拔新生力量，订出全面规划，落实到人，严格要求，根据不同对象采取相应措施，以加速他们的成长，这是党的一项战略任务，也是当前干部工作的中心，我们必须认真做好。

会议决议

关于中国共产党皖南大学委员会向第三届党员大会的工作报告的决议

（1966年2月15日通过）

中共皖南大学第三届党员大会，在认真学习毛主席有关著作的基础上，听取了陈韧同志代表校党委所作的工作报告。经过充分讨论，大家认为这个报告正确地总结了我校“四清”运动结束以来的主要工作，明确地提出了今后任务，完全符合我校的实际情况，大会一致同意这个报告，并采取无记名投票方式，选举了马文生、石锡侯、孙泰英、陈韧、陈政、沙流辉、吕敬芳、杜效忠、郑鸣玉、范新平、张良、张动民等十二位同志为校党委委员。

大会认为,我校从1960年2月第二届党员大会以来,在中央和省委的正确领导下,出现了一片欣欣向荣的气象。特别是近半年多来,通过深入开展教学改革,进一步加强党的建设,从而使广大党员和师生员工的精神面貌发生了深刻变化,教学和各项工作都取得了显著成绩,全校初步形成了一个既有集中,又有民主,既有纪律,又有自由,既有统一意志,又有个人心情舒畅、生动活泼的政治局面。这是全体党员和师生员工艰苦奋斗的结果。

大会号召,每一个共产党员,特别是各级领导干部,必须更加积极行动起来,紧密团结全校师生员工,认真做到以下几点:

1.要带头贯彻执行毛主席的教育思想和党的教育方针。当前,必须全面深入地贯彻主席"七三"指示精神,积极进行教学改革,减轻学生负担,增进身体健康。

2.要继续发挥革命干劲,切实改进工作方法和工作作风;认真贯彻自力更生,奋发图强,艰苦奋斗,勤俭办学的精神;积极参加生产斗争,科学实验三大革命运动;在现有成绩基础上,谦虚谨慎,再接再厉,争取在社会主义革命和建设事业中,作出更多更大的贡献,为把我校建设成为新型的共产主义高等师范学校而努力奋斗。

3.要高度重视党的建设工作,发扬三大优良作风,即理论和实际相结合的作风,和人民群众紧密地联系在一起的作风以及批评与自我批评的作风;每个共产党员都必须关心和做好新党员的发展工作,壮大党的队伍,增加新的血液,以保证党对全校各项工作的坚强领导。

闭幕词

中国共产党皖南大学第三届党员大会闭幕词

(1966年2月15日)

同志们:

我校第三届党员大会,在同志们的共同努力下,就要胜利结束了。参加这次大会的党员同志共有204人，经过三天半的会议学习讨论，大家一致认为党委的工作报告，正确地总结了我校“四清”运动结束以来的主要工作，一致同意这个报告，并表示要把大会精神坚决贯彻到今后实际行动中去。

对于这次党员大会的召开，各总支、直属支部和全体到会同志，都很重视，能按时出席会议，认真听取工作报告，积极参加讨论。有的总支到会的全体党员，还向大会递交了保证书，表示要认真开好这次大会。学校不少单位、群众团体和个人，给大会送来了贺信，写好了决心书、保证书。许多共青团员和青年同学，为迎接大会的召开而人人争做好事，呈现一片喜气洋洋的气势。

通过这次大会的学习讨论，广大党员同志反映受教育很大，提高了认识，看到了学校的大好形势，找到了思想上和工作中的差距，进一步明确了今后努力的方向，鼓舞了斗志，增强了搞好工作的信心。特别是会议结合学习了焦裕禄同志的模范事迹后，许多同志进一步激发了自我革命的决心。有的同志表示要坚决向焦裕禄同志学习，争取做一个焦裕禄式的好党员、好干部。

焦裕禄同志为我们树立了突出政治的光辉榜样，为我们树立了完全、彻底为人民服务的光辉榜样，为我们树立了活学活用毛主席著作，积极推进三大革命运动的光辉榜样。我们学习焦裕禄同志，就要认真学习他完全、彻底地为人民服务的精神；学习他善于当“班长”，团结同志一道工作的精神；学习他永远和劳动人民打成一片，坚持彻底的群众路线的工作方法；学习他大无畏的革命气概和最扎实的工作作风。

在大会期间，许多同志都根据毛主席的指示，对照检查了自己的工作，同时给我们党委工作提了不少宝贵意见和积极建议，我们认为这些意见和建议都很好。在这次大会后，我们希望每个党员同志，要带头贯彻执行这次大会的精神和决议，并积极向周围群众宣传这次大会的精神。

我们相信，通过这次党员大会，一定会把我校的政治思想工作做得更加深入一步，把教学和各项工作大大推进一步。

中共安徽师范大学第四次代表大会

会议概况

中共安徽师范大学第四次代表大会于1982年3月20日至21日召开。参加会议的党员代表170多名。大会的主要任务：着重总结中央解决安徽省委领导问题以来校党委的工作，提出以“四化”为中心的党委今后工作任务，选举产生党委领导班子。大会听取了沙流辉同志代表校党委所作的工作报告，听取了徐勉一代表上届纪律检查委员会所作的工作报告，选举产生了中共安徽师范大学第四届委员会和新一届纪律检查委员会。

会议议程

一、校党委会的工作报告；

二、校党委纪律检查委员会的报告；

三、选举党的委员会；

四、选举出席省第四次党代会代表。

开幕词

中国共产党安徽师范大学第四次代表大会开幕词

（1982年3月20日）

各位代表、同志们：

大家盼望已久的中国共产党安徽师范大学第四次代表大会今天开幕了。

首先，我代表大会主席团和全体代表向应邀参加今天大会的我校各方面代表和离休、退休老干部，表示热烈的欢迎！

我们这次代表大会是在党的十一届六中全会精神的指导下召开的，是在全党、全国人民狠抓两个文明建设的大好形势下召开的。粉碎"四人帮"以来，特别是党的十一届三中全会以来，我们党已经恢复了正确的思想路线，确立了正确的政治路线和组织路线，作出了一系列适应我国国情的重大决策，各方面都发生了深刻的变化，取得了可喜的成就。五年多来，我们学校在中共安徽省委和省人民政府的领导下，经过深入揭批林彪、"四人帮"和坚决纠正"三案"，落实党的各项政策，开展真理标准的讨论，进行坚持四项基本原则的教育，认真贯彻《关于党内政治生活的若干准则》和六中全会的决议等，使党的实事求是的优良传统和作风逐步得到恢复，党的领导日益得到改善和加强，出现了安定团结的政治局面。随着学校工作重点的转移，校党委开始抓紧为"四化"培养人才的中心任务。经过全体党员和师生员工的共同努力，教学质量和科学水平正在稳步提高，学校各项工作都在拨乱反正中取得一定成绩。当前，全校共产党员和师生员工积极响应党中央的号召，狠抓社会主义精神文明建设，积极投入"全民文明礼貌月"活动，决心通过百折不挠地努力，争取党风、校风和学校面貌有一个决定性的好转，形势令人喜悦。在这样好的形势下，召开这次代表大会，是非常适时的，它标志着我校将进入一个新的历史阶段。

我们这次代表大会的主要任务，是根据六中全会和省委有关指示精神，认真总结回顾过去五年多的工作，研究和提出今后的工作任务，讨论如何进一步加强和改善党的领导，搞好党风、加强思想政治工作，选举产生第四届党的委员会。还要从学校实际出发，研究如何贯彻调整的精神，民主与改革的精神，实现学校工作科学化、制度化，确保以教学为中心的各项工作任务的顺利完成，不断提高教学质量。要通过这次大会，动员全体共产党员、共青团员和师生员工，统一思想，加强团结，振奋精神，努力工作，为培养又红又专的高质量的人民教师，把我们安徽师范大学办成具有先进水平和特色的社会主义大学而奋斗。

为了开好这次大会，我们一定要坚定不移地贯彻执行党的十一届三中全会以来的路线、方针、政策，严格遵守党章和《关于党内政治生活的若干准则》的要求，发扬党的优良传统和作风。要坚持党的民主集中制的原则，充分发扬民主,善于集中正确意见,形成正确的决议,并使决议真正体现全体党员的意志。

同志们,这次党代会,是我校党内生活中的一件大事,也是学校工作中的一件大事,它对我们学校今后的发展将起着重要的影响。我们希望在上级党委的领导和关怀下,在全体代表的共同努力下,把这次大会开成一个团结的会、学习的会、鼓劲的会。

预祝大会圆满成功!

工作报告

同心同德,团结前进,为把安徽师大办成具有先进水平和特色的社会主义大学而奋斗!

——在中共安徽师范大学第四次代表大会上的工作报告(节选)

(1982年3月20日)

一

我校第三次党员代表大会是在1970年12月召开的,到现在已经十一年多了。回顾这段历史,自粉碎“四人帮”以后,我校迎来了新的转机,开始了新的历史时期。特别是党的十一届三中全会以来,校党委和全校师生员工一道,从政治、思想、组织上拨乱反正,坚持边整顿边前进,做了大量工作,使学校形势发生了根本性的变化,以教学为主的各项工作逐步走上正轨,基本上实现了学校工作重点的转移。

(一)认真贯彻党的三中全会精神,逐步端正了思想路线和政治路线

党的十一届三中全会结束了党的工作在徘徊中前进的局面。我们在三中全会提出的解放思想、实事求是的号召下,先后组织校系干部和师生员工学习、宣传、贯彻全会文件,开展实践是检验真理的唯一标准的讨论,抓住真假高

举的问题,批判“两个凡是”观点。同时进行坚持四项基本原则的教育,批判怀疑和否定四项基本原则,怀疑和否定三中全会精神的“左”的和右的错误思想的影响,使广大干部和群众分清了一些思想理论是非,思想路线和政治路线逐步端正。

(二)拨乱反正,落实了党的干部政策和知识分子政策

根据三中全会肯定了的“实事求是,有错必纠”的原则,我们积极稳妥地处理了“文化大革命”中的“三案”和历史上遗留下来的问题。在落实知识分子政策方面,我们对一些有专长、有声望的中老年教师,根据本人条件和工作需要,分别安排他们担任了校、系、所、馆、室的领导工作,注意发挥他们的作用,其中有的被推选到全国、本省、本市兼任有关职务和担任各学术团体负责人。同时,我们还先后提升教授10名,副教授81名,讲师380名,工程师1名;三次共调整了1500名教职工的级别,其中连续调整两次的有221人,使84%的教职工初步提高了工资收入;还解决了120多人夫妻长期分居的问题,安排了一批职工子女就业等。

(三)初步整顿了领导班子,加强了党的建设

几年来,党委根据新时期选拔干部的三条标准和逐步实现干部队伍革命化、知识化、专业化、年轻化的要求,积极地、稳妥地调整、充实校系领导班子,有计划地选拔了一批中青年干部和专业干部担任领导工作,陆续安排了一批老干部离休、退休。目前,校系领导班子成员中,中青年干部占绝大多数,具有大专文化程度的占70%以上。实行民主选举办法,普遍改选了教研室和党支部,使基层组织更有效地发挥作用。几年来,我们重视加强党的思想和组织建设,恢复和逐步健全了党内组织生活制度,积极开展“做合格党员”的教育活动,注意在教学、科研骨干和高年级学生中建党,先后发展新党员170多名。党的五中全会以后,党的建设工作有了进一步加强。我们以《关于党内政治生活的若干准则》(以下简称《准则》)和党章修改草案为主要内容,举办了科、处级党员干部学习班;对党员普遍进行了轮训;成立了党的纪律检查委员会,开展了工作;协助各民主党派恢复了组织活动,党的统战工作开始活跃。特别是党的六中全会以来,通过广泛深入地贯彻会议精神,和对科以上党员干部的训练,党内的认识基本上统一到《关于建国以来党的若干历史问题的决议》的结

论上来。

(四)思想政治工作在新形势下不断恢复和加强

几年来,我们结合各个时期形势的特点和思想倾向,有针对性地开展思想政治教育工作,取得了一些成绩。在学生中积极开展了以学习为中心,以“三好”为目标的“学雷锋、树新风”“创三好”“五讲四美”活动,开展了“三爱”(热爱党、热爱祖国、热爱社会主义)和“四个坚持”的教育,对培养广大青年学生的共产主义道德风尚起到一定作用,促进了精神文明建设和青年学生德智体全面发展,带动了学校风气的转变,涌现出一大批三好学生、优秀团员、优秀学生干部、“五讲四美”积极分子和先进集体,有的被授予全国和我省三好学生、先进集体的光荣称号。各级党组织和广大党员干部对新时期思想政治工作的地位和作用的认识不断提高;思想政治工作的制度逐步健全;思想政治工作队伍逐步扩大;不少单位坚持思想领先的原则和疏导结合的方针,在思想政治工作中初步积累了一些成功的经验。共青团、工会、学生会等群众组织恢复以来,积极地开展工作,发挥了党的助手作用。

(五)教学和科学研究工作开始走上正轨,教学质量不断提高

几年来,在党委领导下,经过拨乱反正,解放思想,特别是通过贯彻以调整为中心的“八字”方针,我校教学秩序日趋正常。改革招生制度以来,我校先后招收本科学生5800多名,以及部分研究生和进修生,同时还招收函授生4300多名。我们坚持按照教育规律办事,狠抓提高质量这个中心环节,从教学人员的补充、调整到教学计划的修订,从课程的安排到各个教学环节的改进,从教学制度的建立、健全到教学工作的研究、检查等,都做了大量工作,在某些方面也作了一些可喜的尝试和探索。在师资队伍建设、教材建设和实验设备、图书资料建设方面也取得了一定的成绩。现在,教学工作虽然面临着许多新情况、新问题需要研究解决,但教学质量不断提高,学生刻苦钻研的学习空气浓厚,并涌现出一批品学兼优人才。此外,政治理论课教学工作也在实践中不断改进和加强,对学生逐步树立无产阶级世界观和革命的人生观,对扩大学校马列主义、毛泽东思想阵地起到了较好的作用。《国家体育锻炼标准》颁布后,推动了体育教学工作和体育锻炼的开展。

在狠抓教学质量的同时,科学研究工作也取得了新的进展。校、系学术组

织普遍建立，校际间交往不断加强，学术活动频繁。几年来共完成卓有成效的科研项目39项。其中有的获得省科技成果奖，有的已出版发行，有的已被运用到生产和教学中。在国内外报刊公开发表或对外交流的学术论文有500多篇，邀请外地或外籍专家来校讲学的有50余人次，派出教师讲学或进行学术交流的达300多人次。由于贯彻“双百”方针，开展科学研究和学术活动，对提高教学质量和科学水平起到了积极的促进作用。

（六）校务后勤部门职工积极为教学、科研服务，为师生员工生活服务，做了大量工作

五年多来，我校新建校舍竣工面积共达31700平方米，正在投建的校舍面积有12000平方米。目前教职工有450多户的住房初步得到调整、改善。还将继续兴建一批职工宿舍，逐步解决住房困难问题。总务工作也作了很大的努力，完成了若干小基建任务，购置和自制了一大批生活和教学用具，安装和维修了一些水电设施，新铺了若干个护坡和路段，着手调整、修缮了部分教室、实验室用房，兴建了大型花圃等。医院、食堂、浴室、幼儿园等方面的服务项目和服务质量也都有了改善。行政管理、战备施工和治安保卫工作，也取得了较好的成绩。

我们既要肯定所取得的成绩，增强信心，又要看到存在的困难和问题，看到解决学校面临的困难和问题还需要有个过程，从而励精图治，不断前进。用党的六中全会和五届人大四次会议精神来衡量我们的工作，确实还有相当大的差距：我们学校的潜力没有充分挖掘，教学质量和科研水平还不够高；师资队伍建设缺乏长远规划和有力的措施；学校管理制度不严，“脏”“乱”“差”的问题需要根治，办学条件亟待进一步改善；办事拖拉扯皮、工作效率不高、组织纪律松弛的现象还比较普遍；党的战斗力不强，党内存在有不正之风，一部分干部、群众中还存在“左”的思想以及无政府主义和自由化思想，党的思想政治工作，特别是教职工中的思想政治工作还比较薄弱等。

二

我们今后的任务和奋斗目标是：认真贯彻以调整为中心的“八字”方针，1985年以前，重点抓调整，稳步改革，加强“三基”，大力提高教育质量；1985年

以后,在调整、改革、整顿、提高的基础上,做到有计划按比例地发展。要通过扎扎实实的工作,争取三五年内学校各项工作有较大的起色,教学质量和学术水平有较大的提高,力争1990年前后,把安师大办出水平和特色,进入全国高师先进行列,培养一定数量的硕士研究生,其中包括一批优秀的研究人才和管理人才。此外,还要充分挖掘潜力,广开学路,多种形式办学,如开办一些短训班、干部专修班等,为“四化”建设做出更大贡献。

(一)关于学校发展规模

为了适应社会主义教育事业发展和国民经济进一步调整的需要,要本着实事求是,量力而行的原则,全面安排好“六五”规划和十年设想,解决好校内各方面比例关系失调问题。一方面要大力充实、提高现有的老专业,发挥它们的潜力和特长;另一方面要重视加强薄弱环节,帮助基础较差的专业打好基础,站稳脚跟。近几年来,除有计划地增办少数急需的新专业外,一般不再铺新摊子,以免战线过长,精力分散。在校学生规模,1985年前后稳定在5000人左右(其中包括硕士研究生、进修生200人);1990年前后,逐步调整本科生与研究生、进修生的比重,提高研究生、进修生的比重,在校学生定型规模为6000人(包括硕士、博士研究生、进修生400人)。在保证本科生、研究生质量的同时,适当发展函授和其他业余教育。1985年后,函授教育改按本科目标培养,学制五年,酌情增加新专业,规模为2000人。

(二)办好重点,带动一般

根据我校具体情况,经研究,拟确定基础比较好、师资力量比较强、有一定教学和科研水平的古代文学等十三个学科作为重点发展对象。各系也可以结合实际,确定自己的重点。凡是重点学科,经过三到五年的努力,要达到全国同类先进院校的教学水平,对本学科一个或几个领域要有比较深入、独到的研究,拿出具有国内先进水平的成果,带出一定数量的硕士研究生。强调办好重点,不是丢掉一般,提倡扬长补短,而不是扬长弃短,相反,要大力促进一般学科的发展,要积极帮助一般学科特别是新建专业补充师资力量,解决必须的办学条件,要求他们要树雄心,立壮志,敢于竞争,尽快地办出应有的水平来。

(三)大力提高教学质量

当前,要加强教学研究,着重解决好两个问题,即先进的教学内容和科学的教学方法的问题。近两三年内,有条件的专业,要在保证全部必修课质量的基础上,力争开出门类较多、质量较高的选修课。理科要加强实验课。文科学生要学点理,理科学生要学点文,以开阔学生知识面和提高文化素养。高年级学生要参加科学研究,并在教师指导下完成一定质量的毕业论文。教学方法问题,是教学工作中亟待解决的一个重要问题。要切实改变"满堂灌"的现象,课堂教学要留有余地。要注意抓"两头",因材施教,对学习困难的学生加强指导,对德智体全面发展的"冒尖"学生,以适当方法,加以重点培养。要改革考试制度,改进考试方法,高标准,严要求,注重对学生能力的考察,促使学生成为富有创造精神的人才。此外,还要在一些学科逐步采用现代化教学手段。

在稳步地改革教学内容和方法的同时,还要进一步建立和完善教学科研管理制度。要认真实行教师工作量制、主讲教师任务书制、教学质量优秀奖励制和对教师考核提升制,严格把关,保证教授、副教授和有经验的讲师承担主要课程的教学任务。今后凡是有条件而不安排教学任务的或不带研究生的教授、副教授必须经学校批准。要建立教师业务档案。要全面实施学位条例。

(四)努力提高科研水平

我们要做以下几方面工作:一是各专业、教研室、研究所(室)要根据"四化"建设需要和本学科发展的趋向,结合自己的特长和条件,确定长远研究方向和近期研究任务、主要课题,尽快落实近、中、长期计划,并争取尽快拿出成果。二是正确处理教学与科研的关系,统筹安排,合理地组织教师力量,实行教学、科研、进修定期轮换的办法,保证有条件的教师都能够受到科研实践的锻炼。三是重点抓好汉语言研究所、高等教育研究室的同时,积极筹建中国文学、中国古代史、稀土化学、生物等研究所(室),确定适当的研究人员编制,以形成兼职与专职相结合的科研队伍。四是要认真贯彻"双百"方针,广泛开展学术活动,特别是加强校际乃至国际学术交流活动,并有计划地聘请国内外专家来校讲学和指导科研工作。

当前,要把高等教育改革和教育科学的研究列为重要课题加以落实。教育系除完成教学任务外,在这一方面要走在前头,争取多出成果。各系都要重视教学法的研究,努力探索和总结本专业、本学科的教育规律,为提高教学质量服务。要大力办好学报。要把附中、附小作为教学和科研的实验基地,各系要同附中对口建立经常联系,有计划地派教师到附中调查研究,从事教学实践,帮助他们进行必要的改革试验,为全省中、小学教学提供有益的经验。

(五)切实加强师资队伍建设

我校现有教学人员886人,从结构上看是两头小中间大,青黄不接,一方面人浮于事,不能做到人尽其才,另一方面又缺少更多的学术带头人。要通过"五定",逐步确定教师编制,搞好人才交流,不断更新教师队伍,提高师资质量。

在师资队伍建设中,还要注意解决几个问题:一是不断提高新教师的业务水准起点。1985年以后,逐步多从研究生中选留或调进助教,充分发挥"杂交优势",使教师更多地接触新学派、新观点,以利于成长、创新和活跃学术思想。二是强调每个教师至少要掌握一门外国语,要求理科骨干教师能懂得两门外国语,以便更好地了解国外科技发展动向,改变在一些科学领域闭目塞听的情况。三是要尽可能让一些中年骨干教师多开新课、选修课,有意识地培养增强他们创新能力。四是要保证学术带头人和长期在教学第一线的教师,每五年有半年时间由自己安排用于进修、整理研究成果、外出考察学习和参加学术交流活动等。

(六)积极改善办学条件

近几年内,要有计划地、逐步地把理科实验室调整、建设好,充实一些常规仪器设备和现代化的实验设施,建设几个具有先进科学技术水平的实验室;在文科要有计划地建设几个资料齐全、配套的资料中心。要大力改善图书管理工作,提高图书资料利用率,加强图书情报工作,并逐步实现图书资料管理人员专业化。要抓紧基本建设,争取尽快建成物理楼和其他必要的教学、生活设施,搞好旧房维修工作,一步步解决好教学、科研和生活用房问题,改善职工的居住条件。要采取有效措施,改变学校环境面貌,搞好绿化卫生,修整好主要道路,整顿好治安秩序,建设一个整洁、文明、优美的校园。要提高行政管理水平,建立和完善各种管理制度,有步骤地实行半企业化、企业化管理的改革,逐步实现管理工作的科学化。要切实办好食堂、医院、幼儿园、浴室、招待所等,努力提高服务质量,解除师生后顾之忧。

三

现就以下五个问题谈点意见。

(一)加强思想政治工作,巩固和发展安定团结的政治局面

当前,思想政治工作的根本任务是:继续深入贯彻党的三中全会以来的路线、方针、政策,坚持以四项基本原则为中心,深入进行马列主义、毛泽东思想基本理论教育,进行形势与任务(包括党的现行方针政策)教育,进行共产主义道德教育和组织性纪律性的教育,彻底肃清"左"的错误的影响,清除封建主义的余毒,抵制资产阶级思想的侵蚀。同时,要对师生员工进行革命理想和前途教育,革命传统教育,文明礼貌教育,劳动教育等。通过这些教育,充分调动师生员工建设社会主义的积极性,努力建设社会主义精神文明,巩固和发展安定团结的政治局面,为培养又红又专的人才作出贡献。

思想政治工作一定要适应新形势、新特点,紧密结合为"四化"培养人才这个中心来进行,并深入到教学领域,贯穿于一切活动之中。要坚持思想领先的原则和疏导结合的方针,把解决群众的思想问题与解决实际问题结合起来。要实事求是,调查研究,深入细致,精雕细刻,努力探索思想政治工作的客观规律和实现思想政治工作科学化的途径。要坚持党的原则,旗帜鲜明。对于思想领域的问题,要敢抓、敢管,不能放任自流;对于任何企图削弱、摆脱、反对党的领导的错误倾向和反对社会主义的错误观点,必须理直气壮地进行批判、教育以至必要的斗争。

要加强共产主义思想和道德品质的教育,大力开展学雷锋、树新风、创三好活动,开展"五讲四美"文明礼貌活动,引导学生努力做到又红又专,德智体全面发展,成为具有高度精神文明的一代新人。在教职工中,还要重视进行全心全意为人民服务的思想教育,开展"学雷锋,树新风,爱学校,做主人"的检查评比活动,大力提倡共产主义的劳动态度,反对"向钱看"的腐朽思想。

加强思想政治工作,必须建立一支坚强的、稳定的、有战斗力的政工队伍。同时,也要依靠全体政治理论课教师的管教管导,还要动员各方面力量,尤其是广大教师和职工教书又教人,管物又管人,改变思想政治工作同教学工作、行政管理工作分离的状况,使思想政治工作更加具有群众性和针对性。要在

党委统一领导下,充分发挥工会、共青团和学生会等群众组织的作用,同心协力,做好思想政治工作。

(二)按照干部工作"三位一体"的要求,加强各级领导班子建设

加强学校各级领导班子建设,使之真正成为坚持党的路线、年富力强、精通业务、善于管理、团结一致办教育的工作班子,是坚持和改善党的领导,进一步办好学校的关键。我校各级领导班子,经过调整和充实,大多在政治上、业务上和领导作风方面有了加强和改进,基本状况是好的。但用事业发展的要求来衡量,确实还有许多不适应的地方,必须重视加以解决。

要进一步加强组织建设。在保持现有干部队伍的相对稳定,充分发挥现有干部队伍作用的同时,要根据中央组织工作会议和党的六中全会精神,进行干部工作"三位一体"的综合治理,即选拔中青年干部,妥善安排一些老干部退居二、三线,搞好干部队伍的调整。从我校实际情况来看,做好优秀中青年干部的培养、选拔工作,具有很大的现实意义。要实现这一任务,必须从思想、组织、政策、措施上加以落实。在进行"三位一体"治理中,要继续发挥老干部的骨干作用,坚持领导班子以老同志为骨干,以中年为主体,逐步形成老中青结合的比较合理的年龄结构。

同时,要搞好思想建设。一方面要有计划地组织干部重新学习马克思主义哲学、政治经济学和科学社会主义理论,联系实际,认真总结过去的经验教训,运用辩证唯物主义和历史唯物主义的基本观点,研究新情况,解决新问题,正确理解和贯彻党的路线、方针、政策,提高马列主义、毛泽东思想的理论水平。另一方面,要组织干部学科学,学管理,不断提高干部的科学文化水平和管理能力。随着科学技术和教育事业的日新月异,我们还有不少未知的领域要研究探索,只有懂得更多的业务知识和管理知识,才能使视野更加开阔些,工作中才能增加一些预见性和创造性,从而更好地按照教育规律办事,为建立中国式的社会主义教育体系做出应有的贡献。

要切实加强干部的管理工作,通过实践,逐步建立、健全干部的选举、任免、考核、交流、升降、奖惩等制度,坚决执行中央关于干部任期、离休、退休的规定,并结合学校实际,分别制订出实施办法。

充分发挥校长和行政组织的作用,切实搞好党政分工,改变党政不分,以

党代政的状况，势在必行。按照上级规定，学校实行党委领导下的校长负责制，首先改变党委包揽行政事务的做法，把思想政治工作放在首位，以主要精力抓党的路线、方针、政策的贯彻执行，实行政治领导和组织监督，管好党员，保证学校各项工作任务的完成。系一级领导体制，凡是有条件的，要逐步实行校长领导下的系主任负责制，党总支对系行政起监督、保证作用。同时，要全面试行党政职责权限的暂行规定，使从上到下的行政指挥系统畅通起来。为贯彻民主办学的方针，今后每年要召开师生员工代表会议，集思广益，改进学校工作。

（三）抓好党性党风党纪教育，争取党风有一个决定性的好转

目前，我校共有党员683名，绝大多数拥护党的十一届三中全会以来的路线、方针、政策，坚持四项基本原则，坚决贯彻执行六中全会决议精神，发扬党的优良传统，艰苦奋斗，在各自的岗位上发挥了应有的作用。但是，由于“文化大革命”及其期间“左”倾错误的影响，加上我们对党员思想教育有所放松，在一些党组织中，不同程度地存在着思想、作风、组织不纯的问题，党内不正之风还相当普遍地存在，严重地削弱了党的战斗力。因此，必须通过整顿，争取党风的决定性的好转。

端正党风，主要靠教育。要从增强每个共产党员的党性入手，狠抓党性党风党纪教育。

端正党风，纪律要严明。要加强纪律检查工作，通过调查研究，经常了解和掌握党员干部执行纪律的情况，表扬好人好事，批评不良倾向，严肃处理党员中违法乱纪的问题。

端正党风，关键在领导。各级领导要严格遵守《准则》，从自己做起，层层带头，一级抓一级。凡是要求群众做到的，领导干部首先要做到；要求群众不做的，领导干部坚决不做。同时，要求领导干部，特别是各级组织的第一把手，要亲自抓党风，按党性原则办事，发扬为党和人民的利益敢于负责、勇于作出自我牺牲的精神，为争取党风的根本好转作出百折不挠的努力。

（四）进一步落实党的各项政策，充分调动广大教职工的积极性

几年来，我们根据中央和省委的指示精神，在落实党的政策方面作出了很大努力，取得了较为显著的成绩。但是，由于“左”倾错误影响较深，我们有些

同志特别是有的领导同志思想还不够解放。总之,党委的工作和党中央关于“政治上一视同仁,工作上放手使用,生活上关心照顾”的要求相比,还有相当的差距,真正做到“近者悦,远者来”还要付出很大的努力。

为了进一步落实党的各项政策,特别是知识分子政策,必须不断地对党员、干部进行党的政策教育,进一步端正思想路线,正确看待知识分子,充分认识知识分子在“四化”建设和办社会主义大学中的地位和作用。要坚决扫除长期间存在而在“文革”期间愈演愈烈的那种轻视教育科学文化和歧视知识分子的完全错误的观念。同时,要不断地研究落实政策中的新情况、新问题,把落实政策作为党的一项重要任务抓紧抓好。

落实知识分子政策要做的事情很多,当前,总的要求是做到“三放一严”:即对知识分子放心,放手,放下架子,严格要求。放心,才能建立正常关系;放手,才能把学校工作搞活;放下架子,才能交知心朋友;严格要求,加强政治思想教育,才能促其沿着又红又专的道路迅速成长。同时,要继续完成“三案”和历史遗留问题的善后处理和档案材料的清理工作。此外,还要进一步开展新时期统战的性质、任务、方针、政策的宣传教育,做好统一战线工作,注意发挥民主党派的监督作用。

(五)认真改进领导作风,努力提高工作效率

为了适应形势发展的迫切需要,从我校领导工作实际状况来看,应当着重解决好三个方面的问题:一是制度问题。建立健全必要的工作制度,实行科学的领导方法。认真实行民主集中制的原则,坚持集体领导与分工负责相结合的制度,除重大问题必须经过党委集体讨论决定外,一般属于个人分工范围内的事,一律由分管同志独立地、积极地处理。党委决定的事,必须分头落实,各司其职,一抓到底,做到有布置、有检查、有总结。二是思想作风问题。主要是加强调查研究,面向基层,防止和克服官僚主义。党委领导成员都要以主要精力从事调查研究。尽可能摆脱日常事务,精简会议,扎扎实实地帮助基层解决一些实际问题,减少工作指导上的主观性、片面性和盲目性。要充分发挥党内外的民主,倾听不同意见,广开言路,放手地发挥行政组织的管理作用,党委加强领导、监督、检查的责任。三是精神状态问题。要克服涣散软弱,振作革命精神。当前,我们面临的问题和矛盾确实很多,这就要求我们意识到自己肩上

的重担，兢兢业业，脚踏实地，迎着困难前进。

同时，要根据中央指示精神，切实搞好机关整顿，精简机构。明确划分党政各部门职责范围，实行定员定额，建立岗位责任制，克服官僚主义，改变有些部门涣散、拖拉、推诿、扯皮和工作效率很低的状况，恢复和发扬党的优良作风，提高机关工作效率，更好地发挥职能和表率作用。

会议决议

关于中国共产党安徽师范大学第四次代表大会工作报告的决议

中国共产党安徽师范大学第四次代表大会认真讨论审议了沙流辉同志代表上届党委会所作的《同心同德，团结前进，为把安徽师大办成具有先进水平和特色的社会主义大学而奋斗！》的工作报告，并原则上通过这个报告。

大会认为，上届党委在粉碎"四人帮"以后，特别是党的三中全会以来，认真贯彻执行了党的路线、方针、政策，学校工作在拨乱反正中不断前进，成绩是主要的，形势是好的。工作报告以马列主义、毛泽东思想为指导，回顾了过去五年多来的工作，指出了工作中存在的主要缺点和问题，基本上是符合我校实际情况的。报告提出的20世纪80年代学校发展的初步设想和近期的工作任务，体现了调整的精神，改革的精神，是比较实事求是的，经过努力是可以实现的，关键在于狠抓落实。大会要求第四届党委会把工作重点进一步转移到为"四化"培养又红又专的人才上来，认真贯彻以调整为中心的八字方针，整顿和加强学校各级领导班子，充实和提高师资队伍，继续落实党的知识分子政策和干部政策，大力改善办学条件，注重深入群众、深入实际、研究新情况、解决新问题，努力提高教学质量和科学水平。

大会赞同工作报告对加强和改善党的领导所提出的各项要求和措施，认为这是实现学校各项工作任务的根本保证。大会要求各级党组织和全体共产党员，要坚持四项基本原则和彻底的唯物主义，严格按照《准则》和党章办事，自觉地运用批评与自我批评的武器,抵制腐朽的资产阶级思想和封建残余思想的影响,增强党性,坚持党的正确原则,加强思想政治工作,同一切不良倾向作斗争,以实际行动争取党风的根本好转,做建设社会主义精神文明的模范。

大会号召全体共产党员、共青团员和全校师生员工,紧密地团结在党中央的周围,在省委和校党委的领导下,坚定不移地贯彻执行党的三中全会以来的政治路线、思想路线和组织路线,继续学习贯彻党的六中全会通过的决议,统一思想,加强团结,振奋精神,努力工作,为完成历史赋予我们的光荣任务,把我校办成具有先进水平和特色的社会主义师范大学而奋斗!

闭幕词

中国共产党安徽师范大学第四次代表大会闭幕词

(1982年3月21日)

同志们:

我校第四次党的代表大会,在上级党委领导和关怀下,经过全体代表的共同努力,已经圆满地完成预定的各项任务。

大会期间,代表们以实事求是的态度,严肃认真、积极负责的精神,听取和审议了沙流辉同志代表上届党委所作的工作报告,对我校几年来的工作进行了回顾和总结,对我校发展前景和近期主要任务提出了许多好的意见和建议,同时认真讨论审议了党委纪委的工作报告,对加强党性党风党纪教育,争取党风的根本好转坚定了信心。在此基础上,选举产生了中国共产党安徽师范大学第四届委员会,原则上通过了关于工作报告的决议。可以说,我们这次代表大会,确实开成了一个团结的会,学习的会,鼓劲的会,开成了一个明确方向、任务,动员全校共产党员和师生员工向新的奋斗目标进军的誓师大会。

大会结束以后,希望各位代表继续尽到自己的责任,带头宣传、贯彻这次大会的精神和决议。当前,学校工作任务很多、很重,关键在于狠抓落实。根据上级有关部署和我校的实际情况，我们必须着重抓好以下几项工作：一是振作革命精神，切实纠正党内不正之风，打击经济领域犯罪活动；二是广泛深入地开展“五讲四美”文明礼貌活动，重点解决“脏”“乱”“差”的问题；三是搞好机构整顿和改革，提高工作效率，克服官僚主义；四是加强教学研究，稳步进行改革，千方百计提高教学质量；五是通过调查研究，尽快制订出师资队伍建设的总体规划，落实培养措施，努力提高师资水平。在完成上述任务中，要求各位代表要以身作则，严以律己，在各自的工作、学习岗位上做广大群众的表率，充分发挥共产党员的先锋模范作用，为培养高质量的人民教师和建设社会主义精神文明贡献力量。

最后，预祝同志们在校党委的领导下，为办好安徽师范大学做出新的成绩。现在，我代表主席团宣布大会胜利闭幕。

中共安徽师范大学第五次代表大会

会议概况

中共安徽师范大学第五次代表大会于1986年1月18日至20日召开，参加大会的党员代表207名、列席人员4名、特邀代表29名。大会听取了杨新生同志代表校党委所作的工作报告，任兴田同志代表上一届校纪委检查委员会所作的纪委工作报告。大会选举产生了中共安徽师范大学第五届委员会和新一届纪律检查委员会。

开幕词

中国共产党安徽师范大学第五次代表大会开幕词

（1986年1月18日）

各位代表、同志们：

在党的全国代表会议精神指引下，中国共产党安徽师范大学第五次代表大会，现在开幕了。

首先，让我代表大会主席团向来自教学、科研、思想政治工作和后勤工作第一线的207名代表、4名列席人员和29名特邀代表，致以亲切的问候和崇高的敬意！向应邀到会的全体特邀代表，表示热烈的欢迎和谢意！

我校第四次党代表大会是1982年3月召开的，至今将近四年了。四年来，国内外形势发生了巨大变化，现在全国的政治、经济形势是新中国成立以来最好的时期之一。我校也同全国一样，在党的十二大精神指引下，进一步实现了学校工作重点的转移，在围绕培养又红又专的“四化”建设人才方面，做了大量工作。初步进行了学校管理制度的改革，教学、科研方面的改革和思想政治工作的改革，进一步落实了党的各项政策，特别是党的知识分子政策，使全校的思想政治工作，教学、科研和校务建设工作，都取得了较好的成绩。通过1984年11月开始的整党工作，使党的实事求是、密切联系群众的优良传统和作风，逐步得到恢复和发扬，党的建设和领导，日益得到改善和加强。我校第四次党代会确定的各项任务，已经基本完成。我们在为振兴中华、建设安徽而培养合格人才方面，作出了应有的贡献。这是我校各级党组织和广大党员同全校师生员工共同努力的结果，并为今后“团结奋斗，再展宏图”奠定了良好的基础。

各位代表：前不久召开的党的全国代表大会，提出了“七五”计划的建议。这个建议，为进一步发展我国的经济和教育事业指明了前进的方向。今年是“七五”计划开始的第一年。我们这次党代表大会的主要任务，就是要认真贯彻党的全国代表会议精神，围绕党的十二大提出的战略任务和奋斗目标，紧密联系学校的实际，认真总结第四次党代会以来的各项工作。根据《中共中央关于教育体制改革的决定》，确定我校今后五年的奋斗目标和工作任务。因此，这次代表大会是一次非常重要的会议。开好这次大会，对于巩固整党成果，实现党风的根本好转，改善和加强党的领导；对于抓好学校的物质文明和精神文明建设，动员全校党员和师生员工同心同德，锐意改革，为努力实现学校新的奋斗目标和任务，都有着极为重要的意义。

这次代表大会的主要议程有三项：(一)审议并通过校党委、校纪委的工作报告；(二)选举产生中国共产党安徽师范大学第五届委员会；(三)选举产生中国共产党安徽师范大学新的纪律检查委员会。

由于这次大会任务重、时间紧，为了开好会议，我们要认真贯彻党的民主集中制原则，切实履行全校党员交给我们的光荣任务，努力完成大会预定的各项议程，团结一致，群策群力，把这次大会开好。

最后，祝大会圆满成功。

工作报告

坚持"三个面向",培养合格师资 为振兴安徽教育和经济作出新的贡献

——在中共安徽师范大学第五次代表大会上的工作报告(节选)

(1986年1月18日)

一

我校第四次党代表大会,是1982年3月召开的,至今已近四年。四年来,我校为社会主义"四化"建设输送人才达7500多名,其中全日制本专科生4825名,研究生20名,夜大本专科生888名,函授生1791名。为振兴安徽的教育和经济,作出了应有的贡献。

在过去的四年中,我校党委经历了一个新老交接的过程。我们现任党委在前任党委辛勤努力并取得一定成绩的基础上,进一步贯彻党的改革方针,积极进行工作,使安徽师大初步呈现出生机勃勃的景象。四年来,我们主要抓了以下六个方面的工作:

(一)学习贯彻十二大精神,认清新形势,明确新任务

党的十一届三中全会以来,学校的形势发生了根本性的变化,以教学为主的各项工作,逐步走上正轨。1982年9月召开的党的十二大,明确将教育列为经济发展的战略重点之一,这对我们教育战线提出了更高的要求。为了帮助广大师生员工认清新形势,明确新任务,校党委积极采取措施,迅速在全校掀起了一个学习、宣传、贯彻十二大精神的热潮。学校先后举办了处级、科级干部和理论骨干学习班,在学习过程中,各级领导做到带头学习、带头宣讲,各单位也采取了多种学习形式,保证了学习质量。通过对十二大文件的深入学习和贯彻,为学校工作重心的转移,为开创学校各项工作的新局面,从思想上提供了保证。

（二）认真落实党的各项政策

四年来，在“两案”复查方面，全校共复查案件和问题172件，其中“文革”案件和问题54人，改正错划右派结论45人，“文革”前案件和问题73人。清理人事档案1210份。在落实知识分子政策方面，优秀知识分子入党难的问题逐步得到解决，学生中建党工作有了新的进展。1982年4月以来，全校共发展新党员573名，其中专业人员123人，学生420人。到1985年12月底，先后提升和确定了409名专业人员的业务职称，有26人被派往国外攻读博士和硕士学位，83人在国内各种进修班学习提高。解决70名专业人员夫妻两地分居的问题，安排了161名教职工子女和特困家属就业，改善了624户教职工的住房条件。同时，党的统战政策和侨务政策也得到了较好的落实，先后有53名民主党派和知名人士，担任全国和省、市人大代表、政协委员等职务，还有的在校内担任了一定的领导职务。全校所有归侨、侨眷以及港澳同胞眷属等知识分子的档案材料，均全部清理完毕。此外，还帮助他们解决了一些实际问题。

在改善学校办学条件和工作条件方面，我们在经费比较困难的情况下，尽了最大的努力，新建教学用房9779m^2，生活用房18502m^2，新建和修整道路7500m^2。学生食堂、浴室和学生宿舍区的改造工程基本完毕。已为217户教工安装了煤气。这项工作还在继续进行中。所有这些工作，对稳定学校的形势，调动各方面的积极因素，为“四化”建设多出人才、出好人才，起到了积极的作用。

（三）认真抓了处级和科级机构改革，加强了领导班子建设

根据中央关于干部队伍必须革命化、年轻化、知识化、专业化的要求，我们积极稳妥地调整充实了处系级和科一级的领导班子。自去年机构改革以来，我们先后对全校37个处级单位配备了114名处系级干部。平均年龄48.1岁，比原班子下降5.8岁；在文化程度上，大专毕业以上的占91.4%。全校新配备科级干部155名，平均年龄下降5.4岁；大专毕业以上的占64.8%，比原班子提高8.8%。此外，还调整和配备了教研室、研究室正副主任近200人，一大批教学、科研骨干担任了教研室、研究室的负责人。

(四)初步进行了学校管理体制和教学方面的改革

为了积极贯彻中央和省教育工作会议精神,我校在管理改革方面先后制订了《关于学校管理改革的若干规定》《党政机关岗位责任制》《党委会工作暂行规定》《校长工作试行条例》《关于思想政治工作改革的几点意见》《安徽师大近期教学改革设想》等改革条例或讨论草案。各系、所、室、馆、机关各部、处、室也都联系本单位的实际,对改革进行了积极的探索和尝试,有的已经初见成效。

在教学改革方面,根据"三个方面"的要求,认真修改了各学科的教学计划,重视加强实践性教学环节,注意改革教学方法。为适应新形势的要求,我们还积极增设新学科和新课程,加强选修课,并充分利用电化教学手段,重视开展"第二课堂"活动,使学生的知识与能力有了较大的提高。全校的学术氛围渐趋浓厚。为了加强教学方面的管理,我们推行了教学责任制,包括实行了教学任务书、教师工作量、教学质量优秀奖、教书育人奖和学习导师等制度,并认真做了教师的业务考核工作。根据社会的需要,我们还积极挖潜,实现多层次和多种形式办学,并新办了思想政治教育、学前教育、环境保护、实验技术、电子技术等新专业。

在学校管理体制和教学改革的推动下,我校教学质量有了较明显的提高。每年毕业的千余名学生,绝大多数都受到用人单位的好评,在中等教育战线发挥了作用。在1984年、1985年全省高校外语统考和省属师范院校基础数学统考中,我校均取得了较好的成绩。四年来,我校考取研究生的人数逐年增加,仅1985年就考取研究生119名。在文体方面,1984至1985学年学生的达标率由上年度的10%上升到49%,几年来,我校学生参加省内各项体育比赛和文艺会演,都获得较好成绩。全校科研工作也取得了新的进展。四年来,我校单独和参加完成的重大科研项目有16项,有的成果在全国和省获奖,有些成果已被运用到教学和生产中去。在国内外学术刊物上公开发表了学术论文1521篇,专著和译著130部,其中有的专著参加和准备参加国际书展和香港书展。关于稀土研究方面的论文,以及动物学、地理、历史、语言、体育等学科的专题研究成果,都分别参加了国际有关学术会议交流,有些美术作品被送往国外参加展出。此外,我校还先后主办或主持一些在全国和国际较有影响的学术性会议。

（五）开展了整党，加强了党的建设

根据中央和省委的部署，我校自1984年11月开始整党。一年来，党委对整党的每一个阶段，都努力做到结合党内思想和工作实际，认真研究，精心安排。在学习文件、统一思想；对照检查、深入整改；增强党性，加强纪律；组织处理，党员登记；检查总结，发展成果的各个阶段，我们始终注意做到“四个坚持”：即坚持正面教育和自我教育，坚持领导带头，坚持党性教育，坚持整党促改革、促工作。由于我们的态度是认真的，方法是稳妥的，整党基本上达到了预定的要求。到目前为止，全校1079名党员，除2名缓登、3名暂不提交支部大会讨论外，其余登记工作全部完成。

（六）对改善和加强思想政治工作，作了积极探索

几年来，我们结合各个不同时期的特点，有针对性地开展了一些思想政治教育工作。在学生中，坚持进行四项基本原则教育、爱国主义、社会主义和共产主义教育，开展了“学雷锋、创三好”“五讲四美三热爱”和“遵纪守法讲文明”“寻找身边的共产主义因素”“建设文明学校”等活动，同时，坚持举办各种形式的报告会，以及组织各种社团和课外兴趣小组等，把爱国主义和共产主义的教育、形势和政策教育，寓于各项活动之中。这些活动的开展，对培养广大青年学生又红又专、努力做“四有”新人，起到了积极的作用。

为了保证思想政治工作的正常开展，我们注意不断充实政工干部队伍，并采取一些积极的措施，在注意发挥共青团、工会、学生会等群众组织和马列主义理论课、德育课在思想政治工作中的积极作用的同时，还建立了报告员制度，成立了思想政治工作研究会，开办了业余团校等。目前，全校政治上要求进步的人越来越多，仅学生中就有党章学习小组170多个，参加学习人数达1900多人。写入党申请书的有1150多人，教职工中，也有280多人递交了入党申请书。

当前，我校形势的主流是好的。但是，我们也要清醒地看到，还存在不少薄弱环节和缺点。四年来，我们虽然做了一些工作，取得了一定的成绩，但是与发展的形势要求比，还有较大的差距。我们的思想还不够解放，开拓和创新精神还不足，改革步伐还不大。在任务重、头绪多、难度大的情况下，我们的工作有些忙乱被动，没有抓住主要矛盾，党委的主要经历还未能完全转移到抓党

的自身建设和思想政治工作方面来。对党性、党风、党纪的教育,抓得还不够紧。思想政治工作薄弱、政工队伍不够稳定的状况,还未能从根本上得到改变。对充分发挥校行政指挥系统和教职工代表大会以及各职能部门的作用,尚待进一步改进。党委领导作风还不够深入,浮在上面多,深入基层少,一般号召多,个别帮助少,办事拖拉,不讲效率等官僚主义现象,也不同程度的存在。以上问题虽属前进中的问题,但绝不容忽视。我们一定要根据全国党代会议精神,按照中央和省委的要求,对师大的校情进行再认识,在肯定成绩的基础上,正视问题,克服缺点,努力争取在今后的各项工作中,迈出新的步伐。

二

力争在“七五”期间,把我校建成以文理科为主、兼有技术和管理学科的多学科、多层次、多规格、多种形式的,既面向普通中学又面向职业中学,既有专业特色又有地方特色的适应性较强的新型社会主义师范大学,培养和输送合格的师资,为安徽教育事业和经济建设做出更大的贡献。

我们初步设想:

——“七五”期间,根据社会需要和我校实际办学条件,在坚持改革和保证教学质量的前提下,进一步实行多层次、多规格、多渠道、多种形式办学;并适当扩大学校规模和办学能力。到1990年,要求在校本、专科生达到并稳定在6000人左右(其中委托代培生稳定在500人左右),研究生达到200人左右,助教进修班学员和进修生达到200人左右,函授本、专科生达到5500人左右,夜大本、专科生达到2500人左右。

——“七五”期间,计划到1990年,我校由现有十九个专业逐步扩充到二十五个左右。与此同时,还要改造旧学科,增设新课程,拓宽专业面,增强适应性,并充分利用我校的特点,积极办好中国古代文学、文艺学、现代汉语、哲学、中国古代史、教育史、基础数学、应用数学、理论物理、激光物理、有机化学、无机化学、植物生理、植物分类、动物学、区域地理、美术、体育理论等重点学科(专业),使这些学科逐步形成自己的特色,达到全国同类院校同类专业的先进水平,力争文史方面的某些学科在全国处于领先地位。还要以重点学科为依托,逐年扩大招收研究生的比例,争取到1990年之前,再增设一批硕士学位点和博士学位点。通过专业和学科建设，逐步把我校办成与社会发展相适应的、水平较高的教学、科研基地，成为我省师范教育的研究中心。

——“七五”期间，要注意发挥我校多科性的优势，大力加强基础理论、教育理论和应用科学的研究，同时也要抓紧边缘学科和新兴学科的建设，力争在文、理等方面出一批高水平的科研成果、论著和教材，以促进我省经济建设和学校教学质量的提高。要逐步发展和充实现有的科学研究机构，积极创造条件，再增设一些新的研究所(室)，努力探索教学、科研、社会实践相结合的路子。要加强与国内外科研机构、经济部门和生产单位的横向联系，增强技术开发的能力，广泛开展多种形式的科技、文化交流和协作。要继续提高社会科学版《学报》和自然科学版《学报》的质量，并办好《高教新探》《学语文》《中学数学文摘》等刊物。

——“七五”期间，我们要按照“校园规划”蓝图，切实抓好学校基本建设。除集中力量完成科技大楼的建设外，争取多上一批基建项目，如新图书馆楼、中学师资培训楼以及教职工宿舍和女生宿舍等。到1990年，力争使我校基本建设能与学校发展规模大体相适应。教学、生活、办公用房紧张的状况基本缓和。同时，还要利用世界银行贷款，重点建设好电教中心、计算中心和分析测试实验室，有计划地购置仪器设备和图书资料，改善教学的物质条件，增添现代化的教学手段，逐步更新和充实各系实验室和学校图书阅览设施，争取扩建或新建一批新办专业所必需的实验室，要求到1990年，基础课和专业课实验开出率达到90%以上。

——“七五”期间，我们要采取相应的措施，办好附中、附小和附幼，使其教育质量尽快达到同类学校的先进水平，并真正成为我校教学试验和教育实习的基地。

——“七五”期间，要本着“相对稳定，逐步提高”的精神，抓紧师资队伍建设，有步骤地调整、充实、培养、提高，尽快使其年龄结构、职称结构、专业结构渐趋合理。计划到1990年，专任教师增加到1200人左右，平均年龄下降10—15岁，青年教师80%以上达到硕士研究生水平，教授、副教授等高级职称人数达到全校教师数的30%左右，既要培养和造就一批学科带头人，又要重视建设合理的梯队。同时，还要充分重视管理队伍的建设，使他们的政治、业务素质和管理水平逐步适应学校改革和发展的需要。

——"七五"期间,我们还要以培养"四有"人才为目的,切实抓好社会主义精神文明建设。要认真实施《关于创建文明学校的规划要点》,进行校风、校纪、校容的整顿。做好环境的绿化、美化、净化工作,以逐步形成良好的教学秩序和道德风尚。要通过三五年的努力,使学校真正成为培育合格师资的摇篮,并逐步成为抵御资本主义和其他腐朽思想的侵蚀,建设社会主义精神文明的坚强阵地,力争跃入全省文明单位的行列。

三

我们要认真做好以下各项工作:

第一,大力加强思想政治工作,搞好精神文明建设。

当前和今后一个时期,我们要把认真学习贯彻党的全国代表会议精神和邓小平同志的重要指示,并以此作为主要任务来抓。对广大师生员工,要进一步加强"四项基本原则"教育和"四有"教育,同时要加强马克思主义基本理论教育和法制教育。要通过形势和政策教育、理想和纪律教育,把师生员工的思想认识统一到党的全国代表会议的精神上来。对广大学生,要重点抓好世界观、人生观、道德观和热爱教育事业的专业思想教育,鼓励他们又红又专,德、智、体全面发展。

根据中央的有关指示,我们将逐步对政治理论课进行较大的改革。从1986年暑假后开始,逐步将原来的三门政治课,改为《中国革命史》《中国社会主义建设概要》《马克思主义基本原理》,并积极创造条件,把共产主义思想品德课作为必修课,列入教学计划。

要建立一套切实可行的思想政治工作制度,大力加强思想政治工作的理论研究。学校将设立政治工作优秀奖,鼓励政工干部安于本职工作。我们要遵照邓小平同志的指示精神,认真加强政工队伍的建设,要按照校党委制定的《关于加强政工干部队伍建设的试行办法》,按比例配齐配好专兼职政工干部。各级党政领导要切实关心广大政工干部的思想、工作、学习和生活。要有计划地选送他们攻读在职研究生或思想政治专业第二学士学位。有的可以到党校、团校、高校干部进修班进行学习。凡担任思想品德课教学的政治辅导员,学校将发给他们一定的岗位津贴。对长期担任学生政治辅导员的干部，要合理解决他们相应的职级和待遇问题。

我们要深入持久地开展以创建文明单位为目标的“五讲四美三热爱”活动，广泛开展各种健康有益的文娱体育活动，坚持不懈地开展爱国卫生运动，搞好治安保卫工作，建立良好的教学、生活秩序。全校各级党组织，全体共产党员都要以高度的政治责任感，带头搞好学校的精神文明建设，全校上下同心协力，共同奋斗，努力实施我校《关于创建文明学校的规划要点》。

第二，加强对改革的领导，保证改革顺利进行。

《中共中央关于教育体制改革的决定》给我们进行改革指明了方向，衡量学校工作的根本标准不是经济效益的多少，而是培养人才的数量和质量。全校广大党员干部，尤其是各级党政领导，要紧紧掌握改革的方向，认真做好改革中的思想政治工作，保证各项改革的顺利进行。

在坚持面向中等教育，认真办好师范专业，确保完成国家下达任务的前提下，也应挖掘潜力，试办一些社会急需的新专业，培养职业学校师资和其他社会急需人才。在重点办好全日制教育的同时，要大力发展成人教育，积极办好函授和夜大。有条件的系科和专业，还可以举办在职教师培训班，接受计划外委托培养学生和招收自费生。

要继续进行中期选拔和双学位制的试点。要积极创造条件，从今年暑假后开始，在部分系进行“学分制”试点，同时开展教育评估活动。要逐步增设师范生所必修的实践性课程，加强与中学的联系，加强实验技能和表达能力的训练，把开发学生的智能作为教学改革的核心。

后勤部门要认真总结经验，充分认识后勤工作在学校的地位和作用，从而端正服务思想，改善服务态度，提高服务质量。同时，我们要尊重后勤部门工作同志的劳动，帮助他们解决工作中的困难。

教育改革是一项艰巨的系统工程，涉及面广，难度很大。各级党组织要认真做好改革中的思想政治工作，注意改革中出现的新情况，及时解决改革中出现的各种思想问题，以保证改革稳步健康地发展。广大党员、干部要积极参加改革，支持改革，争当改革的促进派。

第三，加强师资队伍和管理队伍建设。

师资培养首先要依靠本校的力量,也要有计划地派出去进修。老年教师具有丰富的教学经验和科研能力,他们为办好学校、培养人才作出了积极的贡献。目前,在身体条件许可的情况下,要请他们开点选修课或专题报告。要鼓励和支持他们帮助中青年教师提高教学和科研水平,有条件的要招收研究生。中年教师是教学、科研的骨干力量,我们要支持他们、关心他们,帮助他们解决工作上、生活上的实际困难,鼓励他们在教学和科研的结合中继续提高水平。同时,我们要有计划地选送他们参加校际之间的科研协作。支持有条件的学科举办全国性的和国际性的学术讨论会,并要注意在他们中间培养和选拔学科带头人。为了提高教师的教学和学术水平,凡教学任务较重的副教授以上的教师,今后每五年中应有一年时间供他们专门用来进修、从事科学研究和进行学术交流。青年教师的培养提高是关系到我校不断发展的大事。我们一定要在政治上、业务上和生活上给他们更多的重视和关心,计划在今后三五年内,在他们中选派数十名出国进修,并继续选派近百名到国内先进院校进修学习。同时,还要采取办助教进修班、外语培训班、听研究生课和参加研究生3—5门课程考试等办法,力争在五年内使现有青年教师大部分达到硕士生水平,使我校尽快形成具有结构合理、实力雄厚的教师梯队。

教辅人员和教学管理人员是办好学校,提高教学质量不可缺少的重要力量,我们可以采取对口听课、办培训班等方式,使他们逐步达到大专以上文化水平,以满足实验、教学和管理工作的需要。加强后勤队伍建设,做好后勤工作,是把教学、科研工作搞上去的重要保障。在后勤部门工作的同志,要牢固树立为教学、科研服务、为师生员工服务的思想,今后要注意选择具有一定文化素养的人员和有志于从事后勤工作的毕业生充实后勤队伍,以解决后继乏人的问题。

为了奖励在科研和管理工作上做出显著成绩的同志,除继续坚持实行教学质量优秀奖外,再增设科研成果优秀奖和管理工作优秀奖。

第四,落实党的各项政策,调动一切积极因素。

最近,我们根据中央和省委的有关指示精神,制订了我校落实知识分子政策的三年规划。工作的重点将放在彻底解决各种历史遗留问题上,对难度较小的问题,要求在1986年上半年完成;对难度较大的问题,要求在1986年底完成,1987年扫尾,力争在党的十三大召开前,基本完成落实知识分子政策的各项任务。

在落实知识分子政策中,我们要逐步把工作重点放到中青年知识分子身上来,除在政治思想、业务进修上多予关心以外,还要用心帮助他们改善工作条件和生活条件。对于他们存在的夫妻两地分居、子女入学、就业以及住房等问题,在条件许可的情况下,我们要用心给予解决。学校的服务公司主要的是要为教职工服务,要安排好教职工子女就业,努力办好教职工食堂。我们要通过多方面的努力,使广大教职工消除后顾之忧,心情愉快地为教育事业奋斗终身。

在落实知识分子政策中,我们既要重视在教学、科研工作岗位上的知识分子,也要重视在政工、行政管理、后勤和其他工作岗位上的知识分子。

要继续落实好老干部政策,做到政治上关心他们,生活上照顾他们,用心帮助他们解决一些实际问题,让他们在愉快地欢度晚年的时候,又能为学校的工作当好参谋、顾问,为教育改革和培养青年一代作出贡献。

我们要继续做好落实统战政策和侨务政策的各项工作,注意做好归侨、侨眷和港、澳、台属的工作。

第五,加强党的建设,改善党的领导。

我们各级党组织,都要以最大的努力,抓好党的建设。

首先,要进一步加强党的思想建设。要组织党员和干部有计划地学习马列主义理论和党的建设理论,学习党章、《关于党内政治生活的若干准则》等党规党法,认真上好党课,坚持不懈地对广大党员和干部进行共产主义理想的教育、为人民服务宗旨的教育、严肃党纪的教育、全局观念的教育,使广大党员和干部增强党的观念,提高执行党的路线、方针、政策的自觉性,增强在新的历史条件下抵御资本主义、封建主义腐朽思想侵蚀的能力,真正成为有共产主义远大理想和有严格纪律观念的模范,成为教学改革和管理改革的促进派。

其次,要进一步加强党的组织建设。健全和完善党内民主生活制度,严格党的组织生活,克服软弱涣散状况。开展健康的批评与自我批评,加强党组织对党员的教育、管理和监督。校、系两级党组织的领导班子,要按期开好民主生活会,自觉接受下级组织和党员群众的监督。党支部要发挥战斗堡垒作用,共产党员要发挥先锋模范作用。要继续做好党的组织发展工作,注意提高新党员的质量,争取在今后三年内,做到教研室有党员,低年级班有党员,高年级班有党小组,大系的高年级有党支部。

再次,要认真加强党的作风建设。各级党组织要教育党员、干部一切从实际出发,实事求是,"少讲空话,多干实事",力戒"假、大、空"。校、系领导班子成员,尤其是党委成员,要认真克服官僚主义、事务主义,经常深入第一线,调查研究,随时掌握情况,及时解决问题。校领导班子在对整党中制定的"七个一"必须坚持以外,每周三下午要参加群众的政治学习。校直机关要面向基层,为基层服务,机关党员干部要带头作出表率。

当前,社会上的不正之风,已引起党内外广大干部、群众的不满。因此,对纠正党内不正之风的问题我们应高度重视。我们要认真贯彻中央办公厅、国务院办公厅关于纠正当前机关中存在的严重不正之风的通知精神,坚决抵制和查处各种不正之风。尤其是各级领导干部要真正身体力行,作出榜样。各部门、各单位要把这项工作列入主要议事日程。一要坚决,二要持久,广大党员要做到一不干、二抵制和斗争。校纪委要经常进行党风调查,加强教育,健全制度,整顿纪律,发现问题要抓住不放,坚决查处,要积极支持和保护敢于和不正之风作斗争的同志,争取使我校的党风能够按照中央的要求,如期地实现根本好转。

我们在大力加强党的建设的同时,还必须努力改善党的领导。一是认真实行党政分工。根据省委、省政府关于改革和完善高等学校领导体制的要求,我们目前仍然实行党委领导下的校长负责制,各系(所、室)实行系主任(所长)负责制,党总支(支部)实行监督保证。

二是加强党对工会、共青团、学生会等群众组织的领导,充分发挥他们的作用。校工会除了做好教职工的福利工作、文体工作外,要主动协助党委做好教职工的思想政治工作,还要做好校教职工代表大会闭会期间的日常工作。校团委要经常采用生动活泼的形式开展各种适合青年特点的思想教育活动,引导青年学生走又红又专的道路,做"四有"新人。学生会要配合团委共同做好学生工作。

三是坚持民主集中制的原则。各级党组织和广大党员、干部都要按照个人服从组织,少数服从多数,下级服从上级,全党服从中央的组织原则办事。

党的各级委员会实行集体领导和个人分工负责相结合的制度。

此外,我们还要进一步加强新时期的统一战线工作,认真坚持我们党与民主党派“长期共存、互相监督”的方针,真正做到“肝胆相照,荣辱与共”。

中共安徽师范大学纪律检查委员会向校第五次党代表大会的工作报告(节选)

(1986年1月18日)

一

几年来,我们围绕端正党风、严肃党纪这个中心,主要做了以下几个方面的工作:

(一)端正党风,加强党性教育

我们在端正党风工作中,一是开展党风调查,对党员进行有针对性的教育。上届党代会以来,我们对全校党员的基本情况和党风状况进行了调查研究,摸清了党风底数,掌握了党的组织和党员的基本情况。重点分析了“文革”中入党的近200名党员的基本素质。此后,纪委要求并配合各总支(支部)调查分析了党的组织和党员的现状,对有针对性地开展党性、党风、党纪教育,起到了良好的效果。省纪委刊物《安徽纪检通讯》上介绍了我们开展调查研究、对党员进行有针对性教育的做法。

二是抓领导班子民主生活会。在党委统一部署下,各总支(支部)领导班子按照要求,重点进行“三对照”,即对照检查贯彻党的路线、方针、政策同中央保持一致的情况,对照检查领导班子坚持民主集中制和领导班子有无软弱涣散的情况,对照检查领导班子成员有无利用职权谋取私利和犯官僚主义的情况,并结合本单位和个人的实际,订出了改进措施。

三是在贯彻中纪委《必须坚决制止党员、干部在建房分房中的歪风——致全国党政机关、企事业各级领导干部的公开信》(以下简称《公开信》)、清理“农转非”、抓住经济领域里的斗争以及整党等工作中,对党员进行党规党法教育。

1983年2月,中纪委给全国党政机关企事业单位各级领导干部发出了《公开信》。校党委及时召开了各总支(支部)负责人和机关处以上干部会议,进行传达贯彻。会上还分组进行了座谈讨论。其后各总支(支部)先后召开了组织生活会,按《公开信》的五条检查对照在住房方面有无不正之风的问题。校纪委与后勤部门配合,于1983年6月底基本上摸清了科级以上干部和讲师以上教学人员的住房情况,在全校六百多户这一级干部住户中,仅11户超过少量面积。

1982年以来,我们认真贯彻了中央关于打击经济领域中严重犯罪活动的紧急通知,校纪委作为党委抓这一斗争的办事机构,配合有关部门认真查处了经济领域中反映出来的一些问题。学校注意将这一斗争同财经纪律检查、清仓查库、健全规章制度、对广大党员进行反腐蚀教育等结合起来。

在整党过程中,校纪委积极参与核查工作,查清了我校在"文革"期间的有关人和事。通过整党学习,广大党员思想觉悟有所提高,也促进了党风的进一步好转。

(二)纠正不正之风,保证改革的顺利进行

我们认真检查了新的不正之风在我们学校的表现,并配合有关部门作了认真处理,还针对学校出现的一些新情况、新问题,草拟了关于解决新形势下出现的几个问题的原则规定,既反对不正之风,又注意保护改革的积极性。

招生和毕业分配是学校工作的两个重要环节,也是社会上观察学校党风好坏的窗口。近几年来,校纪委在毕业生分配之前,都会同校毕业生分配办公室对毕业生分配工作作出规定,严防不正之风发生。对招生分配中出现的问题,我们都及时认真地作了严肃处理。与此同时,学校对招生、分配进行了一些必要的改革,采取了一些防范措施,使这方面工作有了较大的改进。

(三)查处违纪案件,严明党的纪律

近四年来,我们共查处党员在思想政治、经济问题、道德品质、生活作风等方面的违纪案件7起,其中受开除党籍处分1人,受留党察看处分1人,受党内严重警告处分2人,受党内警告或行政警告处分3人。

我们还抓住典型案件,公开通报,使大家从反面吸取教训,受到实际的党风党纪教育。

（四）接待处理来信来访

近四年来，我们共受理人民来信147件，接待来访98次，对反映的招生、分配中的问题（包括函授、夜大招生中的问题）和党员干部思想作风等方面的问题，我们根据“分级负责、归口办理”的原则，与有关部门配合，进行了认真处理。有的问题做了立案调查，有的做了疏导工作，基本上做到了事事有交待、件件有结果。

但是我们工作中还存在不少问题，在协助党委抓党风方面的参谋助手作用还发挥得不够，战斗力还不强，对某些棘手的问题有畏难情绪，对总支（支部）纪检工作的督促、检查和支持也不够。特别是去年学校二级机构调整后，纪律检查委员会不健全，这对工作的开展也有一定影响。这些问题，都需要我们在今后的工作中切实加以解决。

二

根据党的全国代表会议和中纪委六次全会的精神，结合我校实际情况，在当前和今后一个时期内，我们要认真做好以下几项工作：

（一）协助党委抓好党风

我们纪检部门要把端正党风作为自己的中心任务，当好党委的参谋和助手，协助党委抓好党风。各级党组织要把端正党风问题放到重要议事日程上，作为突出的大事来抓。要建立抓党风的责任制，明确任务，明确责任，从领导机关和领导干部抓起，一级抓一级，一级对一级负责，哪一级没有抓好，就要追究哪一级的责任，哪一个部门没有抓好，就要追究哪一个部门的责任，真正形成全党抓党风的局面。校党代会后，纪委将根据党委的要求，为推行党风责任制拟出具体的规定和实施办法。

当前党性教育的主要内容：一是教育党员牢固树立全心全意为人民服务的思想，坚持党和人民的利益高于一切，个人利益服从党和人民的利益。吃苦在前，享乐在后，克服“一切向钱看”、金钱至上、个人至上的资产阶级思想。二是教育党员进一步树立共产主义远大理想。要把党的最终奋斗目标和现实任务统一起来，坚持改革，为国家富强、人民富裕、多出人才、快出人才做出贡献。三是教育党员增强全局观念，识大体，顾大局，以局部利益服从整体利益，眼前利益服从长远利益。四是教育党员加强组织纪律性，增强法治观念。

(二)要充分发挥纪检工作在改革中的作用

当前和今后一个时期,教育改革是教育战线的主要任务。搞好教育改革,必须有好的党风校风作保证。“党风不正,改革难成”。因此,纪检部门在抓好自身改革的同时,要联系学校的实际情况,认真学习《中共中央关于教育体制改革的决定》,不断提高对改革的认识,端正对改革的态度,自觉地为改革服务,把端正党风深入到教学、科研等领域中去,抓党风,促改革。

(三)要继续纠正不正之风,严肃党纪

实践证明刹风正纪除纪检部门要尽职尽责外,全党要高度重视,花大力气来抓,广大党员特别是各级领导干部要带头以身作则,从领导干部抓起,从领导机关抓起。各级党组织对于各种违法乱纪和以权谋私、见利忘义等不正之风,要进行严肃认真的处理。要支持保护敢于揭发问题的同志,严禁打击报复。

当前,要普遍进行一次党风大检查。根据省委、省纪委的部署,在学习中办发〔1985〕57号文件的基础上,各部门、各单位都要按照文件要求和中央国务院、省委、省政府关于纠正不正之风一系列指示精神,进行一次严肃认真的检查。检查的内容,主要是57号文件指出的六个方面问题,以及其他不正之风。检查方法是领导带头,逐条对照。有什么问题就检查什么问题。各总支(支部)都要在寒假结束前召开一次民主生活会,对照57号文件,对党风问题进行一次认真的检查。检查出来的问题,要依据政策,及时采取措施,加以处理和纠正。

要把打击经济领域中严重犯罪活动的斗争,列入纪委的重要工作。一经发现这方面的问题,要会同有关部门及时处理。要督促有关单位,根据改革中出现的一些新情况,建立和健全有关规章制度,堵塞漏洞,尽量减少不正之风发生的因素。同时,认真做好人民来信来访工作,对反映出来的一些问题严肃认真地加以处理。

(四)加强纪检队伍的建设

要组织全校纪检干部,认真学习全国党代表会议文件,领会文件的精神实质,明确纪检部门在加强社会主义精神文明建设、端正党风中的重大责任,继续端正业务工作的指导思想,把思想统一到全国党代表会议精神上来。

要不断提高纪检干部的政治素质和业务素质,组织纪检干部认真学习马克思主义理论,学习党的路线、方针、政策。学习与纪检业务相关的科学文化知识,开阔视野，提高纪检干部的思想、理论、政策、业务水平，使之能够适应新形势下的纪检工作的要求。同时要加强自身的作风建设，深入群众，调查研究。

要加强纪检部门的组织建设。建议新党委根据中央和省委有关文件规定，按规格、按编制配齐纪检干部。尽快改变纪检部门力量不足的状况。各总支（支部）都要配备纪检委员。校纪委和各总支（支部）纪检干部要加强联系，互相配合，互相支持，切实做好党的纪律检查工作。

闭幕词

中国共产党安徽师范大学第五次代表大会闭幕词

（1986年1月20日）

同志们：

我校第五次的党代表大会，经过全体代表的共同努力，圆满地完成了预定的各项任务。

大会期间，代表们以严肃认真、积极负责的精神，听取和审议了杨新生同志代表上届党委所作的工作报告，对我校发展前景和近期任务提出了好的意见和建议；同时，还认真讨论和审议了中共安徽师范大学纪律检查委员会的工作报告，并原则上通过了上述两个工作报告。在此基础上，通过代表们的酝酿和大会民主选举，产生了中共安徽师范大学第五届委员会和新的纪律检查委员会。因此，这次大会开得是成功的。确实如一些同志所说的，这是一次总结经验、明确任务、统一思想的大会，是一次增强团结、鼓舞斗志、动员全校共产党员和师生员工向新的奋斗目标进军的誓师大会。

这次大会，明确提出了我校今后几年的奋斗目标，提出了加强和改善党的领导，坚持改革、努力开创学校工作新局面的各项任务。这是全校各级党组织和广大党员，在当前和今后几年内要努力去实现的光荣而艰巨的任务。大会民主选举产生了新的党委会和纪委会，这对我们今后完成各项任务，在组织上有了重要的保证。在这里,我代表新党委向同志们表示,我们决不辜负党和代表们的期望,在“七五”计划期间,一定加倍地努力地工作,为办好安徽师范大学作出应有的贡献!

同志们,大会即将胜利闭幕了。大会结束以后,我们希望各位代表,要努力成为宣传和贯彻大会精神的模范,在实现大会提出的各项任务的过程中,以身作则,严于律己,在各自的工作和学习岗位上,做广大群众的表率,充分发挥共产党员的先锋模范作用。

各级党组织在实际工作中,更要认真贯彻这次大会精神,落实大会提出的各项任务,以实现我校“七五”期间的奋斗目标。我们要求各党总支和直属支部在大会结束以后,要抓紧时间,把这次大会的主要内容和精神向全校党员传达,组织学习讨论。下学期开学以后,再传达到全体师生员工,并组织大家结合学习《人民日报》元旦献词,进一步学习讨论,统一思想,认清形势,明确任务。

各单位要从各自的工作实际出发,把这次大会确定的各项任务,加以具体化,并制订出扎扎实实的具体措施,以保证各项任务的实现。

同志们,在党的十二大精神的指引下,在过去的四年中,我们已经取得了一定的成绩。在今后的工作中,我们要进一步增强党性,端正党风,解放思想,开拓视野,团结一致,踏实工作,发扬愚公精神,知难而进,不达目的决不停止,努力在开创学校工作新局面方面,迈出新的步伐。

现在,我代表主席团宣布:中国共产党安徽师范大学第五次代表大会胜利闭幕!

中共安徽师范大学第六次代表大会

会议概况

中共安徽师范大学第六次代表大会于1994年12月23日至26日召开。大会的主要任务:总结上次党代会以来校党委的工作,选举产生新的党委领导班子,明确党委今后的工作任务。大会听取了谷国华同志代表校党委所做的工作报告,选举产生了中共安徽师范大学第六届委员会,听取了李凤阁同志代表校纪委所作的工作报告。大会选举产生了中共安徽师范大学第六届委员会和新一届纪律检查委员会。

会议议程

一、听取审议党委工作报告;

二、听取审议纪委工作报告;

三、选举产生中共安徽师范大学第六届委员会;

四、选举产生下一届纪律检查委员会。

会议日程

时　间		议　程	地　点
12月22日(星期四)	下午	(一)预备会议(2:00) 谷国华同志主持 1.任兴田同志关于大会筹备工作的讲话 2.通过大会主席团、秘书长名单 3.通过大会议程 4.宣布代表资格审查小组名单 5.通过代表资格审查小组关于代表资格的审查报告 6.投票选举出席省第六次党代会代表	科技会堂
		(二)第一次主席团会议(3:30) 任兴田同志主持 1.通过大会执行主席分组名单 2.通过大会副秘书长名单 3.通报列席人员、特邀代表名单	科技楼会议室

续 表

时间		议程	地点
12月23日（星期五）	下午	第一次大会(开幕式)(2:00) 沈家仕同志主持 1.宣布大会开始(奏国际歌) 2.袁起河同志致开幕词 3.上级领导讲话 4.宣读贺电、贺信 5.谷国华同志代表党委作工作报告 6.李凤阁同志代表纪委作工作报告	科技会堂
12月24日（星期六）	上午	各代表团会议(8:00) 讨论“两委”工作报告	按秘书处指定地点
	下午	第二次主席团会议(2:00) 沈家仕同志主持 1.听取各代表团汇报讨论“两委”工作报告情况 2.任兴田同志介绍“两委”候选人建议名单产生经过和有关情况 3.酝酿《选举办法》(草案) 4.酝酿“两委”工作报告决议(草案) 5.分配各代表团推荐监票人、计票人名额	科技楼会议室

续　表

时间		议程	地点
12月25日(星期日)	上午	各代表团会议(8:00) 1.前半段:继续讨论“两委”工作报告 2.后半段:①讨论《选举办法》(草案) ②讨论“两委”候选人建议名单 ③讨论关于“两委”工作报告决议(草案)	按秘书处指定地点
	下午	第三次主席团会议(2:00) 袁起河同志主持 1.继续汇报讨论“两委”工作报告的补充意见 2.通过“两委”工作报告的决议(草案) 3.汇报“两委”候选人建议名单酝酿情况和《选举办法》(草案)的讨论情况 4.通过“两委”候选人建议名单 5.通过总监票人、总计票人名单	科技楼会议室

续 表

时间		议 程	地 点
12月26日（星期一）	下午	第二次大会(2:00) 任兴田同志主持 1.通过《选举办法》 2.通过总监票、监票、总计票和计票人员名单 3.选举校党委委员和纪委委员 4.全体代表合影留念(工作人员统计票数) 5.总监票人向大会宣读“两委”候选人的得票数 6.主持人向大会宣布“两委”当选人名单 7.通过关于党委工作报告的决议 8.通过关于纪委工作报告的决议 9.沈家仕同志致闭幕词 10.奏《国际歌》,宣布大会闭幕	科技会堂
		第四次主席团会议(大会闭幕后) 任兴田同志主持 提名“两委”第一次会议主持人人选	原会场
12月27日（星期二）	上午	(一)新的一届纪委第一次会议(8:00) 1.讨论通过纪委书记、副书记的选举办法 2.选举纪委书记、副书记 3.宣布选举结果 (二)新的一届党委第一次会议(9:00) 1.讨论通过关于党委书记、副书记的选举办法 2.选举党委书记、副书记 3.宣布选举结果 4.通过纪委书记、副书记	综合楼第一会议室

开幕词

中国共产党安徽师范大学第六次代表大会开幕词(节选)

(1994年12月23日)

各位代表、各位来宾、同志们:

这次大会的主要任务是:认真贯彻、落实党的十四大和十四届四中全会精神,以邓小平同志建设有中国特色的社会主义理论和党的基本路线为指导,总结上一次党代会以来的工作,确定今后一个时期学校改革与发展的目标和任务,动员和团结全体共产党员及全校师生员工,进一步解放思想、实事求是、振奋精神、团结进取,在认真贯彻实施《中国教育改革和发展纲要》的实践中,努力把我校的各项工作进一步推向前进。大会将听取并审议上届党委工作报告,听取并审议上届纪委工作报告,选举产生中共安徽师范大学第六届委员会,选举产生下一届纪律检查委员会。

同志们! 党的十四大提出了我国20世纪90年代改革与发展的主要目标与任务,十四届四中全会又作出了加强党的建设的重大决定。全国和全省教育工作会议明确了国家和我省高等教育事业发展的思路。目前,社会主义市场经济体制正在逐步建立,我国的改革开放事业正向新的广度和深度推进。新的形势给我们既带来了机遇,又提出了挑战,既施加了压力,又提供了动力。在这种大好形势下召开党代会,是全校师生员工政治生活中的一件大事,具有特别重要的意义。开好这次大会,将直接关系到我校今后的发展,关系到具有悠久历史的安徽师大将以怎样的姿态迎来新世纪。因此,我们要求全体代表围绕大会议程,结合两委工作报告提出的今后我校改革发展的总体部署,认真总结经验教训,积极探讨适应社会主义市场经济体制、加快学校改革与发展的措施,将这次大会开成团结的大会、鼓劲的大会、胜利的大会,为把我校办成国内一流的师范大学而群策群力,努力奋斗!

预祝大会圆满成功!

工作报告

加强党的领导　深化教育改革
为把我校办成国内一流的师范大学而奋斗

——在中共安徽师范大学第六次代表大会上的工作报告(节选)

(1994年12月23日)

一、工作回顾

我校第五次党代表大会是1986年1月召开的,至今已近九年。安徽师范大学过去的九年,是出人才、出成果、出效益、上台阶的九年。归纳起来,我们主要做了以下几个方面的工作:

(一)坚持党对学校的领导,认真贯彻执行党的路线、方针政策

——坚持社会主义的办学方向。九年来,我校始终把全面贯彻党的教育方针放在学校工作的重要位置上,紧紧围绕培养社会主义事业的建设者和中等教育合格师资这一根本任务,加强德育工作和思想政治教育,积极推进教学领域的各项改革,较好地调动了广大教师和学生的积极性,促进了学生德智体全面发展。九年来,获校级以上表彰的三好学生、三好标兵、优秀学生干部和优秀团员、优秀团干达7860余人,其中党员学生和积极要求入党的学生占绝大多数。

——认真执行党的知识分子政策。九年来,我校先后吸收了136名专业技术人员入党;选拔了101名专业技术人员担任中层以上领导职务;评聘了1379人的中高级专业技术职务,其中破格晋升者9人。申报并经上级批准,有96名知识分子享受政府特殊津贴,有16人获曾宪梓教育基金会一、二、三等奖,5名专家获徐悲鸿教育基金奖,3人获国家和省授予的中青年科学家称号,20人受到省、部级以上表彰。在上述人员中,共产党员占60.1%。此外,学校还积极创造条件解决了107位教师夫妻分居问题;先后改善了约1300户(次)教职工的

住房条件,并解决了相当一部分职工子女升学和就业问题。

——认真执行党的统战政策。在平时党的工作中,我们十分注意加强对统战政策的宣传,努力提高全党对统战工作的认识,逐步完善校、系统战工作制度,按照“长期共存,互相监督,肝胆相照,荣辱与共”的十六字方针,注意发挥民主党派和党外知识分子在学校改革与发展方面的参与、咨询和监督作用。学校还坚持定期召开座谈会、通报会,听取他们的意见和建议,并先后推荐了68位民主党派和党外知识分子到全国和省、市人大、政府、政协担任领导工作和参政、议政。此外,我们还按照党的统战政策,认真做好港、澳、台同胞和海外侨胞的接待等有关工作。

——认真贯彻落实党的老干部政策。学校成立了“老干部工作委员会”,坚持把老干部工作列入党委议事日程。在认真落实老干部政治和生活待遇的同时,注意尽力帮助他们解决一些实际问题。学校还支持“老同志关心下一代工作委员会”开展工作,并注意发挥老同志的优势,鼓励他们为学校的建设和发展积极贡献力量。

——加强了对工会、教代会、共青团、学生会、研究生会等群众组织的领导。支持他们依照各自的章程独立自主地开展工作,注意发挥他们联系群众的桥梁、纽带作用,以及他们在团结、教育群众,参与民主管理和实行民主监督中的积极作用,促进了学校民主建设,提高了学校的管理水平。

(二)努力抓好党的建设,不断增强党组织的凝聚力和战斗力

——坚持抓好党员的思想教育。九年来,我们始终坚持把对党员的思想教育,作为党的自身建设的一项重要任务认真来抓。通过党员重新登记、民主评议党员,以及政治学习、组织生活和党课、党校等多种教育形式,坚持对广大党员进行党的基本路线教育,党的宗旨教育,党风党纪教育,共产主义理想教育,党员的权利、义务教育和形势任务教育等。

——注重加强党的组织建设。多年来,我们基本上坚持了党委和党总支每半年一次民主生活会,党支部每两周一次组织生活的制度。在党总支和党支部书记的配备上,坚持把好选择、培养和考核关,舍得把精兵强将充实到总支和支部领导班子里来。注意总结、推广把党支部建在教研室的经验。有计划地开展了评选先进党组织和优秀党员等活动,近年来受校级以上表彰的先

进党组织有12个,优秀党员86人。

——认真加强校系领导班子建设。近年来,我们较好地坚持了党委中心学习组学习制度,坚持选派校系领导干部到各级党校和干部培训班学习、提高,并通过学校党校举办读书班等形式,努力提高校系班子的思想理论水平。为了改进校系班子的工作作风,党委还逐步建立和健全了改进工作作风密切联系群众制度、加强党风廉政建设制度,以及党委集体领导制度和党政联席会议制度等。

——认真抓了端正党风和廉政建设工作。校党委从学校实际出发,立足于“教育为主,预防为主”,先后制定了《关于党风责任制的暂行规定和实施办法》《关于贯彻落实党中央和省委近期反腐败工作部署的实施意见》以及《中共安徽师大委员会、安徽师范大学关于加强廉政建设的几项规定》等有关规章条例,并结合党的组织生活,认真对照检查,进行自查自纠。此外,学校还利用校内闭路电视,专门开辟了“党风党纪教育专题”,安排播放党风党纪教育录像片。

(三)大力改进和加强思想政治工作,保证学校稳定和各项工作顺利进行

——多年来,学校坚持把马克思主义理论课和思想教育课列入教学计划,根据每一时期不同形势和任务,适时调整教学计划,有针对性地开展教学。在此基础上,学校坚持了每年一次的“两课”学习成果汇报会,逐渐形成制度,较好地发挥了“两课”在学生思想教育中的主渠道作用。

——在积极开展思想政治理论教育的同时,我们还根据师生的不同特点,通过对新生进行军训,在师生中开展向先进人物学习,评选表彰先进集体和先进个人,组织报告会、演讲比赛、知识竞赛、各种社团活动,举办文化艺术节,以及开展“两堂一室”基础文明建设活动等多种形式,在师生中积极开展理想和信念教育,人生观与价值观教育,专业思想和职业道德教育,集体主义和组织纪律教育,以及多种形式的校规校纪教育等,为创造一个良好的育人环境奠定坚实的思想基础。

——大力开展“三育人”活动。多年来,我校始终把“教书育人、管理育人、服务育人”作为广大教职工的一项崇高职责,自1989年正式制定了《关于“三育人”暂行工作条例》以来,明确将育人工作纳入各部门的职责范围,明确规定了

育人的内容和要求,并定期开展了评选"三育人"先进集体、先进个人的活动。自1991年以来,全校共表彰了"三育人"先进集体近30个,先进个人120余人,其中共产党员76人,占先进个人总数的63%。

——认真加强政工干部队伍建设。多年来,学校党委一直把抓好这支队伍建设,作为党的工作一个重要组成部分。我们从学校的实际出发,先后制定了《关于加强学生政工队伍建设的试行办法》《政治辅导员工作暂行条例》《政治辅导员优秀奖试行办法》和《关于加强我校政治辅导员队伍建设的决定》等,对这支队伍的选留、培养、使用、待遇和归宿等都作了明确规定,使政工干部队伍建设逐步走上规范化和制度化轨道,较好地保证了各项思想教育和管理工作的顺利开展。

(四)以改革促发展,教学、科研、管理等工作迈上新台阶

——积极稳妥地推进各项改革。九年来,我们始终坚持改革开放方针,积极而审慎地进行了教学与管理方面的改革与探索,特别是为了适应社会主义市场经济的新形势,学校在坚持师资特色的前提下,积极调整学科专业结构,加强师资队伍建设;发挥科技优势,新办产业实体;强化开放意识,扩大对外合作交流;成立校董事会,与社会各界联合办学;走内涵发展道路,拓宽升学渠道,以及多形式、多层次、多规格培养社会急需人才等方面进行了积极而有益的探索,较好地激发了学校各个领域的生机与活力,促进了学校各项工作的健康发展。

——办学规模有了较大的发展。九年来,经过全校上下的共同努力,我校已由原来的12个系14个专业,发展到现有的3所学院、16个系、25个本科专业和33个专科专业、40个成人教育专业和12个自学考试主考专业。此外,还有19个专业可以对外接收留学生。硕士学位授予点也由原来的3个发展到13个。九年来每年录取的新生均在2000人左右,实现了历史上的突破。成人教育学院成立后,招生规模和层次也有了较大的发展。全校现有各类在籍学生9000余人,其中全日制本专科生6300余人,研究生和外国留学生100多人,成人教育在籍学生3000多人。

——教学质量上了新的台阶。自全国四级英语统考以来,我校一次性通过率均居全国同类院校和省属高校前茅,特别是近几年来,一次性通过率均在

90%以上。自1985年以来，我校每年毕业生考取研究生和双学位的人数约占毕业生总数的20%，赢得了全国许多重点大学和著名研究院所的关注和赞誉。在1993年国家教委组织的对硕士学位点的评估中，我校首批参评的6个专业，评分都在B⁺以上，其中中国古代文学点获A级，填补了安徽省属高校A级学位点的空白。在全国和全省大学生运动会上，我校学生共破5项全国纪录，47项省纪录，并于省第四、第五届大学生运动会上，连续夺得团体总分第一名的好成绩。在历届全省“大学生之春”文艺调演中，我校也都获得优异成绩。1992年10月，我校被国家教委授予“全国普通高校体育课程评估国家级优秀学校”，是全国省属高校唯一获此殊荣的单位。此外，在1993年全省“世纪之光”大学生学术科技作品大赛上，我校获奖作品也位居省属高校之首。

——科研工作呈现良好势头。自1986年以来，我校先后有一批科研成果获得“国家自然科学奖”和“国家科技进步奖”等国家级大奖。仅近三年来，我校单独和合作承担完成的科研项目有367项，其中国家级项目27项，投入科研经费314.57万元。在国内外学术刊物上公开发表的学术论文有1036篇，专著和译著148部，其中在省级部门以上获奖的有40项，通过科技成果鉴定的有18项。据世界权威检索系统SCI最新排序统计，我校近年被收录的科技论文数在全国一千多所普通高校中，始终排名在50多位到80多位，位居全国同类院校前列、在皖高校第二名。

——师资队伍建设有了可喜的进步。九年来，我们通过岗位培训、在职进修和选派骨干定向攻读硕士、博士学位，派往国外学习、进修、提高，以及采取倾斜政策吸引高学位人才来校等积极措施，在优化教师队伍结构，提高教师队伍素质方面，取得了较为明显的成效。1986年师资队伍中具有博士、硕士学位的人数仅占教师队伍总数的9.1%，1994年提高到23.7%。教师队伍年龄、学历、职称结构也逐渐趋于合理。目前全校有专任教师834人，其中教授102人，副教授301人，讲师283人。其他系列副高职以上人员66人，中级职务人员226人。具有高级职务教师的平均年龄为50.2岁，其中最年轻教授38岁，最年轻副教授30岁。

——国际教育文化交流形势较好。学校全方位地开展了对外交流与合作，先后同美国、日本、加拿大、澳大利亚、英国、瑞典、俄罗斯等国家和地区的几十所高等院校、科研机构、学术团体建立了友好合作关系。除常年聘请外国专家来校任教、邀请外国著名学者来校讲学外,还不断选派教学、科研人员出国访问、考察、进修、讲学、参加学术会议和合作进行科学研究,促进了学校各门学科的建设和发展。我校还被国家教委正式确定为71所主要接受外国留学生的院校之一,先后已接收了美国、日本、德国、加拿大、俄罗斯和瑞典等十多个国家和地区的200多名留学生。

——初步拓展了创收集资渠道,提供了后勤保障。近九年来,学校通过引进外资、校办工厂、合资办厂、服务公司、房地产开发,以及发挥老校优势,增招自费生、委培生等多种渠道,积极筹措资金,加强基本建设,改善办学条件。自1986年以来,我校接受世界银行贷款200余万美元,国内配套资金570万元人民币,新建了三个中心(计算中心、分析测试中心、电教中心)和一个专业实验室(电镜室),还引进了价值约186万美元的较为先进的仪器设备。学校创收资金占省拨经费比重,从1991年的16.4%,增长到1993年的72.9%。

总的看,在新旧体制转轨时期,我们在思想上和工作上还存在着诸多不适应,对一些关系到学校发展的重大问题调查研究得不够,决策不够及时、果断,以致有些机遇未能及时把握住。在改革方面,学校总体改革思路和方案虽然已经上级批准实施,但在改革措施方面未能及时跟上。从党的建设方面来看,党委对改革开放形势下自身建设中出现的新情况、新问题认真研究解决得不够,党的思想、组织、作风等方面还存在不少薄弱环节。少数基层党组织的核心和战斗堡垒作用发挥得不够理想,不同程度地存在着纪律松弛、组织涣散的状况。有的党员在市场经济的负面影响下,价值观念发生变化,理想、信念开始淡薄,拜金主义、享乐主义、极端个人主义等有所滋长、抬头。在思想政治工作方面,结合教职工的思想实际,显得乏力,影响到学校一些工作正常开展和领导决策意图的贯彻落实。此外,当前教育经费投入严重不足,也给学校事业的发展和思想教育工作、管理工作带来很大的困扰:教学设备长期超负荷使用,难以添置和更新,后果堪忧;学校住房紧张,有300余户住房亟待解困和改善;教师待遇偏低,师资队伍不稳,党政管理干部不够安心,对学校的改革与发展产生了不利的影响。

二、改革和发展的目标与任务

到2000年,我校改革与发展的基本指导思想是:坚持社会主义办学方向,认真贯彻落实《中国教育改革和发展纲要》,立足安徽,面向现代化、面向世界、面向未来,为基础教育服务,为大教育服务,为科教兴皖服务。总体思路和目标是:通过进一步加强党的领导,深化教育改革,使学校规模再有适度发展,结构更加趋于合理,办学整体实力和质量、效益再上一个新的台阶,力争有更多办学指标达到国家"211工程"要求,跻身全国高师院校的先进行列,把学校办成有自己特色的国内一流师范大学。

具体措施是:

(一)优化校内管理体制,充分激发内部活力

根据《安徽师范大学综合改革方案》精神,我校当前和今后一个时期深化校内管理体制改革的着重点,一是加快人事分配制度改革。进一步强化竞争意识,认真实施"三定一聘",按教学、科研、校办产业、党政管理等方面切块定编,按公开、平等、择优和优化组合原则聘任上岗,并逐步完善各级各类人员的考核指标体系,形成科学的竞争和严格的管理体制;打破平均主义,实行工资总额包干,并将分配与工作职责、实绩挂钩,奖勤罚懒,奖优罚劣,强化激励机制。

二是加快机构改革。一方面对机关现有机构进行合理调整,将教学科研型、生产经营型以及其他不具备党政管理职能的部门从机关中分离;对少数职能交叉重叠的机构实行撤并或合署办公,体现机关管理"精干、高效"原则;另一方面转变职能,强化服务,健全各部门议事和办事程序,促进管理的制度化和科学化,提高办事质量与效益。

三是加快后勤改革。要加大房改步伐,实施安居工程。同时进一步完善和发展经济承包制,逐步把后勤所属有关业务部门发展成若干经济实体,按行业特点兴办后勤产业,开展区域服务。

四是加快校办产业改革。在学校的统一调控下,让校办产业单位享有相对独立的人权、财权和生产经营自主权,可以根据学校的有关规定和校办产业的特点,在编制范围内聘用校内人员,可以自主确立相对独立的分配制度。校

办产业实行目标管理利润承包责任制，超额完成利润者，学校给予一定的奖励，以进一步激发其积极性和开拓创新精神。

(二)深化教学科研改革，不断提高教育质量

当前，我们要着力抓好以下几个方面的工作：

一是加强和改进德育工作。充分发挥德育对青年学生健全成长和对学校工作的导向、动力和保证作用。进一步完善德育工作体系，搞好德育教育的理论建设、制度建设和基地建设。遵循青年学生思想品德形成规律和社会发展的要求，根据德育工作的总体目标，科学地规划各教育阶段的具体内容、实施途径和方法，引导学生又红又专，健康成长。

二是加强专业建设。今后几年内，要以扬优、支重、改老造新为原则，注重文理渗透，基础与应用结合，有计划地重点扶持一些具有潜力和优势的专业，并努力办出特色，使之逐渐成为校级重点专业。改造一批老专业，使之逐渐适应普通中学、职业教学计划和课程结构改革的需要。同时，积极而慎重地增设一批适应性广、应用性强、后劲足和分配市场好的非师范专业，满足经济建设和社会发展的迫切需求。

三是加强课程建设。根据我校实际，课程建设要以专业基础课和专业必修课为重点，边评估，边建设，边改善，边提高；100门课程的标准化建设力争在“八五”期间基本完成；与此同时，将课程建设和重点学科建设有机结合起来，近期内先确定一批校级重点学科进行重点建设，力争到“九五”期间使上述学科成为省级重点学科，并有一部分专业或学科在本世纪末达到国家“211工程”的实际要求；将课程建设同学位点建设有机结合起来，采取有效措施对现有的整体水平较高的优势专业给予扶持，力争在“九五”期间形成硕士学位点群体并建成博士点。

四是加强图书馆、实验室建设。积极争取外资贷款及其他方面的资助，努力改善图书馆条件，逐步引进现代化的管理手段。同时，积极更新实验设备和实验内容，力争达到90年代应有的水平，确保基础课实验开出率达到90%以上。选择确定3—5个重点实验室，实行投资倾斜，力争在“九五”期间建成省级重点实验室。

五是加强教学管理。逐步在全校各专业推行学分制、主副修制，允许学生提

前修满学分提前毕业，或攻读第二学位课程；严格考试制度，逐步建立试题库，实行科学的评分制度；严格教学管理，引入教学竞争机制，从1995年开始实行“专升本”试点；完善规范各类奖学金、各类考核、奖惩制度和学籍管理制度，奖优罚劣，鼓励上进；全面修改教学计划，进一步强化德育标准，明确人才培养目标和培养规格，改革教学内容和教学方法，着眼于提高学生的综合能力和整体素质。

六是进一步加强科研工作。在课题、项目建设上，集中力量抓好一批重大科研课题的研究。优先支持有重要应用前景、处于学科前沿的课题，优先支持新兴学科、交叉学科的研究课题，优先支持青年学者的创新课题，重点抓好一些在基础研究和高新技术研究方面可能在短时期内取得成果的项目。学校在实施“青年科研基金”和科研成果奖励办法的基础上，逐步设立校科研基金、出版补贴基金、科研启动基金等，多渠道增加科研投入。

（三）强化师资队伍建设，努力增强学校发展后劲

20世纪90年代是我校师资队伍新老交替的高峰期，今后几年内，要从实际出发，认真落实“稳定骨干，优化结构，提高素质，改善条件”的指导思想，以培养100名跨世纪中青年骨干教师和学术带头人为重点，着力抓好选留、引进、培养、稳定四个方面的工作。

（四）扩大对外交流和合作，积极拓宽办学渠道

第一，加大宣传力度，扩大宣传范围，提高我校在国际上的知名度，为各学科、各专业走向世界创造出良好的条件。第二，继续加强同我校已建立合作关系的国外大学、科研机构、友好团体的联系，有计划地开展代表团互访、教学科研人员互派、图书资料互换等双边交流活动，密切往来，促进发展。第三，在巩固与美、英、日等国家和地区一些稳定的友好合作关系的同时，不断扩大对外交往范围，特别是扩大同东南亚周边国家的交往。第四，鼓励并支持教师与国外、境外高校和科研机构开展合作研究，共同承接国家科研项目，参与国际水平的学术竞争，积极组织举办各种国际学术会议，努力使我校成为安徽对外科技文化交流的窗口。第五，进一步加强与东南九省（市）重点师大的协作与交流，努力实现多渠道、多形式、多学科、全方位的对外开放。

(五)发展校办科技产业,不断增强办学实力

努力创造几个新型的高科技产业,力争经过几年的奋斗,生产出具有一定市场竞争力、经济效益好的拳头产品,为学校增加收入。同时进一步抓好科技成果的转让,使我校的部分应用型的科技成果尽快转化为生产力。校园周边开发是我校得天独厚的优势,要在总结前期开发经验的基础上,统筹规划,分步实施,尽快抓好横埂农场的规划,力争早日开发,1996年前后完成黄山路中段商住宅和商业网点的建设,争取早出效益。

劳动服务公司是学校比较稳定的创收单位,学校要加强指导,在资金筹集、场地提供、新项目开发等方面给予积极扶持,使其在完成安置、服务、经营三大任务的同时,不断拓宽经营渠道,逐年提高经济效益。

(六)抓紧基础设施建设,做好后勤保障工作

当务之急是要千方百计缓解住房突出的矛盾。学校一方面要努力克服困难,创造条件,确保凤凰山在建的宿舍楼尽快按时完工;另一方面积极开辟集资渠道,按照"三个一点"的原则,保持每年从创收经费中提出10%—15%作为建房基金,同时,改革现行的无偿分配住房的办法,逐步加大房改的力度,鼓励教职工集资,千方百计加快建房速度,力争中青年骨干教师住房"三年解困,五年改善"。除此之外,要加快图书馆新馆建设,抓好幼儿教育中心和美术馆的基建开工工作,还要争取再上学生活动中心等一些新的基建项目,并逐步增加仪器设备及图书馆资料的经费投入,努力改善办学条件,确保基础设施建设与学校事业发展同步前进。

三、在深化改革中进一步加强党的建设

(一)用邓小平同志建设有中国特色的社会主义理论和《决定》精神统一全党思想

党的十四届四中全会通过的《中共中央关于加强党的建设几个重大问题的决定》(以下简称《决定》),是新时期加强党的建设的纲领性文件,对于我们全面加强党的思想建设、组织建设和作风建设,推进学校各项工作的健康发展具有重要的现实意义。认真学习《决定》,并用《决定》精神统一全校党员的思想,是摆在我们面前一项重大而紧迫的任务,也是加强我校党建工作的极好

机遇。

（二）坚持和完善党的民主集中制

一要在理论上加深认识，进一步明确，我们实行的民主集中制，是民主基础上的集中和集中指导下的民主相结合，其目的是努力造成又有集中又有民主，又有纪律又有自由，又有统一意志又有个人心情舒畅、生动活泼的政治局面。二要在制度上逐步完善。三要在决策上更加科学化、民主化。四要加强和健全监督机制。

（三）加强干部队伍建设

在今后几年内，要逐步培养选拔50—100名跨世纪的后备干部。要把实践锻炼作为我校培养年轻后备干部的重要途径。要努力完善干部考核制度，从德、能、勤、绩等方面科学而全面地考核和评价干部，并将考核结果同升降奖惩挂钩，对不能胜任职务者果断调整，形成干部能上能下的制度。要实施干部交流制度，有计划、有步骤地组织各系、机关各处室之间、党政之间的干部交流。

（四）加强基层党组织建设，发挥党员先锋模范作用

必须大力加强党的支部特别是教师党支部建设，继续实行把党支部建在教研室和学生年级的做法，使党的工作和业务工作有效地结合起来。要严格党的组织生活制度，民主评议党员制度，定期开好民主生活会，坚持开展批评与自我批评，强化党内民主监督。坚持标准保证质量，积极做好发展党员工作，引导青年骨干教师和广大学生向党组织靠拢，对于学生和青年教师中党员力量薄弱的地方，要作为发展的重点。学生党建工作要从低年级抓起，努力实现低年级有党员，高年级有支部，在今后几年内要使党员学生占学生数的比例，逐步达到6%—10%。要加强和改进对党员的教育和管理。

（五）加强党风廉政建设

及时查处违法违纪案件，并根据揭露出来的问题，查找原因，总结教训，堵塞漏洞，健全制度，加强管理。各级党的领导班子特别是党政一把手，要认真对照中纪委有关规定自查自纠，以身作则，并在此基础上完善各项党风廉政措施，建立起严格的管理、约束和监督机制，做到标本兼治，综合治理。同时要进一步加强纪检和监察队伍建设，促进党风校风好转，为把我校建成党风正、作风廉、校风好、学风严的文明高校而努力。

(六)进一步做好党的统战工作

针对我校民主党派基层组织多、成员多、党外知名人士多的实际情况，在今后党的工作中要进一步加大统战工作的力度，关心各民主党派的思想建设、组织建设和领导班子建设。根据新形势的要求，我校还将逐步实现在民主党派和党外知识分子中，特邀党风党纪监督员及特邀监察员、审计员和督导员。同时，注意推荐具备条件的同志，到各级人大、政协中工作。在新的形势下，我们还应树立起统战工作为经济服务的思想，注意发挥统一战线的优势，做好引资牵线、搭桥、智力开发和科技成果转化工作，为实现我校的总目标服务。

(七)加强和改进思想政治工作

当前，要认真贯彻中共中央《关于进一步加强和改进学校德育工作的若干意见》和《爱国主义教育实施纲要》，大力改进和加强新形势下学校德育工作，坚持把马克思主义理论课、思想政治课作为重点课程建设。在注重做好青年学生包括附中、附小学生思想政治教育工作的同时，还要注意加强青年教职工的思想政治工作。要加强对教代会、工会、共青团、学生会、研究生会工作的领导，支持他们的工作。充分运用党校、团校、学报、校报、广播等思想文化阵地，强化舆论导向，高扬社会主义思想文化的主旋律。

中共安徽师范大学纪律检查委员会向校第六次党代会的工作报告(节选)

(1994年12月23日)

一、九年来的主要工作

(一)加强党风廉政建设，纠正不正之风

九年来，我们协助校党委认真抓好党风廉政建设。为了摸清党内实际状况，便于有针对性地开展工作，校纪委会同有关部门分别于1986年、1989年、1992年三次对全校党风状况进行了调查。每次党风调查，都有计划、有总结上报校党委、省纪委，并注意向下反馈，听取各方面的反映。通过党风调查，为如何有针对性地加强学校的党风建设提供了一项依据。

党的十三大以来，我们十分注意纠正行业不正之风。根据中纪委文件精神，结合学校实际，纪委注意将纠正不正之风与解决“热点”问题相结合。如招生、毕业生分配方面容易发生不正之风。在毕业生分配中，校纪委会同有关部门制定了《关于抵制毕业生分配中不正之风的几项规定》，对不正之风的发生起到了积极防范作用。对办班、收费、经济交往中存在的一些问题，也会同有关部门做了调查处理，有的进行了通报批评。此外，还配合有关部门进行了财税大检查、私设“小金库”检查、清理整顿公司、治理“三乱”等工作，参与了学校的分房、清房工作，较好地完成了任务。

十三届四中全会以来，校纪委把反腐倡廉作为一项重要工作来抓。近两年根据党中央反腐败斗争的部署和中纪委二次、三次全会精神，按照校党委的实施意见，校、系(处)级领导干部对照廉洁自律的要求进行检查，促进了领导干部廉洁自律自觉性的提高。

(二)维护党的政治纪律，履行党内监督职责

校纪委坚持四项基本原则，维护党的政治纪律，与党中央保持一致。1986年底资产阶级自由化思潮泛滥时，校纪委协同党委要求各级党组织和党员干部坚定地维护党章和党的政治纪律，做好学生和教职工的思想政治工作，对个别有偏激言行的学生党员进行了教育。

(三)认真查处违纪案件，做好来信来访工作

校纪委严格执行党的纪律，认真查处党内违纪案件，对少数党员在政治、经济、道德品质等方面的违纪问题进行了立案查处，九年来共查处党内违纪案件11起，处理违纪党员共15人，其中留党察看一年处分的1人，撤销职务的1人，受警告处分的2人，党内免予或不予处分的5人，通报批评的4人，因违纪受延长预备期处理的2人。在查处案件中，我们坚持原则，实事求是，注意排除各方面的阻力干扰，秉公执纪，对查无实据的问题，则及时予以澄清，该解脱的给予解脱。

(四)开展党风党纪教育，增强党员的纪律观念

高校在改革开放的新形势下开展党风党纪教育显得特别重要。九年来，校纪委坚持“教育为主、预防为主”的方针，注重联系实际对党员进行党风党纪教育，除配合有关部门利用“三会一课”的主渠道对党员进行党的基本路线、基

本理论、基本知识教育外,重点抓了三个方面教育:

一是教育党员认真学习党的路线、方针、政策,发扬党的优良传统和作风,清正廉洁,拒腐防变,坚持共产主义理想,坚持全心全意为人民服务宗旨,做端正党风的表率,经受住执政和改革开放的考验。

二是教育党员特别是党员领导干部遵守党章和《关于党内政治生活的若干准则》,认真组织广大党员进行再学习,再教育。1993年上半年在全校党员中进行了一次学习党章测验,收回试卷967份,参考率近90%,平均成绩超过90分,取得了较好的教育效果。我校党章教育活动的情况总结在《安徽省党风党纪宣教动态》上刊出。

三是教育党员遵守党规党纪。1991年上半年,我校组织全校党员重点学习中央纪委制定的关于共产党员在政治、经济、道德、涉外活动中违法违纪等八个实体性条规。为保证学习材料做到党员人手一册,校纪委向省纪委订购了1000余册《党规党纪文件选编》;利用党员学习日,集中学习条规,紧紧抓住"学(条规)""看(录像)""议(讨论)""查(考试)"四个环节,取得了较好成效。这次党规党纪教育活动的专题材料由省高工委报国家教委纪检组,并在《安徽党风》上登载。

(五)增强"参与""服务"意识,提高纪检干部素质

纪委除负责人进行"决策参与"外,纪检干部参与了学校招生、毕业生分配、分房、干部考察、校办产业情况调研等方面的工作,还完成了党委交办的有关工作任务,促进了纪检工作的开展。在工作中我们注意了解掌握有关情况,支持保护改革,为学校的各项改革服务。

纪检部门不断改进工作作风和工作方法,凡属重大问题,都必须经过校纪委会集体讨论,做出决定并报党委同意后执行。纪委注意倾听群众反映,掌握信息,深入实际,开展调查研究,结合学校纪检工作的实际写出一些调研报告,认真探讨高校纪检工作中的一些难点问题。根据上级纪委的规定和我校实际情况,建立了一些内部工作制度和岗位责任制。

回顾九年来的纪检工作,我们有以下几点体会:第一,做好高校纪检工作,必须坚持党的基本路线,保证社会主义办学方向,围绕党委的中心工作,为完成培养社会主义事业的建设者和接班人这一根本任务服务。第二,必须坚持解放思想、实事求是的思想路线,根据本校实际和广大教职工的反映,坚持不

懈地抓好党风廉政建设,加强制度建设,增强制约机制,工作中有什么问题就解决什么问题。第三,必须全面履行"保护、惩处、监督、教育"四项职能,更好地担负起党章赋予纪检机关的任务,高校在履行四项职能中,必须从严治党,维护党纪的严肃性,把查处案件作为维护党纪的中心环节;重点要履行好教育、监督职能,尤其要重视抓党风党纪教育。第四,必须紧紧依靠各级党组织和广大党员。做好纪检工作,校党委重视支持是关键,各部门和党总支(直属党支部)的密切配合是保证,广大党员的支持是基础。这些工作经验体会,对我们今后开展纪检工作是有启迪作用的。

二、今后工作的建议

(一)认真贯彻党的十四届四中全会精神,为学校改革和发展服务

全校各级党组织和广大党员要认真学习贯彻党的十四大和十四届四中全会精神,以邓小平同志建设有中国特色的社会主义理论为指导,全面落实《中国教育改革和发展纲要》,为培养社会主义的四有新人做出贡献。校纪委和全体纪检干部要结合学校工作实际,认真贯彻中纪委四次全会精神,充分认识在新形势下加强党的建设,增强党的凝聚力和战斗力的重要性,维护党中央的权威,保证党的路线、方针、政策的贯彻落实。严明纪律,切实监督,保证十四届四中全会精神在我校的贯彻落实。

校纪委要把支持和保护教育改革作为工作的出发点,围绕党委的中心工作,积极参与,认真为学校改革与发展服务。我校综合改革方案正在陆续实施,纪检部门和纪检干部要深入改革实际,认真研究改革中出现的新情况、新问题,探讨解决的办法,对利用改革之机,以权谋私违法乱纪的要坚决查处,切实做到支持改革者,惩处违纪者,保护探索者,帮助失足者,促进学校各项改革工作顺利进行。

(二)继续抓好党风廉政建设,切实解决群众反映强烈的问题

加强党风廉政建设,首先要领导抓、抓领导。我校党风廉政建设要取得成效,关键在于校、系两级党政主要负责同志要亲自抓,逐级负责,层层落实。同时校、系领导班子和党员干部要作出表率,又要对存在的问题敢抓敢管,纪委、监察等职能部门要充分发挥作用。

加强党风廉政建设,要标本兼治,建立和健全法规制度。纪委工作要将党风廉政建设与教育改革结合起来,认真总结改革中的经验教训,研究解决刹风正纪涉及的深层次问题,在深入调查、研究的基础上,协助学校有关部门制定和完善相应的规章制度。做到有法可依,有章可循。坚持党风责任制和有关廉政制度,坚持党内民主生活会制度等,在实践中不断完善,并根据新的实际情况制定有关规章制度。

要密切党同人民群众的联系,针对师生员工反映强烈的问题进行调查研究,认真纠正各种不正之风。对经济领域存在的问题,学校要加强宏观调控,健全规章制度,逐步形成有效防范以权谋私和行业不正之风的约束机制。校纪委还要增强参与服务意识,继续适当参与校内有关经济活动,毕业生分配,招生等工作,了解掌握有关情况。按照中央组织部相关要求,配合组织、人事部门做好干部任免、考察的有关工作。

(三)全面履行四项职能,不断提高纪检工作水平

校纪委要认真履行党章赋予的任务,全面履行"保护、惩处、监督、教育"四项职能,保证我校社会主义办学方向,使纪检工作为培养德智体全面发展的合格人才服务。

校纪委要切实履行保护职能,保护广大党员的民主权利和合法权益不受侵犯,对侵犯党员民主权利,压制党员批评,进行打击报复或诬告陷害的违纪行为要认真查处,切实保护检举人的民主权利。

要坚持从严治党,认真查处党内违纪案件,这是严肃党的纪律的中心环节。在查处违纪案件中,要坚持原则,敢于碰硬,坚决排除各种阻力和干扰,秉公执法,各党总支(直属党支部)主要负责人对本单位所发生的违纪案件,要主动协助纪委及时调查处理。对于袒护包庇违纪违法行为、干扰案件正常处理的单位和个人,要严肃处理。

要切实履行党内监督的职能,重点是加强对校、系两级领导班子成员和党员领导干部的纪律监督。不允许有不接受监督的"特殊党员"。校纪委要通过参与和列席校党委会、民主生活会、有关校党政联席会等形式,了解和掌握领导班子执行党的路线、方针、政策及勤政廉政的情况。通过监督检查,确保党的路线、方针、政策和民主集中制各项原则得到贯彻落实。

要深入开展党风党纪教育，增强党员遵纪守法的自觉性。校纪委要认真对党员、干部进行党风党纪教育，抓党风、促廉政，要继续配合有关部门利用“三会一课”、党校、闭路电视、讲座、录音录像、民主评议党员等多种形式，对全校党员进行教育。

（四）进一步提高纪检干部素质，加强纪检队伍建设

要不断提高纪检干部自身的政治素质和业务水平。全校纪委干部要认真学习和领会党的基本路线和方针政策，学习党章、《关于党内政治生活的若干准则》和党规党纪，增强维护党的纪律的责任感。要认真学习和研究纪检业务，不断提高政策水平和业务能力，增强改革开放意识、市场经济意识，克服不适应加快改革开放的旧思想、旧观念，研究和制定新形势下反腐倡廉工作的新思想和新方法，提高执纪办案的能力。

要加强调查研究，改进工作作风。纪检工作要深入实际，深入群众，搞好调查研究，加强信息工作，及时了解掌握学校在办学和深化改革中出现的新情况、新问题，使上情及时下达，下情及时上报，密切上、下级关系，进一步增强做好纪检工作的预见性和主动性。要加强同各党总支（直属党支部）纪检干部的联系，发挥他们的作用；要与有关部门通力协作，搞好配合；要加强同兄弟院校纪委联系，开阔视野，拓宽思路，探讨搞好高校纪检工作的新途径。同时要继续加强纪检部门的组织建设，疏通纪检干部的流通渠道，不断调整充实纪检队伍，尤其要注意充实懂法律、懂经济的同事到纪检队伍中来，要进一步调动纪检干部的积极性，努力建设一支政治素质高、业务精、作风正的纪检干部队伍。

会议决议

关于中国共产党安徽师范大学第六次代表大会党委工作报告的决议

（1994年12月26日通过）

中国共产党安徽师范大学第六次代表大会经过认真审议，同意谷国华同

志代表党委所作的《加强党的领导,深化教育改革,为把我校办成国内一流的师范大学而奋斗》的工作报告。

大会认为:自第五次党代会以来,学校党委认真贯彻党的路线、方针、政策,坚持社会主义办学方向,坚持改革开放,不断加强党的建设和思想政治工作,积极深化教学、科研、管理等方面的改革,促进学校各项工作取得了较大的成绩,使学校面貌发生了明显的变化。大会认为,报告实事求是地总结了九年来党委的工作,指出了存在的问题和面临的困难,提出了到本世纪末的奋斗目标和基本任务,进一步明确了学校今后的发展方向。

大会认为,从现在起到本世纪末,是我国社会主义现代化建设的关键时期,也是我校改革与发展的关键时期,为此,大会要求,新的一届党委对学校目前存在的问题和困难要有充分的认识和估计,进一步增强责任感和紧迫感,切实加强自身建设,认真贯彻党的十四大和十四届四中全会精神,贯彻《中国教育改革和发展纲要》,坚持民主集中制原则,牢固树立全心全意为人民服务的思想,正确处理改革、发展和稳定的关系,勤政务实,廉洁奉公,锐意改革,不断进取,促进学校工作再跃上一个新的台阶。

大会号召全校各级党组织和全体共产党员,积极宣传大会精神,认真落实大会提出的各项任务,团结和带领全校广大师生员工,紧紧抓住二十世纪最后几年的发展机遇,在中共安徽省委的正确领导下,发扬爱校、敬业和无私奉献精神,振奋斗志,艰苦奋斗,勤俭办学,为把我校办成国内一流的师范大学而奋斗!

关于中共安徽师范大学第六次代表大会纪委工作报告的决议

(1994年12月26日通过)

中国共产党安徽师范大学第六次代表大会经过认真审议,同意李凤阁同志代表上届纪委所作的工作报告。

大会认为,上届纪委的工作报告对过去工作的回顾和总结是实事求是的。九年来,校纪委坚持党的基本路线,认真执行党章赋予的三项任务,履行保护、惩处、监督、教育的四项职能,在推动党风廉政建设、保证学校各项改革顺利进行、促进学校发展方面，做了很多工作，发挥了积极作用。

大会希望，新的一届纪委在上级纪委和校党委的领导下，认真贯彻落实党的十四届四中全会精神，全面履行四项职能，不断加强党风廉政建设，切实解决好群众反映强烈的问题；振奋精神，团结奋斗，扎扎实实地开展工作，为促进我校的改革和发展，做出新的贡献。

闭幕词

中国共产党安徽师范大学第六次代表大会闭幕词

（1994年12月26日）

各位代表、同志们：

中国共产党安徽师范大学第六次代表大会，在省委、省委教育工委的亲切关怀下，在各级党组织和全体代表、全校党员的共同努力下，圆满地完成了大会的各项议程，今天就要胜利闭幕了！

这次大会自始至终洋溢着民主、团结、奋发向上的气氛，全体代表经过认真讨论，审议并通过了上届党委的工作报告；审议并通过了上届纪委的工作报告。经过充分酝酿和民主选举，产生了中共安徽师范大学第六届委员会和纪律检查委员会。

这次大会，认真总结了上次代表大会以来党委和纪委的工作，分析了学校目前面临的形势，明确了今后一个时期学校党的建设和事业发展的奋斗目标。我们相信，新的一届党委一定能够以建设有中国特色的社会主义理论和党的基本路线为指导，充分发挥党委在学校改革和发展中政治核心、领导核心、团结核心作用，团结和带领全体共产党员和全校师生员工，大胆开拓，扎实工作，认真贯彻党的十四大及十四届四中全会精神，全面推进学校的综合改革，开拓我校党的建设和思想政治工作新局面，推动我校各项工作迈上新的台阶，胜利完成本次大会提出的各项任务。

同志们！从现在起到本世纪末,是我国改革开放和现代化建设的关键时期,也是把我校建设成为国内一流师范大学的关键时期。我们面临的任务是光荣而艰巨的,我们在前进中也会遇到许多困难。这就需要我们同心同德,群策群力,牢记自己的庄严使命,肩负起历史的重任。希望各级党组织联系工作实际,采取切实措施,认真贯彻落实这次大会提出的各项任务。希望全体代表和全校共产党员振奋精神,团结奋斗,以实际行动推动学校的改革和发展。

同志们！让我们在中共安徽省委、省委教育工委的领导下,解放思想,实事求是,深化学校改革,加快学校发展,为实现这次大会提出的把我校建设成为国内一流师范大学的目标而努力奋斗！

中共安徽师范大学第七次代表大会

会议概况

中共安徽师范大学第七次代表大会于1999年1月8日至9日召开。参加大会的党员代表200名、列席人员17名、特邀代表40名。主要任务是总结第六次党代会以来党委的工作，确定党委今后的工作任务，选举产生新一届党委领导班子，切实加强党的建设。大会听取了沈家仕同志代表校党委所作的工作报告，高家保同志代表纪委所作的工作报告。大会选举产生了中共安徽师范大学第七届委员会和新一届纪律检查委员会。

会议议程

一、听取和审议党委工作报告；

二、听取和审议纪委工作报告；

三、选举产生中共安徽师范大学第七届委员会；

四、选举产生新一届纪律检查委员会。

会议日程

<table>
<tr><th colspan="2">时 间</th><th>议 程</th><th>地 点</th></tr>
<tr><td rowspan="2">1月7日</td><td rowspan="2">下午</td><td>(一)预备会议(2:00)
沈家仕同志主持
1.高家保同志关于大会筹备工作的讲话
2.宣布代表资格审查小组名单
3.审议通过代表资格审查小组关于代表资格审查情况的报告
4.通过大会主席团成员和大会秘书长名单
5.通过大会议程</td><td>科技会堂</td></tr>
<tr><td>(二)召开大会主席团第一次全体会议(3:30)
高家保同志主持
1.通过大会日程
2.通过大会执行主席分组名单
3.通过大会副秘书长名单
4.通报大会列席人员、特邀代表名单</td><td>科技楼会议室</td></tr>
</table>

续 表

时间		议程	地点
1月8日	上午	举行党员代表大会开幕式(8:00) 丁万鼎同志主持 1.宣布大会开幕,奏国际歌 2.胡昭林同志致开幕词 3.宣读贺电,贺信 4.上级领导和来宾讲话 5.沈家仕同志作党委工作报告 6.高家保同志作纪委工作报告	科技会堂
	下午	各代表团会议(2:00) 讨论“两委”工作报告	秘书处指定地点
	晚上	召开大会主席团第二次全体会议(7:30) 胡昭林同志主持 1.听取各代表团审议“两委”工作报告的情况汇报,研究修改意见 2.讨论通过关于党委、纪委工作报告的决议(草案) 3.讨论通过大会《选举办法》(草案) 4.高家保同志介绍下届“两委”委员候选人预备名单产生经过和有关情况 5.讨论通过下届党的委员会、纪律检查委员会委员候选人预备名单 6.分配各代表团推荐监票人、计票人名额 7.布置各代表团讨论党委、纪委工作报告决议(草案)和大会选举办法(草案),酝酿下届党的委员会、纪律检查委员会委员候选人预备名单	科技楼会议室

续　表

<table>
<tr><th colspan="2">时　间</th><th>议　程</th><th>地　点</th></tr>
<tr><td rowspan="2">1月9日</td><td rowspan="2">上午</td><td>(一)前半段:
各代表团会议(8:00—10:00)
1.讨论大会《选举办法》(草案)
2.讨论关于“两委”工作报告的决议(草案)
3.酝酿下届“两委”委员候选人预备名单
4.推选监票人、计票人</td><td>秘书处
指定地点</td></tr>
<tr><td>(二)后半段:
召开大会主席团第三次全体会议(10:00)
沈家仕同志主持
1.通过总监票人、监票人、总计票人、计票人名单
2.听取各代表团对下届“两委”委员候选人预备名单的酝酿情况汇报,并根据多数人的意见确定候选人名单
3.听取各代表团讨论大会《选举办法》(草案)的情况汇报,并根据多数人的意见进行修改
4.听取各代表团讨论“两委”工作报告决议(草案)的情况汇报,并研究修改意见</td><td>科技楼
会议室</td></tr>
</table>

续 表

时间		议程	地点
1月9日	下午	召开第二次全体党员代表大会(2:00) 沈家仕同志主持 1.通过大会《选举办法》 2.通过总监票人、监票人、总计票人和计票人名单 3.选举党委委员和纪委委员 4.全体代表合影留念(工作人员统计票数) 5.总监票人向大会宣读“两委”委员候选人的得票数 6.主持人向大会宣布“两委”委员当选人名单 7.通过关于党委工作报告的决议 8.通过关于纪委工作报告的决议 9.丁万鼎同志致闭幕词 10.奏《国际歌》,宣布大会闭幕	科技会堂
		召开大会主席团第四次全体会议(大会选举后) 沈家仕同志主持 1.听取总监票人汇报选举情况 2.确定新一届“两委”第一次全体会议召集人	科技楼会议室

续 表

时间		议程	地点
1月9日	晚上	(一)新一届纪委第一次全体会议(7:30) 会议由大会主席团委托的召集人主持 1.介绍新一届纪委书记、副书记候选人建议名单的酝酿提名情况 2.酝酿讨论新一届纪委书记、副书记候选人建议名单,并根据多数委员的意见确定候选人名单 3.讨论通过纪委书记、副书记的选举办法,并推选监票人、计票人 4.选举纪委书记、副书记 5.宣布选举结果 (二)新一届党委第一次全体会议(8:30) 会议由大会主席团委托的召集人主持 1.介绍新一届党委书记、副书记候选人建议名单的酝酿提名情况 2.酝酿讨论书记、副书记候选人建议名单,并根据多数委员意见确定候选人名单 3.讨论通过新一届党委书记、副书记的选举办法,并推选监票人、计票人 4.选举党委书记、副书记 5.宣布选举结果 6.通过纪委第一次全委会议选出的书记、副书记名单	综合楼第一会议室

开幕词

中国共产党安徽师范大学第七次代表大会开幕词

(1999年1月8日)

各位代表、各位来宾、同志们:

中共安徽师范大学第七次代表大会,在举国上下隆重纪念党的十一届三中全会召开20周年之际,经省委批准,今天开幕了!

出席这次大会的应到正式代表有200人,共分15个代表团。其中,教师和专业技术人员代表94人,干部代表92人,工人及学生代表14人。各位代表都是根据党章的规定,在校党委的统一部署下,按照代表条件和严格的程序,经全体党员民主选举,并经资格审查后确定产生的,充分体现了全校党员的意愿。出席这次大会的还有列席人员17人,特邀代表40人。

这次大会从筹备到召开,一直是在中共安徽省委、省委教育工委的直接领导和关怀下进行的,并得到中共芜湖市委、兄弟院校党委的支持,在此,我谨代表大会主席团向亲临大会的各位领导、各位来宾表示热烈的欢迎和衷心的感谢!

我校第六次党代会是1994年12月底召开的,至今已经四年。四年来,第六届校党委在邓小平理论指导下,在省委、省政府的正确领导下,团结、带领广大党员和师生员工,认真贯彻党的十四大、十五大精神,贯彻党的基本路线和教育方针,全面落实《中国教育改革和发展纲要》,紧紧把握"抓住机遇,深化改革,扩大开放,促进发展,保持稳定"这个大局,坚持社会主义办学方向,围绕培养社会主义现代化事业的建设者和接班人这一根本任务,齐心协力,艰苦奋斗,克服困难,开拓进取,为党的建设和学校事业的发展,做了大量艰巨而富有成效的工作,取得了令人鼓舞的成绩,学校面貌发生了较大的变化,为学校的跨世纪发展打下了扎实的基础。

这次大会的主要任务是:以邓小平理论为指导,深入贯彻党的十五大精神,总结我校第六次党代会以来的党委工作,确定今后一个时期党委的主要任务和学校跨世纪发展的奋斗目标。大会将听取并审议上届党委工作报告和纪委工作报告,选举产生中共安徽师范大学第七届委员会和新一届纪律检查委员会。动员、团结全体共产党员和全校师生员工,进一步高举邓小平理论伟大旗帜,继续深化改革,不断加快发展,创造新的业绩,把一个规模、结构、质量、效益协调发展的、充满生机与活力的安徽师大带进21世纪!

同志们,我校第七次党代会是在全党和全国人民高举邓小平理论伟大旗帜,沿着党的十一届三中全会以来的正确路线向新世纪迈进的重要历史时期召开的一次承先启后、继往开来的大会,开好这次大会,对于我校的改革和发展,必将产生积极深远的影响。即将到来的21世纪,我们将面临着严峻的竞争与挑战,同时更面临着前所未有的大好形势和发展机遇。党和国家制定的“科教兴国”战略,社会主义市场经济对人才的新的需求,给高等师范教育的发展带来了无限的生机与活力,在困难与挑战面前,我们要抓住机遇而不可丧失机遇,要开拓进取而不可因循守旧,要坚定信心,知难而进,艰苦奋斗,再创辉煌。

今天,来自全校各个不同岗位的200名代表,带着全体党员和广大师生员工的希望和重托,在这里回顾过去,展望未来,共商学校改革与发展大计。我们希望,全体代表要以强烈的事业心和历史责任感,围绕大会主题,认真审议两委工作报告,总结学校党建工作,确定学校的跨世纪发展目标和各项措施,将这次大会开成一个团结的大会,鼓劲的大会,胜利的大会,一个坚定不移地沿着党的十一届三中全会开辟的道路向新世纪迈进的大会!

同志们,让我们高举邓小平理论伟大旗帜,更加紧密地团结在以江泽民同志为核心的党中央周围,在省委的领导下,继续解放思想,实事求是,创造性地开展工作;继续加强学习,紧跟时代前进的步伐;继续坚韧不拔,奋发有为,为实现安徽师大跨世纪发展目标而努力奋斗!

最后,预祝大会圆满成功!

工作报告

高举旗帜,深化改革
为实现安徽师大跨世纪发展目标而奋斗

——在中共安徽师范大学第七次代表大会上的工作报告(节选)

(1999年1月8日)

大会的主题是:高举邓小平理论伟大旗帜,深入贯彻党的十五大精神,全面加强党的建设,全面贯彻党的教育方针,深化改革,开拓进取,团结拼搏,求真务实,努力把一个规模、结构、质量、效益协调发展的,充满生机与活力的安徽师大带进21世纪。

一、团结拼搏，开拓前进：党建和各项事业不断取得新成绩

我校第六次党的代表大会是1994年12月底召开的，至今已整整四年。四年来，在党中央和省委的正确领导下，第六届党委班子带领广大共产党员和师生员工，做了大量艰巨而富有成效的工作，推动了学校各项事业不断向前发展。主要体现在以下方面：

——党的建设跃上新水平。以深入学习邓小平理论为先导，思想建设成效显著。健全了校院（系）两级中心组学习制度、党员干部理论培训制度和师生政治学习制度，建立了校党校、团校，院系业余党校，年级学生学党章学马列小组三级学习阵地，开展了系统的理论学习，师生"双学"小组目前已近200个。校党委四年来共组织了43次中心组专题学习，12场学习报告会，编发了近80万字的理论学习资料，举办各类培训班33期，培养培训党员干部、中青年骨干、高级知识分子和入党积极分子3492人次，并派出50多名校、处级干部赴中央党校、省委党校、国家高级教育行政学院等进修或培训。1995年，相继成立了校邓小平理论研究会、邓小平理论研究中心，依托这两个研究团体和我校社科研究力量，广泛开展了党建理论研究，特别是邓小平理论研究，在省内外形成优势和特色，近几年取得全国奖2项，发表邓小平理论研究论文140多篇，并取得一大批党建研究成果。1996年，我校被评为全省党建和思想政治工作先进高校。

以校系领导班子建设为核心，组织建设有新突破。认真贯彻民主集中制，积极开展以"讲学习、讲政治、讲正气"为主要内容的党性党风教育活动，处以上干部的思想政治素质和领导水平有较大提高。基层党组织建设不断加强。各项工作制度更加规范，广泛开展了支部争先创优活动，党支部的战斗力进一步增强，广大党员的先锋模范作用得到进一步发挥，师生员工的精神面貌发生了可喜的变化。

以党风廉政建设为重点，作风建设扎实有力。开展了多种形式的党风教育活动，建立健全了校领导分工联系各院系、校领导分工联系老同志、校领导接待日、校长信箱、领导听课、领导现场办公等一系列联系群众的制度，领导深入基层调查研究之风也日益浓厚。坚持定期举行处以上干部述职评议，积极

实施对领导干部的个别谈话制度、诫勉制度和个人收入登记等制度,充分发挥党风党纪监督员作用,加强了党内监督和群众监督。坚持从严治党方针,强化反腐倡廉纪律检查机制,四年来,处理人民来信、接待来访共191人次,通过查处党内违纪案件,处理违纪党员15人,为学校挽回经济损失46万元。

——办学规模有了新发展。学校不断突破传统办学模式适应市场经济和社会发展的需要,初步形成多层次、多形式、多规格、全方位办学的新格局。四年来,以专业结构调整为重点,新增了5个本科专业,使本科专业达到27个,另有两个本科专业待批。新增11个硕士学位授予点,使硕士点达到24个,并初步形成校、院、系管理体制的框架。与此同时,我们不断开辟为基础教育和经济建设、社会发展服务的新领域,在深入开展基础教育教改实验、与地方政府和企业联合办学、为政府部门开展重大决策的咨询研究、推进产学研结合和农科教结合等方面都取得了明显成效。

——德育和精神文明建设取得新成果。一是高度重视邓小平理论"进课堂、进教材、进学生头脑"工作,"两课"在德育中的主渠道、主阵地作用得以有效发挥。"两课"建设富有特色,一年一次的"两课"汇报会已形成制度,去年还有一位教师荣获全国高校首届百名"两课"优秀教师称号。二是制定并实施了《安徽师范大学关于加强精神文明建设的实施意见》,一个队伍齐全、渠道畅通的思想政治工作机制正在形成,并在学校的全方位德育工作中发挥了重要作用。三是以师德建设为重点,通过"三育人"活动,社会实践活动,"树、创、献"活动,法制纪律教育和扎实的思想政治工作,促进了教师师德、管理人员的职业道德和学生的思想品德的切实提高。四是建立了稳定工作责任制,加强教育引导,及时化解矛盾,消除各种不稳定因素,维护了学校稳定。五是狠抓了校风、学风和校园基础文明建设。深入持久地开展了"共创十无校园、同育四有新人"活动,倡导和培养了师生良好的社会公德和文明行为规范;大学生艺术节、科技文化节、文体活动和学生社团等丰富的校园文化活动,陶冶了师生的情操。同时,校园环境综合治理也取得良好成绩。更可喜的是,精神文明建设的理论研究取得一批成果,由我校教师主持和参与编写的爱国主义传统教育丛书《心灵长城》和《中华三德歌》先后荣获国家"五个一工程"奖。

——教学工作不断得到加强。先后推出并不断完善了主辅修制、综合测评制、跨专业选修制、课堂教学质量评估制以及招生、就业改革等20多项改革举措;今年开展的全校转变教育思想观念大讨论促进了广大师生员工教育思想的解放,推动了教学改革的深化;实施质量管理,建立并逐步完善"教学质量保障系统";加强教学建设,立项开展的100门重点课程建设已完成60门,建立和共建了50多个教育实习基地,并启动了"面向21世纪教学内容和课程体系"改革计划,已有部、省级项目14项。

——科学研究出现良好势头。学校四年来共投入科研经费(包括课题经费)1443.5万元,争取立项资助课题472项,其中国家级课题20项,省部级课题53项。在基础理论研究方面,四年来全校专业技术人员在国内外学术刊物上发表学术论文4000余篇,出版著作近300部,在省内高校中位居前列。其中自然科学研究论文数在全国高校中处于100名之前,在全国高师院校中位居前16名,有48项科研成果获得省、部以上奖励,在今年首届安徽省自然科学奖评选中,我校共有13项成果获奖,在省属高校中居于首位。社会科学研究更是硕果累累,在1995年国家教委首届高校人文社会科学优秀成果评选中,安徽省获得4项奖励,我校占了3项;在同年全省第三届哲学社会科学成果奖评选中,我校获得全省高校唯一的一等奖,5项二等奖;在刚结束的全省第四届社科成果评奖中,我校又有13项成果获奖,其中一等奖项,占全省著作一等奖总数的一半。

在应用开发研究方面,四年来共有30项应用成果通过鉴定,一批成果已转化为生产力,并产生良好效益。

重点学科和学位点建设也取得明显成效。学校已形成一批相对稳定、富有特色、整体水平较高的重点学科,其中有6个学科于1995年被列为省级重点学科。校级重点学科建设已开始启动。为强化重点学科和学位点建设,学校成立了重点学科建设领导小组,制定了《省级重点学科建设发展规划》和《重点学科经费使用与管理办法》等。我校硕士点在国家教委组织的两次学位点评估中,均取得良好成绩,其中2个获A级。在刚结束的省级重点学科评比中,我校6个重点学科均受到较高评价,其中2个获得重点资助。

——队伍建设不断迈上新台阶。四年来共选派96位教师脱产进修,45人定向攻读学位,5人出国访问进修。学校有16位教师成为安徽省首批跨世纪学术和技术带头人,58位教师被确定为省级骨干教师和学科带头人培养对象。

四年共评审晋升正高职专家47人,副高职209人,中职257人,使教师队伍的年龄结构、学历结构、职称结构逐步趋向合理。四年来,有3位教师被评为有突出贡献的中青年专家,25位教师荣获曾宪梓教育基金会一、二、三等奖,12位教师和管理人员先后获得全国教育系统劳模、全国优秀教师、巾帼建功标兵和省级劳模、优秀教师等称号,享受政府津贴的教师增加到96人。

与此同时,学校有计划、有步骤地对中层干部队伍作了较大幅度调整,四年共选拔任用、调整交流了140多名处级党政管理干部,占现有同类干部总数的近80%,使管理和政工干部队伍不断得到充实,结构更趋优化;学校还完成了对346名技工的培训、考核和升级工作,有力地促进了工人队伍的建设。

——后勤保障工作取得良好效果。后勤管理体制综合改革取得初步成效,医疗卫生、维修、水电、伙食、学生宿舍管理、住房制度等单项改革稳步推进,新的后勤运转机制正逐步发挥作用,水电费增长势头得到遏制,近两年略有下降。基本建设有了新进展,学校四年新增各类用房4.15万平方米,占校舍总面积的20%,是基本建设速度最快的四年。

校办产业取得较快发展。产业职工克服困难,奋勇开拓,四年来共向学校上缴利润1000多万元,其中1994年240万元,1995年300万元,1996年360万元,1997年402万元,实现了产业开发从艰难起步到良性发展的一次重大飞跃。

——对外合作与交流日益扩大。引进国外智力、资金、技术工作成效显著,外国文教专家在教学中发挥了重要作用,多次受到上级表扬并被评为安徽省引进外国智力先进单位;先后引进助学捐赠基金40余万元;引进国际资本和先进技术合资组建的企业,产业投向优良,其中一个企业已跻身安徽省外商投资企业50强,为我省的外向型经济发展做出了积极贡献。学校建立了同亚、欧、美等地的16所高等院校、科研机构、学术文化团体的友好合作关系。留学生教育不断发展,质量稳步提高,四年共接收培养20多个国家的留学生153人。与此同时,学校同港、澳、台和东南亚地区的交流合作日益加强。

——统战、离退休、群团工作取得新成效。长期坚持把老干部工作列入党委重要议事日程,认真落实老干部政策和待遇;尊重老同志,尽力帮助他们解决一些实际困难;广大离退休老同志发扬党的优良传统,老有所乐,老有所为,老骥伏枥,勤奋工作,关工委多年来为学校发展和育人事业作出了无私奉献,深受师生员工的爱戴。教代会发挥主人翁精神,议大事,办实事,在坚持民主管理、充分调动教职工办学积极性方面发挥了重要作用。工会、共青团工作有声有色,较好地发挥了桥梁、助手作用。教代会去年被评为全省高校标兵单位,工会工作获省总工会两次表彰,共青团工作多次受到上级表彰。

附属学校的办学水平有了很大提高。附中实施素质教育的"三二一"工程取得良好成效,被授予多项国家级称号,教学质量和管理水平不断上台阶,在全省重点中学中颇具特色;附小和附幼的办学条件不断改善,教育质量受到社会广泛好评。

回顾过去四年党建和办学的实践,我们有以下几点体会:一是必须高举邓小平理论伟大旗帜,坚持解放思想、实事求是的思想路线,切实加强和改善党对学校工作的领导。二是必须坚持德育为首、育人为本的办学指导思想,始终把教学质量作为学校的生命线,坚持教学工作作为学校经常性中心工作的主体地位不动摇;三是必须正确处理改革、发展和稳定的关系。在深化改革、促进发展的过程中,把确保学校政治稳定放在突出位置。四是必须发扬团结拼搏、艰苦奋斗、百折不挠、知难而进的精神,任何时候都要心往一处想,劲往一处使。

二、振奋精神,奋发图强,努力实现向新世纪的跨越

今后四年,我校事业发展总的指导思想是:以邓小平理论为指导,全面贯彻十五大精神,贯彻落实《中国教育改革和发展纲要》及《中华人民共和国高等教育法》,切实加强党的领导和党的建设,进一步解放思想,更新观念,增强忧患意识,加大改革力度,坚定信心,知难而进,充分调动全校教职工的积极性和创造性,加快学校建设和发展步伐,努力完成"九五"计划,不断提高办学整体实力和水平,为"科教兴国"作出更大的贡献。

总体思路和目标是:坚持"三个面向"的战略指导方针,深化教育改革,建立起适应社会主义市场经济和安徽教育发展需要的、面向社会依法自主办学的新体制,以学科建设为根本,以教学工作为中心,以科学研究为龙头,以学位授权点为标志,建立一支数量充足、素质精良、结构合理、充满活力、具有知识创新能力的师资队伍,建成一批重点课程、重点学科、重点实验室和有特色有

优势的学科群,使学校规模再有适度发展,结构更加趋于合理,办学整体实力和质量、效益迈上一个新台阶,成为我省师资培养和教育科学研究的核心基地,力争有更多办学指标达到国家规定的标准。在此基础上.通过21世纪最初10年的继续努力,全面开创学校教育事业新局面,为把学校办成有自己特色的国内一流师范大学而奋斗。

我校今后四年的主要规划指标是:

1.党的建设和精神文明建设达到一个新水平,党建、精神文明建设的各项指标省内领先,学校成为社会主义精神文明“示范区”。

2.学校规模为全日制教育10000人,其中研究生500人,留学生200人,本科生9000人。成人高等教育在籍生8000人。全日制教育和各类成人教育协调发展,质量稳步提高。

3.学位点和重点学科建设实现新突破,力争尽早成为博士授予单位并建成2—3个博士点,硕士点达到30—35个,教育硕士专业的学位教育有较大发展;努力实现国家级重点学科、国家文理科基地的突破,省级重点学科达到10—12个,校级重点学科达到30个左右,完成100门重点课程的标准化建设,形成有优势、有实力、有特色的重点学科群。

4.不断提高办学层次,发挥安徽高师教育龙头作用,为实现由高师本科教育为主体逐步过渡到本科教育和研究生教育两个主体的综合性教育体系奠定基础。教学研究、教学成果获奖数量不断增多。附中建成全省示范学校,附小、附幼办学水平在芜湖市内位居前列。

5.科研主要指标不断刷新,科研课题和立项科研经费逐年上升,SCI排名进入全国高校前70位,科研整体实力在省属高校领先。

6.建成一支高素质的教师队伍,培养遴选100名中青年学术带头人和骨干教师队伍;引进和培养100名博士、硕士生;专任教师总数达1000人,其中高级职称教师占45%左右,具有博士、硕士学位教师的比例上升至50%左右。

7.拓宽办学集资渠道,建立健全多元化办学投资体系。力争教育投入、办学创收、产业创收等有较大幅度的增长。努力实现办学条件、教职工住房条件有较大改善,福利待遇逐年提高。

8.完善校、院、系三级管理模式,再成立3—5个学院;积极开展对外协作和联合办学，发挥教育资源效益，形成科学、高效、灵活、开放的现代化办学新格局。

9.分步实施校园建设规划，进一步优化、美化校园环境。

为了确保上述目标的实现，我们必须重点抓好以下八个方面的工作。

第一，狠抓德育工作，培育四有新人。

第二，深化管理体制改革，充分激发内部活力。

第三，深化教学改革，不断提高教育质量。

第四，加强科学研究和知识创新，创建高水平的学科群体。

第五，强化师资队伍建设，增强学校发展后劲。

一是根据学科需要，有计划地选留和接受优秀硕士、博士毕业生。认真做好部分专业选留优秀本科毕业生工作，并及时将选留和培养工作有机结合起来。二是确保引进优秀人才政策落实。创造条件和信誉，招凰引凤，提高师资队伍的数量和整体学术水平。同时，采取重点倾斜措施，建设一支名学者、名教授、名专家队伍。三是整顿提高现有师资队伍。鼓励在职定向攻读学位和脱产进修，提高师资学历层次和水平。大力加强对中青年教师、教学骨干和学术骨干的选拔培养工作，对拔尖人才实行倾斜政策，鼓励其尽快脱颖而出。四是抓好师资队伍的稳定。实实在在为教师多办实事、多解决实际问题，努力创造一种奋发进取的学术氛围和安居乐业的生活环境，从根本上稳住人心，留住人才。

第六，建立科学的办学投资体系，不断增强办学实力。

第七，扩大对外开放，加强合作交流。

一是大力拓展与国内外高校、科研机构，尤其是著名大学、院所的学术、文化、科研、教育交流与合作，有计划地开展双边多边交流活动。二是扩大同东南亚周边国家和地区，特别是港、澳、台地区的交往，开辟联合办学、联合科研、联合办企业等新的合作形式，努力使我校成为安徽对外科技学术文化交流的重要窗口。三是发挥我校在对外教学中的优势，努力使留学生教育再上新台阶。四是贯彻党的“支持留学、鼓励回国、来去自由”的方针，发挥留学人员在学校事业中的重要作用。五是进一步加强东南地区重点师大的协作与交流，开展全方位联合，发挥“高师集团军”的应有威力，为中国的高等师范教育发展探求新路。

第八，加强基本建设，做好后勤保障。

首先，加紧建设好幼教楼、艺术楼、留学生楼、教师住宅和学生宿舍；其次，按照学校整体规划着手疏通东大门至生化楼主干道，并按“九五”计划积极筹建文科楼、综合楼、国际文化交流中心、游泳池，完成中操场的整体改造和一批实验室的改造更新，加大“安居工程”的建设力度，增盖一批教工宿舍，从根本上缓解我校各类用房的实际困难。

加强图书馆、实验室等教学科研设施的建设。加强档案馆建设，充分发挥档案信息资源作用，加强计算机校园网和因特网的建设和管理，加强国际信息交流，提高办学管理的现代化水平。

三、高举旗帜，从严治党，为跨世纪发展提供强有力的组织保证

（一）坚持理论武装，充分发挥党的思想政治优势

加强党的建设，将思想建设要放在首位。当前，思想建设的根本是坚定不移地用邓小平理论武装全校党员和广大师生员工的头脑。要认真学习贯彻《中共中央关于在全党深入学习邓小平理论的通知》精神，站在面向现代化，面向世界，面向未来，实现学校跨世纪发展目标的高度，不断增强学习邓小平理论的自觉性，进一步掀起学习邓小平理论的新高潮。

（二）坚持和完善民主集中制，发挥党的领导核心作用

民主集中制是党的根本组织制度和领导制度，在改革开放和发展社会主义市场经济条件下，民主集中制不仅不能削弱，而且必须完善和发展。发挥学校的组织优势，靠的是民主集中制。

（三）狠抓“关键工程”，努力造就一支高素质的干部队伍

江泽民同志在十五大报告中指出，按照革命化、年轻化、知识化、专业化方针.建设一支适应社会主义现代化需要的高素质干部队伍，是我们的事业不断取得成功的关键。因此，学校党建工作的一项根本任务，是建设一支又红又专的能适应高校改革和发展需要的忠诚党的教育事业的干部队伍，尤其要重点建设好校、院（系）党政领导班子。

（四）抓好“基础工程”建设，充分发挥基层党组织的战斗堡垒作用和党员的先锋模范作用

一要认真贯彻《中国共产党普通高等学校基层组织工作条例》，围绕学校教学的中心任务，把基层党组织建立在工作的最前沿。二要严格党的组织生活制度，把“三会一课”制度、民主生活会制度、党员民主评议制度和党员教育有机结合起来。三要加强对党员的教育，强化对党员的管理，努力提高党员的素质。四要继续加强党员发展工作，不断壮大党员队伍。同时要严肃处置不合格党员，坚决清除腐败分子，保证党组织的先进性和纯洁性。

（五）切实加强党风廉政建设，密切党同群众的联系

党的干部特别是各级领导干部，在工作中必须坚持群众路线，深入实际调查研究，决不能搞官僚主义、形式主义、强迫命令，要把广大师生员工拥护不拥护、赞成不赞成、高兴不高兴、答应不答应作为我们制定学校各项政策的出发点和归宿。

全校各级党组织必须从战略和全局的高度，深刻认识反腐败和党风廉政建设的重要性。要在全校努力建立起“党委统一领导，党政齐抓共管，纪委组织协调，部门各负其责，依靠群众支持和参与”的领导机制，切实贯彻“两手抓、两手都要硬”的战略方针，进一步建立健全校、院、系领导干部党风廉政建设责任制。

要坚持“党要管党”的原则，把从严治党的方针贯彻到党的建设各项工作中去。要在实践中不断完善党建工作责任制，一级管好一级、一级带动一级，一直抓到支部，抓到每个党员。要充分发挥纪检、监察、审计等职能部门的监督作用，继续完善、实施领导干部中期考核和离任审计工作，进一步修订和实施好我校有关的监督制度，努力形成一个多层次、全方位、灵敏有效的监督体系。

（六）加强党对统一战线、老干部和群团工作的领导，调动一切积极因素，共创学校改革发展新局面

统战工作是新时期党的建设工作的一个重要组成部分，必须不断增强党员干部尤其是领导干部的统一战线的法宝意识，加强统战理论研究，坚持并完善与民主党派、无党派人士座谈和联系制度，充分发挥他们的参政议政和在学校改革、发展、稳定中的积极作用；积极支持和帮助民主党派搞好自身建设；特

别要重视做好党外代表人物的培养和举荐工作。离退休老同志是学校的宝贵财富,不仅要认真贯彻离退休老干部的各项政策,落实好各项待遇,从政治上、生活上关心他们,还要积极发挥老同志的优势,运用他们丰富的政治经验、广泛的群众基础、更加优良的传统作风,在关心教育下一代、进行社会主义思想教育、加强干部思想作风建设和反腐倡廉等方面发挥作用。教职工代表大会是学校民主管理制度的基本形式,工会是党联系广大教职员工的桥梁和纽带,要加强领导,支持教代会、工会等依照各自的章程,独立自主地开展各项工作。各级共青团组织要在党委领导下,坚持"服务大局,服务青年"的工作方针,充分发挥党的助手和后备军作用,团结和带领广大团员青年勤奋学习、勇于实践、健康成长、发愤成才。

中共安徽师范大学纪律检查委员会
向校第七次党代表大会的工作报告(节选)

(1999年1月8日)

四年来的主要工作

自1994年校第六次党代会以来,校纪委主要做了以下五个方面的工作。

一、开展勤政廉政宣传教育活动,抓好领导干部廉洁自律

一是把在全校党内开展"两学"(学理论、学党章)、"三讲"(讲学习、讲政治、讲正气)的教育活动与坚持开展"廉洁奉公作贡献,争当人民好公仆"的主题教育活动结合起来,与"开展做一个合格共产党员的大讨论"结合起来,坚持进行党的理想、信念、宗旨和纪律教育,大力弘扬勤政廉政、爱校爱岗、勤业敬业和无私奉献精神。对于在此项活动中涌现出来的好的典型,纪委上门采访,并会同宣传部门在校报上开辟专栏进行宣传。我们除在校报开辟专栏进行宣传外,还在适当场合和会议上公开宣传、表扬,并结合党内评先创优活动,由党委进行表彰,坚持以这些先进模范人物的先进思想、模范行为和人格力量,带动全校党风廉政建设。

二是认真抓好党纪政纪条规的学习和测试。四年来，校纪委先后在全校党员中开展了学习廉洁自律两个“五条规定”和中纪委五次全会作出的四条补充规定，并会同组织部、宣传部在全校党员中开展了认真学习《中国共产党纪律处分条例（试行）》《中国共产党党员领导干部廉洁从政若干准则（试行）》《中共中央　国务院关于党政机关厉行节约制止奢侈浪费行为的若干规定》等党纪条规。为了方便大家学习，我们先是将有关文件、条规汇编成册，发给全校科级以上干部，以后又从省纪委购买了《领导干部廉洁自律手册》和《党员干部廉洁自律必读》，发给全校副处级以上干部人手一册学习。

为了推动以上条规的学习和检测学习效果，根据上级的统一部署，我们先后在全校副处以上领导干部中开展了廉洁自律条规测试、《中华人民共和国行政监察法》知识竞赛、党政领导干部党风廉政法律法规知识测试等，每次测试，参考率均达90%以上，平均得分也都在90分以上。

三是开展了形式多样的宣传教育活动。校纪委每年向全校推荐一批党风党纪教育录像片，如《劲挽强弓》《巨浪淘沙》《禹作敏案件审判纪实》等片，供各总支播放，学校还在校有线电视自办节目中安排播出，并组织广大党员收看。多年来纪委还坚持每月将《党风与党纪》《江淮风纪》等刊物送达每个总支，为全校党员的学习提供资料。

为了利用典型案例开展教育，我们除剖析本校典型案例外，在今年6月中旬，校纪委又专门下发文件，转载了东南大学经济案件的犯罪特征、成因分析和对策，帮助大家认识在当前社会主义市场经济体制发展还不十分完善的特殊历史阶段，学校并不是“清水池”，腐败现象和腐败行为可能就在我们身边。此文下发后，在全校引起一定的反响，对各单位完善有关规章制度起到了积极的作用。

二、认真做好信访工作，严肃查处违纪案件

1995年至1998年，校纪委共收到人民来信122件，来访69人次。对这些来信来访，我们基本都能做到认真对待，对其中重要的来信、来访，都能组织人力重点核查。

四年来,学校纪委共处理违纪党员、通报批评和进行诫勉谈话计15人,其中党内严重警告处分1人,党内警告处分1人,通报批评6人。另外协同校招办共清退了冒名顶替学生12人。在查处案件中,我们坚持原则、实事求是,排除各方面的阻力干扰,秉公执纪。通过查处违纪案件,教育了广大党员,维护了党纪的严肃性。四年来在审计等监督部门的配合下,共为学校挽回流失资金达46万余元。

三、抓住"热点问题",切实把"纠风"工作落到实处

根据中纪委和省纪委的要求,纠风工作要继续在深入上下功夫。为此,我们注意紧密结合学校的实际,抓住一些群众反映强烈的"热点"问题,反复抓,抓反复。

高校的每年招生、录取工作是社会各界普遍关心的"热点"问题,也是高校纪检部门结合行业特点抓"纠风"工作的一项重要内容。每年四月,音乐、美术、体育等特殊专业的加试工作,报考人数多,竞争十分激烈,为严肃招生纪律,抵制各种不正之风的干扰,确保国家公正选拔人才,每次艺体专业加试前,我们都专门成立招生工作纪检领导组,制定有关细则,并积极配合有关部门对阅卷评分教师实行封闭式管理、聘请省武警支队战士站岗执勤,规定所有工作人员在工作时间统一进出封闭场所,并由纪检人员陪同护送。在体育加试中,针对以往代考现象严重、复查核对工作量大、认定难的状况,我们肯定和支持了校体院采取百米终点录像,起点按本人手印等措施。在近四年艺体招生中,共查出和处理161名作弊和代考生(1995年28人,1996年26人,1997年62人,1998年45人)。考试结束后,根据群众举报,我们还会同有关人员前往有关地市进行调查,仅1996年一年,校纪委、监察处就会同招办根据有关线索,内查外调,共取消了22位不符合录取条件考生的入学资格,查处了5名冒名顶替的新生。此外,在1998年成人教育初中教师全员培训考试中,我们坚持认真执纪,会同成教院共查出36名作弊代考生,报送省自考办进行了统一处理。我校在招生和成人教育岗位培训考试工作中,坚持原则,严肃执纪的做法,在省内考生及有关方面均产生了较好的影响。

在教职工住房分配方面,坚持公开、公平、公正原则。维护教职工切身利益，反对以权谋私，是纪委履行监督职能的一项重要职责。为此，我校每次分房委员会开会，我们都坚持派员参加，以便了解情况，反馈信息，实行监督。对群众有反映的人和事，纪委的同志都能认真调查，抛开情面，主持公道。几年来我们配合房产部门对申请住房中的疑难问题进行内查外调，共查清了约30户的真实情况，坚持按章办事。

为了预防建筑领域内可能出现的不正之风，依法规范基建发包工程环节，近年来校纪委注意加强对我校基建工程监督，积极配合有关部门严格招标程序，公布投标条件，实施公开竞争投标。

为了加强对校内财务管理的监督，纪委每年都抽出干部参与学校组织的财务大检查工作，重点检查监督校内各单位是否存在违反财经纪律，截留、侵占、隐瞒应上交而未上交的各项收入，以及有无乱收费、乱罚款等违反财经纪律的行为。

校纪委还根据不同时期发生的倾向性问题，结合学校实际情况，协助党委对各种不正之风认真予以纠正。1996年我们协助党委抓了中办有关文件的落实，对文件中要求坚决制止的公费旅游、铺张浪费、谋取不正当收入等六股不正之风，要求校系领导班子做了对照检查，进行了清理，对校内少数单位索要“好处费”“劳务费”等问题做了纠正。1998年根据《中共中央　国务院关于党政机关厉行节约制止奢侈浪费行为的若干规定》，我校开展自查，重点检查公费招待情况、无线移动电话使用情况、控制会议经费情况等。通过自查，我校清理了8部无线移动电话。

四、完善和健全各项廉政措施，履行监督职责

一是相关部门先后制定下发了《关于实行党风廉政建设责任制的规定》《关于处级以上干部申报收入的规定》，印发了《关于对党和国家机关工作人员在国内交往中收受的礼品实行登记制度的规定》等。此外，为了规范建筑领域的行为，校纪委督促基建办正式签订了《安徽师范大学基建工程招标议标管理条例（试行）》；为了加强对科研经费的管理，校纪委协调科研处、财务处共同签订了《安徽师范大学科研经费使用管理条例》；为了加大对科技部监督的力度，校纪委会同组织部门重新修订了纪检、组织等部门联系通报工作的制度；为了加强毕业生分配工作纪律,校纪委会同学生处一起联合制定下发了《关于加强毕业生就业工作纪律和廉政建设的意见》;为了加强依法监察工作,校纪委在每年艺体招生开始前,都要专门与校招办联合下发《关于加强艺体专业考试纪检工作的通知》,重申有关纪律;为了加强对无线移动电话的整顿与管理,校纪委还协同校办制定了《安徽师范大学无线移动电话使用管理暂行条例》等。

二是抓好常规性的检查工作。如每年元旦前夕转发省纪委《关于元旦、春节期间严禁用公款请客送礼的通知》;每年年终,我们在校财务处的配合下,坚持对全校业务招待费作定期检查。对检查中发现的问题,我们除向学校领导反馈有关信息外,对有关单位都要进行通气,并提出整改建议。

三是注意发挥党内监督在党风廉政建设中的积极作用。要求校系两级领导班子民主生活会和民主评议党员时,都要把党员干部廉洁奉公和共产党员遵纪守法列为重要内容。

四是积极拓宽监督渠道,实行多方位的监督。(1)学校领导和党委有关部门负责人坚持参加或列席院、系领导班子每半年召开一次的民主生活会,注意向他们反馈党内外群众的意见和建议,要求领导班子成员在批评与自我批评的基础上,相互监督整改。(2)配合组织部、宣传部、审计、财务等部门,了解党内外群众对各级党组织和党员的反映和意见,充分发挥群众监督的作用。(3)按照省纪委的有关文件精神,从民主党派、人大代表、政协委员、劳动模范和离退休干部中聘请党风党纪监督员,以拓宽监督渠道,扩大监督覆盖面,逐步建立健全多层次、宽渠道、全方位的民主监督机制。

五、注重抓好自身建设,不断提高纪检业务水平

一是坚持以"讲学习、讲政治、讲正气"为标准,时时规范和约束自己的言行,大力提倡为事业无私奉献的精神。在一次外出调查中,两名纪检干部拒绝收买,将当事人家长所送的两千元现金和两床毛毯全部如数退回,维护了纪检人员的形象。在认真履行依法监督和依法执纪的工作中,纪委办公室一名同志荣获全省教育系统纪检监察先进个人,一人被评为校级优秀共产党员。

二是通过纪委内部每周固定的工作例会时间,以及学校安排的政治学习和党组织活动时间,组织大家学习邓小平理论,学习党纪、政纪条规,学习党的路线及有关方针政策，使大家时刻保持清醒的政治头脑，充分认识围绕党的中心工作认真开展执法监察工作的重要意义。

三是不断改进工作作风和工作方法，凡属重大问题，都必须经过校纪委会集体讨论，做出决定并报党委同意后执行。

四是注重开展调研工作，撰写调研论文。1995年在宣传部的支持下，安徽师大报专门开辟了“党风党纪专题教育”栏目，办公室同志先后分工执笔连续数期发表了宣传教育系列文章。1997年向省教育纪工委提交的调研报告《如何加强高校反腐败斗争治本的力度》，由省教育纪工委选送到国家教委，荣获国家教委调研优秀成果奖。根据工作经验总结撰写的《紧密结合学校实际，做好执法监察工作》《认真履行岗位职责，做好执法监察工作》两篇材料，分别于1997年、1998年召开的全省教育系统纪检监察工作会议上被用于大会发言交流。

五是注重自身业务能力的培养和提高。为适应做好纪检监察工作的需要，近年来，只要条件许可，我们总是尽可能派出纪检干部参加省纪委和省教育纪工委举办的纪检干部培训班、案件研讨班等，让大家带着实践中遇到的问题去学习，学习回来后再更好地指导实际工作，努力把建设一支政治坚定、纪律严明、作风优良、业务过硬的纪检干部队伍，作为我们不断努力的目标。

但是，我们也清醒地看到，我校的纪检工作在教育、管理和监督工作中还存在着不少薄弱环节，在反腐倡廉的各项工作中，校内各单位的工作开展还不平衡。有少数党员包括少数领导对腐败现象的严重性和反腐败斗争的重要性、紧迫性、长期性认识还不足，工作还不得力，有的放松了对党员干部的教育、管理；有的对掌握人、财、物实权的干部还缺乏严格有效的监督；有的单位廉洁自律专题民主生活会质量还不高，往往流于形式。就纪检部门自身而言，工作中往往还存在一些畏难或急躁情绪；“立案难、查证难、处理难”的问题还未能从根本上解决；对有的案件调查处理还不够及时；党风廉政建设的一些规定和制度还没能得到严格有效的监督落实；对违反规定的一些行为执行纪律还不够严格；纪检干部的积极性、主动性，工作效率、工作质量还有待进一步提高。我们的纪检工作离上级纪委、校党委和全校师生员工的期望和要求还有较大差距，尚需加倍努力。

回顾四年来的工作,我们在履行纪检工作四项职能的实践中有以下一些深切体会:

一是党的纪律是执行党的路线的根本保证,党的纪检工作必须为实现党的总任务和总目标服务。

二是必须全面履行"保护、惩处、监督、教育"四项职能,更好地担负起党章赋予纪检机关的任务。

三是开展党风廉政建设必须紧紧依靠各级党组织和广大党员。做好纪检工作,校党委的领导和支持是关键,各部门和党总支(直属党支部)的密切配合是保证,广大党员的支持、参与是基础。

四是必须加强学习,不断研究新情况,运用严谨的科学态度和辩证的思维方法,去努力解决新形势下出现的各种复杂问题,以更加求实的态度、更加勤奋的工作,把我校的纪检工作进一步推上新的台阶。

今后工作的建议

一、认真贯彻十五大精神,坚持从严治党反腐倡廉

全校各级党组织和广大党员要认真学习贯彻党的十五大精神,以邓小平理论为指导,深刻领会邓小平关于新时期党风廉政建设的重要论述,把党风廉政建设和反腐败斗争与党的思想建设、组织建设和作风建设结合起来,与教育事业的发展结合起来,同本单位的教学与管理工作统一部署、统一落实、统一检查、统一考核。校纪委要结合学校工作实际,把维护党的政治纪律和密切党群关系作为从严治党的重要任务认真抓好,努力在我校形成一个党委统一领导、党政齐抓共管、纪委组织协调、部门各负其责、群众积极参与的反腐败的工作机制。

抓好领导干部廉洁自律,查处违法违纪案件,纠正部门和行业不正之风,是党中央确定的当前反腐败工作的三项任务。今后,我们要在已有工作的基础上,在"扎实、深入、有效"上狠下功夫,切实加强对我校处以上干部的教育和监督,继续以查处案件为突破口,认真搞好领导干部的廉政建设,认真纠正高校内具有行业特点的不正之风。

校纪委要进一步抓好党风责任制的落实，明确领导集体和领导个人对党风廉政建设工作应负的责任，按照责任制的要求管好自己身边的人，层层负责，层层监督。对全校处级以上干部要严格要求，严格管理，严格监督。

二、进一步加强廉政教育，筑起拒腐防变的思想道德防线

校纪委要坚持“教育为主，预防为主”的方针，联系学校实际，继续配合有关部门利用“三会一课”、学校党校、有线电视、专题讲座、录音录像、民主评议党员等多种形式，认真抓好全校党员的党性、党风和党纪教育。

一是教育党员认真学习邓小平理论，以及党的路线、方针、政策，提高广大党员干部的政治素质，使广大党员树立正确的世界观、人生观、价值观，坚定共产主义理想和信念。

二是教育广大党员尤其是处以上领导干部正确对待手中的权力，坚持自重、自省、自警、自律、自励，经受住权力、金钱、美色的考验，增强纪律观念，提高与腐败现象作斗争的自觉性。

三是要求广大党员正确理解、支持学校的各项改革方案，正确对待改革中的利益调整，要进行全局观念教育，反对本位主义和为少数人谋取私利的行为，引导党员和干部摆正学校、单位和个人利益的关系，服从改革需要，做改革的促进派和带头人。

四是要求广大党员、干部将学习转化为行动，努力在我校形成一个讲学习、讲政治、讲正气的舆论环境，坚持和发扬实事求是、理论联系实际的作风，反对弄虚作假、言行不一；坚持和发扬密切联系群众的作风，反对官僚主义、形式主义；坚持和发扬批评与自我批评的作风，反对好人主义、阿谀奉承；坚持和发扬廉洁奉公、勤政为民的作风，反对以权谋私、敷衍塞责；坚持和发扬艰苦奋斗、勤俭节约的作风，反对铺张浪费、奢侈挥霍。

三、坚持做好信访工作，加大查处违纪案件的力度

纪委、监察部门来信来访工作，是一项政治性、政策性、综合性很强的工作。要鼓励和支持广大党员和群众积极向纪检部门反映有关情况，举报违纪案件。对所受理的每一件（次）来信来访，要做到认真对待、及时查办，力争做到件件有落实,事事有交代。

要把抓好违纪案件的查处,作为反腐倡廉的突破口,维护党纪政纪的严肃性。学校纪、监、审等监督执纪部门要加强和各业务主管职能部门的协调和配合,加大监督和查处工作的力度,注意围绕社会关注的"热点"和校内群众反映强烈的"焦点"问题,认真查处违法违纪案件和带有高校特点的行业和部门不正之风,发现违纪案件,坚决一查到底。

四、强化监督制约机制,努力提高监督效能

要切实履行党内监督的职责,重点是加强对校、系两级领导班子成员和党员领导干部的纪律监督。不允许有不接受监督的"特殊党员",校纪委要通过参加或列席校党委会、民主生活会、有关校党政联席会等形式,了解和掌握领导班子执行党的路线、方针、政策及勤政廉政的情况。

要加强对干部的经常性管理,进一步建立健全组织考察、群众评议制度,明确把廉洁自律情况作为每个干部述职的重要内容,把对干部的"考察"与"考核"结合起来,从爱护干部、培养干部、鞭策干部的角度出发,把对干部的严格要求和严格监督寓于经常性的严格管理之中,配合组织部门认真把好干部的推荐、考察、讨论决定等道关口,使对干部的选拔任用和教育、管理、监督成为一个有机的整体。

要加强对民主集中制执行情况的监督检查,对严重违反民主集中制的行为,对侵犯党员民主权利、压制党员批评,进行打击报复或诬告陷害的行为,要严肃查处,切实保障党组织和党员的民主权利。要疏通和拓宽党内民主渠道,支持和保护党员依据党章规定权利发表意见,努力在我校造成一个又有集中又有民主,又有纪律又有自由,又有统一意志又有个人心情舒畅,生动活泼的政治局面。

要进一步抓好对现有规章制度执行情况的监督检查,充分发挥党纪政纪条规的权威性,努力把中央、省已经颁布的各项条令、条规和廉政措施逐一落实到位,使之真正起到令行禁止的作用,把党内监督制度化、法规化,有效地防止和及时揭露各种消极腐败现象。

要抓住校内"热点问题"进行重点监督,例如招生、分配、人事制度、职称评定、住房分配、基建招标等。特别要注意配合财务、审计等有关部门认真履行财务监督职能，对于检查中发现的问题，要坚持依据经济法规，该罚的就罚，需打招呼的，要找其单位负责人严肃谈话，并监督限期整改。与此同时，及时将有关信息反馈给学校领导，督促学校及时制订预防措施。

全校各级党组织和广大党员要进一步增强监督意识，要从加强党的建设的高度，认真搞好互相监督、上下监督。纪委、监察要不断拓宽党内外监督渠道，充分发挥群众特别是党风党纪监督员对党员、干部监督的积极作用，努力提高监督效能。校纪委本身也要接受来自各方面的监督。

五、充分发挥纪委职能作用，不断加强纪检队伍自身建设

为了更好地按照党章要求，履行好自身职责，充分发挥"保护、惩处、监督、教育"的职能作用，我们必须切实抓好纪检队伍的自身建设，不断提高纪检工作的整体水平，以自己的工作实绩，赢得广大党员的信任和支持。

全体纪检干部要认真学习马列主义、毛泽东思想，努力用邓小平理论武装头脑，指导工作，增强政治敏锐性和政治鉴别力，善于分清是非，同各种错误行为和不良倾向作坚决斗争，增强党风廉政建设和反腐败斗争的使命感、责任感和紧迫感。

要认真学习和研究纪检业务，努力学习有关法律、法规、政策等有关知识，不断提高政策水平和业务能力，增强改革开放、市场经济意识，研究和制定新形势下反腐倡廉工作的新思路和新方法，不断提高执纪办案的能力和水平。

要加强调查研究，改进工作作风，深入实际，深入群众，及时了解、掌握学校在办学和深化改革中出现的新情况、新问题，及时预防、疏通和解决相关问题，增强做好纪检工作的预见性和主动性。

要以全心全意为人民服务为核心，加强恪尽职守、秉公执纪、不徇私情、公正严明的职业道德教育，发扬勤奋工作、知难而进、拼搏进取的精神，以及坚持原则、敢于监督、勇于碰硬的精神，淡泊名利、甘于清苦、乐于奉献的精神。

要继续加强纪检部门的组织建设，在稳定骨干力量的同时，加大干部交流的力度，注意不断调整充实纪检队伍，尤其要注意把那些思想好、懂法律、懂经济的同志及时充实到纪检队伍中来，努力建立一支政治强、业务精、作风正的纪检干部队伍。

中共安徽师范大学第八次代表大会

会议概况

中共安徽师范大学第八次代表大会于2004年6月26日至27日召开。参加大会的党员代表200名、列席人员11名、特邀代表22名。大会听取了蒋玉珉同志代表校党委所作的工作报告,高家保同志代表上一届纪委所作的工作报告。大会选举产生了中共安徽师范大学第八届委员会和新一届纪律检查委员会。

开幕词

中国共产党安徽师范大学第八次代表大会开幕词

(2004年6月26日)

各位代表、各位来宾、同志们:

中国共产党安徽师范大学第八次代表大会,在省委组织部、省委教育工委和芜湖市委领导的亲切关怀下,经过一段时间的认真筹备,今天隆重开幕了。首先,我代表大会主席团,向光临大会的各级领导和兄弟单位的来宾,表示热烈的欢迎!向出席大会的学校历任老领导和离退休老同志致以崇高的敬意!向到会的长期以来与我们肝胆相照、并肩奋斗的我校各民主党派和无党派的同志们表示衷心的感谢!

自1999年1月我校第七次党代会召开以来,全校各级党组织和广大党员,在上级、主管部门党委的正确领导和大力支持下,团结带领全校师生员工,高举邓小平理论伟大旗帜,深入贯彻十六大、十六届三中全会精神,以“三个代表”重要思想为指导,坚持党的基本路线和教育方针,紧紧围绕学校中心工作,解放思想、实事求是，锐意改革、开拓进取，在教学、科研、学科建设，学校建设和规划，人才培养、管理以及党的建设和思想政治工作等各个方面，都取得了长足进步和较大进展，学校的规模、层次实现了历史性跨越。这些成绩的取得，是全校各级党组织、全体党员和广大师生员工共同努力的结果。

在这里，我代表大会主席团，向辛勤工作在各个岗位上，为学校的改革与发展付出心血和汗水的广大党员、干部和师生员工，表示衷心的感谢！同时，向多年来关心、支持学校事业发展的上级领导、兄弟单位和各界人士，表示衷心的感谢！

当前正值全党和全国上下掀起学习贯彻十六大、十六届三中全会精神新高潮，深入践行“三个代表”重要思想的重要时期，也是教育部颁布实施《2003—2007年教育振兴行动计划》和《教育部关于进一步发展繁荣高校哲学社会科学的若干意见》的重要时期，更是我校建设新校区，加强科研和学位点建设、落实师资工作会议文件、启动迎接教育部本科教学质量评估的关键时期。学校发展迎来前所未有的大好机遇，同时面临严峻的挑战和考验。在学校改革与发展不断推进、各项事业蒸蒸日上，同时面临各种困难和问题的形势下，我校召开的这次党代会，肩负着重要使命，是一次承前启后、继往开来的重要会议。大会将听取和审议中共安徽师范大学第七届委员会的工作报告，审议中共安徽师范大学纪律检查委员会的工作报告，选举产生中共安徽师范大学第八届委员会和新的纪律检查委员会，认真贯彻十六大和十六届三中全会精神，动员全校党员和师生员工同心同德、凝心聚力、与时俱进、开拓创新，为把我校建设成为国内外有重要影响的综合性、有特色的教学研究型大学而努力奋斗。

同志们！面对全国高等教育大发展的新形势、新机遇，面对各高校之间日趋激烈的竞争，面对新的世纪和学校改革与事业发展的重要战略机遇期，如何总结过去、规划未来，开创学校事业发展的新局面；如何以战略眼光，高瞻远瞩，科学规划，采取切实有效的措施，促进学校整体办学水平和办学效益的进一步提高；如何抓好教学、科研、管理、就业以及学科建设、队伍建设，为教育事业和社会发展，特别是为地方经济和社会发展做出更大的贡献；如何进一步加强学校党的建设、思想政治工作和精神文明建设，为实现建设综合性、有特色、教学研究型大学的目标提供坚强有力的思想政治保证;等等。这些都是摆在全校各级党组织、全体党员和广大师生员工面前的光荣而又艰巨的任务。因此,这次党代会既是一次总结过去、规划未来的大会,又是一次振奋精神、凝聚人心,团结动员全校广大党员、干部和师生员工为实现新的目标努力奋斗的大会。

同志们!这次党代会的召开,是我校党的政治生活中的一件大事,全校共产党员和师生员工对我们寄予厚望。我们要认真履行代表的神圣职责,同心协力、发扬民主,统一思想、提高认识,为学校的改革与发展建言献策,努力把这次会议开成一个民主、团结、鼓劲、奋进的大会。我们相信,在上级和主管部门党委的正确领导下,全校共产党员和师生员工一定会以这次党代会为新的起点和契机,在党的十六大精神的指引下,高举邓小平理论伟大旗帜,全面贯彻"三个代表"重要思想,认真落实党的教育方针,发扬我校长期办学过程中形成的艰苦奋斗、自强不息、奋勇争先、乐于奉献的精神,与时俱进,开拓创新,以新的思路、新的面貌、新的举措,全面推进学校各项工作在新阶段的改革和发展,为实现把我校建设成为国内外有重要影响的综合性、有特色、教学研究型大学的宏伟目标而努力奋斗!为加快我省高教事业和社会经济的发展,为全面建设小康社会、加快实施"科教兴皖""人才强省"战略步伐、开创中国特色社会主义事业新局面,贡献我们的全部力量。

预祝大会圆满成功!

工作报告

深入贯彻十六大精神　加快学校改革发展步伐
为把我校建设成为综合性有特色的教学研究型大学而奋斗

——在中国共产党安徽师范大学第八次代表大会上的报告(节选)

(2004年6月26日)

大会的主题是:高举邓小平理论伟大旗帜,以"三个代表"重要思想为指导,深入贯彻十六大精神,全面加强和改进党的领导,正确处理好改革、发展与稳定的关系,抢抓教育发展机遇,加快学校建设步伐,凝心聚力,求真务实,与时俱进,开拓创新,为把我校建设成为综合性有特色的教学研究型大学而努力奋斗。

一、第七次党代会以来的工作回顾

(一)办学规模逐年扩大,实现了向万人大学的成功跨越

五年来,学校主动适应教育大众化的要求,较好地把握了改革、发展、稳定的大局,积极稳妥地扩大办学规模,全日制在校生由6700人增加到近18000人,增长近2倍;研究生由131人增加到1494人,增长10.4倍;成人教育学生由4369人增加到9311人,增长1.13倍;留学生由20余人增加到130多人,增长约5.5倍。办学规模的不断扩大,给学校的教育教学工作提出了新的要求。为确保人才培养质量,学校在转变教育观念、深化教学改革、强化教学管理、加强教学基本建设上狠下功夫,召开了教学工作专题会议,出台了《关于加强本科教学工作,提高教学质量的若干意见》等重要文件,在省内率先启动了学分制改革,进行了专业整体改革试点,加大了专业、课程、教材、实验教学和实习基地的建设力度,保证了教育教学水平和育人质量。五年来,学校新增专业20个,新增教育实习基地67个,有2个专业成为省级教改示范专业,5个基础实验中心全部通过省教育厅的合格评估,2个基础实验中心被评为"安徽省基础课实验室教学示范中心",7门课程被评为省级重点课程,1本教材被列入面向21世纪课程教材出版,2本教材获得国家级"十五"规划教材立项。五年来,学校承担国家级教学研究项目6项,省级教学研究项目45项,荣获国家级教学成果二等奖1项,省级教学成果一等奖3项、二等奖2项、三等奖6项。五年来,学校共为社会输送了万余名合格本科毕业生和毕业研究生,本科毕业生就业率一直保持在95%以上,我校的教育教学水平和育人质量受到社会各界的充分肯定。

(二)申报博士点工作取得历史性突破,办学层次大力提升

提升学校的办学层次,实现博士点的突破,是师大人多年来的奋斗目标,也是五年来学校工作的重中之重。为此,学校从加强学科建设和科研工作入手,努力提高学科实力和科研水平。我校的省级重点学科数(含重点扶持学

科)由5个增加到11个,一些学科已形成实力较强的学科群。五年来,学校共承担国家级、省部级和厅局级科研课题797项,课题总经费1153.15万元。全校教师共发表学术论文4500余篇,出版学术专著270余部、译著10余部,70余项成果获得省部级科技奖励。学校还举办了国际学术会议近10次,全国学术会议30余次。学科建设和科研工作的扎实推进,为学校的学位点建设特别是博士点的申报工作奠定了坚实的基础。五年来,我校还新增22个硕士学位授权点,硕士点数达到45个,并取得了教育硕士专业学位授予权,13个师范专业招生方向。特别值得一提的是,经过几代人的不懈努力,2003年,我校被批准增列为博士学位授权单位,中国古代文学、中国古代史、有机化学和生态学等4个学科专业一次性被增列为博士授权点,有力地提升了学校的办学层次,形成了学士、硕士和博士完整的人才培养体系,实现了师大人多少年来的夙愿。

(三)新校区建设取得重大进展,办学条件明显改善

五年来,学校积极争取省政府的贴息建设性贷款、国债专项基金、境外捐助资金,并努力自筹经费,加大了基础设施维修改造、基本建设和校园网络建设力度。校园内的水、电线路得到了较大规模的整合和改造,校内主要道路和校园环境得到了较为彻底的维修整治。新建了艺术楼、田家炳教育书院、体育教学综合楼、生化楼和教学楼加层、幼儿园教学楼等教学实验用房以及学生宿舍楼、学生食堂、银湖南路教师公寓等。校园网已基本覆盖全校教学、办公楼及教师住宅楼,图书馆管理水平和数字化水平不断提高。现有校区的整治和布局调整基本完成,校园面貌焕然一新。

为满足学校发展的实际需要,学校在芜湖市城南高教园区征地2271亩,着手建设新校区。按照"整体规划、分期建设"的原则,新校区建设将分阶段进行,其中一期工程建设自2003年3月份开始启动,至2004年1月份竣工。为了切实做好新校区的建设工作,学校成立了新校区建设指挥部,选派专门人员组成新校区建设工作班子。经过不懈努力,一期工程已正式交付使用,4000多名学生顺利入住。学校成立了南校区综合管理办公室,以社会化、市场化和契约化的全新模式对新校区进行管理,已入住学生的生活和学习秩序井然、思想稳定,新校区的各项工作已步入正轨。

(四)管理体制改革逐步深入,办学活力有效激发

为顺应社会主义市场经济发展要求,满足学校发展需要,学校以转换机制为核心,以理顺关系、提高工作效率为目的,以干部、人事和分配制度改革为重点,在全省高校中率先启动了校内管理体制改革。实施了机构编制改革,对原有机构进行合并、重组和剥离,精简了机构和领导干部职数,明确了部门岗位职责,提高了工作效率,减少了推诿扯皮现象。实施了用人制度改革,根据"公布岗位、双向选择、竞争上岗、择优聘用"的原则,按照先党政管理干部、后一般职工、再教学科研人员的批次实行了全员聘用,落聘人员统一交校人才交流服务中心集中管理,校内待业机制初步形成,教职员工的工作积极性大为提高。实施了后勤社会化改革。学校先后于1997年、2000年、2003年对后勤工作实施了三轮社会化改革,将后勤经营服务职能与管理职能分离,初步建立了后勤实体化管理模式和运行机制。实施了校内津贴分配制度改革。2001年底学校出台了《安徽师范大学津贴分配实施方案(试行)》,随后又吸取各方面的意见进行修订和完善,努力使《方案》体现向高层次人才倾斜的思想,对吸引和稳定人才起到了积极作用。

(五)师资队伍建设不断加强,办学实力稳步提高

五年来,学校专任教师数量有较大幅度的增加,扭转了过去师资数量逐年减少的局面,基本满足了扩招后教学科研工作和提高办学层次的需要。五年来,学校专任教师增长近200人,现有教师中,具有教授、研究员职务的教师112人,约占12%,具有副教授职务的教师226人,约占25%;学校现有各级学科带头人和骨干教师培养对象96人,占教师总数的10.4%,其中省级学科带头人培养对象25人,入选省高校"十五"优秀人才计划31人,省高校学科带头人和优秀中青年骨干教师培养对象40人。聘任中科院院士和中科院"百人工程"杰出中青年科学家各1名。学校还培养博士88人,硕士172人,选派高级访问学者20人,资助研究生课程学习110人,选派进修教师50人。2003年11月,学校成功召开了师资工作会议,提出了师资队伍建设的目标和措施,为进一步做好新形势下的师资工作奠定了基础。师资队伍建设的不断加强,提升了教学、科研和学科建设水平,也增强了我校的社会影响。学校涌现了国家级教学名师、全国优秀教师、劳动模范和国务院特殊津贴获得者等一批业务精湛、师德高尚的

优秀教师,我们为有这样一个优秀的教师团队而倍感骄傲和自豪!

(六)对外交流合作成绩喜人,办学渠道不断拓宽

我校留学生规模由2000年的20多人发展到2003年的130多人。接受留学生的专业从单一的汉语言专业延伸到多学科专业,留学生教育的层次从进修生扩展到本科生、硕士研究生、高级访问学者等。学校已成为国家华文教育基地。近年来,先后组团或参团17次,共有52人次到国外的高等院校和科研机构进行交流、访问,吸收并借鉴国外高等教育先进的教学和管理经验;共接待境外来宾288人次,新建国外友好院校8个,与国外教育机构、中介组织签订合作协议30份,初步搭建了学校国际交流平台。

(七)党的建设扎实推进,党组织和党员作用得到更大发挥

五年来,校党委紧紧围绕中心抓党建,抓好党建促发展,领导班子、干部队伍和基层党组织建设不断加强。校党委认真贯彻执行《党政领导干部选拔任用工作条例》,制定了《安徽师范大学处科级干部选拔任用管理工作细则》和《安徽师范大学处科级干部聘用暂行办法》等制度和措施,进一步促进了干部工作的科学化、民主化、程序化和规范化。2000年校党委对全校处、科级干部集中进行了调整聘用,精简机构,压缩了职数,优化了结构。加大了干部教育培训力度,定期举办处、科级干部培训班,党支部书记培训班等,干部队伍的理论水平和业务素质明显提高。

五年来,校党委坚持民主集中制原则,严格程序,积极加强基层组织建设,认真抓好党总支委员会的换届工作。坚持和完善了学院党政联席会议制度、党总支委员会会议制度、中心组学习制度。坚持每两年开展一次民主评议党员活动,党员的党性意识得到强化,党风建设得到加强。在办好党校的同时,积极支持和指导有条件的学院开办学生业余党校,加大对入党积极分子的培训力度,5年共培训入党积极分子6000多人。认真做好在优秀中青年教师和大学生中发展党员工作,5年共发展党员2475人。截止到2003年底,我校共有党员2441人,其中学生党员989名,占学生总数的5.4%。基层党组织的凝聚力不断增强,党员的先进性得到较好发挥,五年来,全校共有9个基层党组织、8名党员、11名党务工作者和9名德育工作者受到省委表彰。

(八)思想政治工作富有成效，师生员工精神面貌发生较大变化

1999年，按照省委的统一部署，我校在处级以上党员干部中深入开展了以“讲学习、讲政治、讲正气”为主要内容的党性党风教育活动；2000年又开展了“三讲教育回头看”活动。坚持领导干部、教职工和学生三个层次的学习制度，建立了“三个代表”重要思想音像资料库。先后开展了学习贯彻5.31讲话、七一讲话和十六大精神以及“三个代表”重要思想等专题教育活动。举办了理论专题讲座和征文演讲比赛，组织了“三个代表在基层”大型社会调查，成立了“三个代表”重要思想学生宣讲团。在总结邓小平理论“三进”经验的基础上，切实做好“三个代表”重要思想的“三进”工作，以“两课”为主渠道，努力促进理论学习、教育和研究的网络化、一体化，进一步兴起了学习“三个代表”重要思想的新高潮。我校还被省委确定为“三个代表”重要思想研究基地之一。

校党委高度重视思想政治工作，坚持从师生的思想实际出发，积极探索思想政治工作的新方法和新途径。2001年3月，党委组织召开了党建和思想政治工作会议，积极贯彻中央和省高校党建和思想政治工作会议精神，研究部署我校党建和思想政治工作，并制定了《关于加强和改进思想政治工作的意见》等一系列文件。组织开展纪念建党八十周年、建团八十周年等大型活动。认真贯彻《公民道德建设实施纲要》。加强校园治安人防与技防力度。深入开展校园精神文明创建活动，“创十无、争十佳”等特色活动在校园里蔚然成风。高度重视学生的思想政治工作，建立了一支专兼结合的学生政工干部队伍，建立了学工网站，推动思想政治工作进网络，成立了学生心理健康教育中心、学生助学服务中心和大学生就业指导中心。积极开展学生的素质教育活动，每年举办一届大学生科技文化艺术节。五年来，我校共有3个班级荣获“全国先进班集体”称号，15个班级荣获“省级先进班集体”称号，150多名同学荣获省级先进个人称号，1名同学还被评为2001年全省精神文明十佳人物。我校连续14年被评为大学生暑期社会实践活动全国先进单位，还被评为“安徽省爱国主义教育示范学校”。

五年来，我校统战、离退休、关工委和群团工作也得到了进一步加强，附中、附小、附幼的工作也得到了全面发展。

总结五年来的工作，我们有以下几点深刻体会：

——必须始终坚持把发展作为学校工作的第一要务。

——必须始终坚持把教学科研作为学校的中心工作。

——必须始终坚持把更新观念、深化改革和制度创新作为学校发展的不竭动力。

——必须始终坚持以人为本、人才强校。

——必须始终坚持把加强和改善党的领导作为学校发展的重要保证。

在总结成绩和经验的同时,我们必须清醒地看到,我们工作中还有不少困难和问题。诸如:党委的领导核心作用还需进一步加强,党的基层组织的创造力、凝聚力、战斗力有待进一步增强,党员教育管理的力度需要加大,党员意识有待强化;思想政治工作的方式、手段有待进一步改进;人才的引进、稳定、使用和评价的有效机制有待健全;师资队伍的规模、层次和结构与学校发展的需要还有不少差距,师德建设的激励机制尚需进一步建立和完善;干部队伍建设中,科学的用人机制和评价考核体系需要不断健全,管理干部的工作激励和制约机制有待完善;学生培养的质量特别是基本技能和实践能力还需进一步提高,培养模式必须适应市场需求不断创新;等等。所有这些问题都需要我们以改革的精神和务实的态度在今后的工作中认真加以解决。

二、今后四年发展目标和工作任务

今后四年,校党委工作的指导思想和总体目标是:

高举马列主义、毛泽东思想、邓小平理论伟大旗帜,以“三个代表”重要思想为指导,全面贯彻党的十六大和十六届三中全会精神,认真落实教育部《2003—2007年教育振兴行动计划》,切实加强党委对学校工作的领导,紧紧围绕发展这个第一要务,树立科学发展观、人本观和高等教育市场观,坚持以学科建设为龙头、以教育质量为生命、以科学研究为支撑、以队伍建设为关键、以深化改革为动力、以党的建设为保障,注重内涵,强化特色,加快发展,把我校建设成为一所综合性、有特色的教学研究型大学。

具体指标是:

——根据安徽省教育事业发展规划和我校实际办学条件,2008年,我校全日制普通本科在校生达到3.5万人左右,研究生达到4500人左右,留学生达到300人左右,形成以本科生为主,研究生占有较大比重,留学生不断增加的人才培养结构体系。

——继续教育稳步发展并逐步提高层次，2008年学生规模达到1.5万人；充分挖掘和利用现有资源，办好独立学院，积极发展远程教育。

——创新培养模式，拓宽培养途径，努力造就宽口径、厚基础、高素质的创新型、实用型人才，巩固我校人才培养的良好声誉，毕业生一次性就业率力争稳定在90%以上，本科教育质量力争进入全国优秀行列。

——新增国家级重点学科1—2个，省级重点学科6—8个，创建国家重点实验室和重点研究基地1—2个，省级重点实验室和省级高校重点实验室2—4个；新增博士点6—8个，硕士点30—35个，力争再突破1—2学科门类，本科专业力争达到70个左右。

——2008年专兼职教师达到2000人左右，教授占教师总数的15%左右，副教授占40%左右；具有研究生学历的教师占教师总数的65%以上，其中具有博士学位的教师占15%左右，具有硕士学位的教师占50%以上；造就和引进一批学科带头人和学术骨干，争取有10—15名教授成为在国内外有较大影响的著名学者和知名专家，100名教师成为在国内有一定影响、在省内领先的省级及高校学科带头人，100名教师成为省高校优秀中青年骨干教师。

——科研立项课题及发表学术论文、出版学术论著的级别明显提高、数量明显增加，获省部级以上的奖项及奖励等级不断提高，被SCI、EI、ISTP等权威检索系统收录的论文数保持在全国同类院校前列，争取在国家级科研奖励及专利方面有较大突破，并力争有一定数量的科技成果得到推广、应用。

——通过5年左右时间的努力，基本完成新校区主体工程建设和老校区规划改造及园林化建设，使我校总建筑面积达90万平方米以上，满足办学规模不断扩大的需要，学校主校区向南校区转移。

——加大基础设施和公共服务体系建设，力争“十五”末，学校教学办公用房、实验室及仪器设备、图书资料、学生活动场所等基本达到国家规定的标准。

具体措施是：

（一）以学科建设为龙头，大力提升整体办学水平

要把学科建设放在突出的位置，在支持重点学科、发展优势学科、扶持特色学科、鼓励新兴交叉学科方面合理投入，并力争取得良好进展。以学科建设

的发展,带动重点课程、重点实验室和研究基地、重点科研项目等建设工作的发展,带动教学科研整体水平的提高。集中优势力量,增加对重点学科和有前途的新兴学科的投入,确保重点学科建设,保证我校博士学位和硕士学位授权点有较快的增长。大力加强学术梯队建设,加速培养和造就一批中青年学科带头人和学术骨干,有计划、有目的地培养和引进学科急需的人才。树立学科开放性的观念,加强不同学科之间相互交叉、渗透,提倡开展跨学科的教学和科学研究,改变学科的封闭状态。扩大对外学术交流与合作,提倡和鼓励各学院、学科同国内外大学和科研院所开展联合共建、对口合作,力争使某些学科和研究领域达到国内领先水平甚至国际先进水平。要充分发挥学术带头人在学术管理中的重要作用,发挥学术委员会、学位评定委员会、职称评定委员会等学术组织在重大学术问题上的决策作用,提倡学术自由、学术民主。

(二)以迎接教学评估为契机,积极加强教学质量生命线意识

2006年,教育部将组织对我校进行教学评估。我们要加强组织领导,加大舆论宣传力度,统一思想,提高认识,建立健全评估工作奖惩与责任分担机制,万众一心,全力以赴,高水平做好迎接2006年教育部本科教学水平评估工作。按照教育部本科教学水平评估体系所涉及的内容和指标,加大投入,加快教学建设和改革,理顺和完善教学管理,提高教学质量,确保我校教学水平评估能达到教育部颁布的优秀标准。

继续深化教学内容和课程体系的改革,增加学科前沿知识和相关学科知识,强化实践环节,提高学生的实践能力。要完善和落实创新教育的各项措施,深入开展创新教育,着力培养创新型人才。改革教学方法,以学生为主体,变灌输式教学为启发式互动式教学,形成教学相长的师生关系,尊重学生的个性、兴趣和爱好,激发学生学习的主动性,使其充分发挥自身潜能。改革教学管理体制,实施并不断完善学分制管理办法,为学生创造自主学习、个性发展的空间。改革考试方式,实行与素质教育相适应的考试评价方法。加强实验室建设,较大幅度地改善教学、科研仪器设备条件。加强实习基地建设,为学生实践能力的培养提供必要的条件。充分利用现代教育技术,推动教学手段的创新。完善教学质量评价与监督体系,落实校、院两级督学组织建设及听课制、观摩教学制等教学监督和保障措施,促进教风、学风建设。加强图书馆建设,增加图书资料收藏量,提高

图书资料的利用率，加快图书资料数字化建设，实现资源共享。

高度重视招生和毕业生就业指导工作。强化生源意识，拓宽招生渠道，加大宣传力度，增强对考生的吸引力；加强学生的创业教育，引导学生更新就业观念，积极采取措施，建立起适应市场导向的大学生就业运行机制，疏通和拓宽就业渠道，抢占就业市场，提高毕业生就业率，维护学校声誉，扩大学校影响。

（三）以科学研究为支撑，努力提高学术水平

我们要以建立创新机制、提高创新能力和服务现代化建设为导向，采取有利于技术创新、科技成果转化的激励措施，进一步确立劳动、资本、技术、管理等生产要素按贡献参与分配的原则，逐步完善突出成果奖励和关键岗位、重要岗位人员的培养及选拔办法，鼓励广大教师和科研人员积极开展知识创新和科技开发。积极扶持和组建科研团队，鼓励对重大科研课题进行联合攻关。认真贯彻《中共中央关于进一步繁荣发展哲学社会科学的意见》，加强哲学与人文社会科学的研究工作。加快人文社会科学重点研究基地和省级、校级重点实验室建设步伐，在此基础上，力争能建成国家级重点研究基地和重点实验室，进一步构建和拓展科研工作的平台。按照提升纵向、扩大横向的发展思路，通过优化组合，集中优势力量，积极开辟科研立项渠道，加大纵向课题的承接力度，鼓励和支持广大教师和科研人员通过各种途径与地方政府及省内外有关企业建立长期的联系，积极承接横向科研项目，力争在承接高层次项目和重大项目，出高水平成果和获国家级奖励方面有所突破。同时加大科技成果的推广力度，促进科技成果向现实生产力转化。

（四）以师资队伍建设为关键，大力实施人才强校战略

要进一步完善引进和稳定高层次人才的政策，加大引进和稳定人才的力度，落实高层次人才的各项待遇，营造高层次人才工作和生活的良好环境。加强对中青年教师尤其是中青年学科带头人和优秀骨干教师后备人才的培养，继续认真做好省级学科带头人和“十五”优秀人才的遴选、培养工作，有计划地选拔优秀中青年教师，通过定向和委托培养等方式在职攻读学位，提高学历层次。发挥中老年教师“传、帮、带”作用，加强青年教师教育教学技能培训，提高青年教师从事教育教学的能力。力争通过几年的不懈努力，使我校师资队伍结构进一步优化，整体素质达到同类高校的先进水平。

(五)以深化改革为动力,不断增强办学效益和活力

必须继续深化校内管理体制改革,建立起既适应社会主义市场经济体制的要求,又符合高等教育自身发展规律的校内管理体制和运行机制。在全面总结上一轮改革经验的基础上,继续深化人事分配制度改革,使我校的党政管理机构进一步合理精简,党政管理人员编制严格控制在全校编制总数的15%以内,确保教学科研人员编制达到全校编制总数的60%以上。要进一步完善按劳计酬、优劳优酬的校内分配办法和重实绩、重贡献、向高层次人才及重点岗位倾斜的分配激励机制。同时,要正确处理改革、发展和稳定的关系,在改革过程中,要兼顾各方面利益,充分调动师生员工的积极性,推动我校各项事业的发展。进一步改革和完善教学、科研管理体制,明确校、院两级各自管理职能,降低管理重心,调整管理跨度,减少教学、科研管理工作的层次,使校级管理由宏观管理与微观管理并重变为以宏观管理为主,由过程管理为主变为以目标管理为主;使学院在教学科研管理、人员使用、专业技术职务聘任、经费使用等方面享有相应的自主权。通过转换管理职能,实现管理重心下移,形成科学决策、自主管理、有效监督的机制,实现治事与用人相结合,责权利相统一。继续深化后勤社会化改革,坚持为教学服务、为科研服务、为师生服务;创新校园管理与服务模式,引入社会力量,参与学生生活设施的建设和管理,不断提高后勤集团的服务质量和市场竞争力,提高学校的办学效益。

(六)以适应发展为目的,进一步加快新校区建设步伐

新校区建设是当前学校工作的重中之重,是学校建设与发展的大局。目前,新校区建设已取得阶段性胜利,但这只是整个工程建设的第一步,对照建设一个设施齐全、功能完备、能容纳3万学生的新校区建设规划,我们还有很多的路要走,还有更艰巨的工作要做。力争早日建成布局合理、功能完善、风格独特、整体协调的园林式、生态型、智能化、现代化的大学校园!

在加强新校区建设的同时,继续重视和加强现有校区的校园环境和办学条件建设。科学制订校园建设规划,进一步抓好现有校区的布局完整合理和绿化、美化、亮化工作。进一步发挥校园网的功能和作用,全面提高校园信息化水平。要按照社会化发展方向,积极引进社会力量,加强后勤服务设施建设,不断改善服务条件,增强后勤保障能力。

（七）以开放办学为理念，进一步加强对外交流与合作

不断扩大与国内兄弟院校、科研机构和社会各界的交流与合作，通过积极承办或主办全国性学术会议、开展合作科研和联合办学等途径，增进往来，争取支持，扩大影响。要不断提高学校的国际化水平，在巩固已有的交流、合作关系的基础上，通过积极有效的宣传，继续扩大与有关国家和地区的联系，建立稳定的实质性合作关系。从学校发展需要出发，开展多种形式、多种模式、多种层次的合作办学。要积极参与高等教育的国际性活动，不断增强和提高参与国际竞争的整体能力和水平。加强有利于开展对外交流的软、硬件建设。

（八）以提高素质为目标，再创精神文明建设佳绩

广大教师要增强为全面建设小康社会培养高素质人才的使命感和责任感，加强自我修养，积极探求科学真理，教书育人，形成良好的教风。要切实转变机关职能，机关干部和各级管理人员要增强为基层、为师生员工服务的意识，形成爱岗敬业、严谨务实、勤政廉政的良好工作作风。全面贯彻《公民道德建设实施纲要》，大力加强诚信教育，倡导诚信立身、诚信立业，建诚信单位、做诚信公民。牢固树立以学生为本的办学理念，努力营造学生健康成长的良好环境。加强对学生的教育和管理，形成奋发努力、积极进取、勇于创新的优良学风。积极推进多渠道、宽领域、高品位、既突出主旋律又体现多样化的校园文化建设，倡导文明行为，活跃校园文化生活，发挥校园文化潜移默化的教育功能。要加强普法教育，实行依法治校，增强师生员工的民主法治观念，养成自觉遵纪守法和遵守校规校纪的良好习惯，依法维护集体和个人的利益。加强社会治安综合治理，深入开展创建安全文明校园活动，为广大师生员工创造良好的校园环境。

三、进一步加强和改进党的建设和党的领导，有力保证学校各项事业健康发展

（一）加强党的思想理论建设，坚持用"三个代表"重要思想武装党员和广大师生员工

"三个代表"重要思想是十六大的灵魂，是全党、全国人民在新世纪新阶段继续团结奋斗的共同思想基础，是我们一切工作的根本指针。学习贯彻"三个代表"重要思想，是我校今后一个时期首要的政治任务。我们要结合学校工作

的实际,继续广泛深入地加强政治理论特别是“三个代表”重要思想的学习,加强理论学习的领导,发扬理论联系实际的马克思主义学风,善于运用多种形式和手段努力增强学习的自觉性、针对性和实效性,做到学以致用、用以促学、学用相长。党员干部特别是领导干部一定要带头学习和实践“三个代表”重要思想,争做勤奋学习、善于思考的模范,解放思想、与时俱进的模范,勇于实践、锐意创新的模范。坚持以“两课”为主渠道,进一步发挥党校、团校作用,认真抓好“三个代表”重要思想进教材、进课堂、进头脑工作。加强“三个代表”重要思想的理论研究,强化“三个代表”重要思想研究基地的建设,推出一批有深度、有分量的研究成果,推动学校人文社会科学和高等教育研究工作的繁荣发展。通过扎实有效的办法,在全校再一次兴起学习“三个代表”重要思想的新高潮。

(二)加强领导班子和干部队伍建设,提高办学治校能力

要按照十六大的要求,切实抓好领导班子建设。各级党组织和领导干部要积极适应新形势新任务的要求,在实践中掌握新知识,积累新经验,增长新本领,不断深化对党的建设规律、教育发展规律和育人规律的认识。坚决执行党的教育方针,时刻牢记“两个务必”,讲学习、讲政治、讲正气,清正廉洁,以身作则,在广大教职工中树立良好的形象。要切实加强对学校发展、改革等全局工作的领导,抓大事,谋大局,善于运用战略思维和超前思维,不断提高科学决策能力和锐意创新能力,善于运用社会主义市场经济规律和教育、教学规律来思考、研究和解决学校改革发展中的重大问题。

建设一支高素质的干部队伍,是我校实现新时期发展目标的重要保证。坚持党管干部的原则,按照“四化”方针和德才兼备的要求,贯彻《党政领导干部选拔任用工作条例》,不断深化干部制度改革,创新选人用人机制,推进干部选拔任用工作的科学化、民主化、制度化。坚持用好的作风选作风好的人,把那些实绩突出、群众公认的干部及时选拔到领导岗位上来。进一步扩大干部工作中的民主,落实群众对干部选拔任用的知情权、参与权、选择权和监督权。继续大力培养和选拔使用优秀年轻干部,加强后备干部队伍建设,注意把年轻干部放到一些关键岗位、艰苦环境和困难较多的地方去锻炼和培养。要进一步完善干部交流制度,加大交流轮岗力度。加强干部培训和教育工作,提高干部的整体素质和工作的整体水平,努力建设一支学习型、创新型的管理干部队

伍。加强干部考核工作，修订完善干部考核办法，实现干部考核工作的经常化、制度化、科学化。

（三）加强基层党组织建设，增强党组织的战斗力和凝聚力

党委要采取得力措施，切实加强党总支、党支部建设。要选准配强党总支、党支部的负责人，从学校工作特点和实际出发，不断改进和创新党总支、党支部的活动内容、工作方式和机制，使党总支、党支部高度自觉地落实党委的决策和部署，在教学、科研、管理和服务中，充分发挥党总支的政治核心和党支部的战斗堡垒作用。要在实践中探索处理好基层党政关系的途径和方法，认真贯彻基层党组织工作条例，重大问题坚持党政集体研究，集体负责，努力形成党政主要领导相互尊重、相互支持、相互体谅、团结合作的工作氛围。要按照全国高校第十二次党建工作会议的要求，认真做好在学生中发展党员工作，抓好培养、发展、教育三个关键环节，把学生中符合党员条件的优秀分子吸收到党内来，努力做到大学生班级“一年级有党员，二年级有党小组，三年级有党支部”。同时，要高度重视吸收符合党员条件的青年教师尤其是学科带头人和学术骨干及时入党，不断壮大党的队伍。深入开展保持共产党员先进性教育，努力使各级党组织和广大党员成为贯彻“三个代表”重要思想的组织者、推动者和实践者。

（四）加强党的作风建设，保持党的先进性和纯洁性

我们必须坚持以思想作风、学风、工作作风、领导作风和干部生活作风为重点，以“八个坚持、八个反对”为要求，以密切党同师生员工联系为核心，切实加强和改进党的作风建设。大力弘扬求真务实精神，大兴求真务实之风。把立党为公、执政为民真正落实到各级领导干部的思想和行动中去，落实到关心师生工作、学习、生活中去。要坚持和完善党政领导联系基层制度，大兴调查研究之风，深入了解民情，充分反映民意，注重发现、总结和推广教职员工在教学、科研、管理、服务中积累的新经验。

要坚持标本兼治、综合治理的方针，继续加强党风廉政建设。深入开展党性党风党纪教育，落实党风廉政建设责任制和责任追究制，强化监督，创新体制，从源头上预防和解决腐败问题。加强纪检、监察、审计工作，重点加强对学校招生考试、基建招标和大宗物品采购等工作的规范和监督。加大对违纪案

件的查处力度,对任何违法乱纪行为和腐败分子,都要一查到底,决不袒护纵容,决不手软。各级领导干部要在党风廉政建设上起表率作用,做到自重、自省、自警、自立,始终保持党的先进性和纯洁性,始终保持共产党人的蓬勃朝气、昂扬锐气和浩然正气。

(五)加强民主集中制建设,增强党的活力和团结统一

党内民主是党的生命,要以保障党员民主权利为基础,以"集体领导、民主集中、个别酝酿、会议决定"为原则,进一步在党内规范党代表大会、党委全委会、党委常委会、书记办公会的议事规则和决策机制。认真学习贯彻《中国共产党纪律处分条例》和《中国共产党党内监督条例(试行)》,建立健全我校的党内监督机制。坚持党的民主生活会制度,提高民主生活会的质量。在校务公开的基础上,进一步制订和完善相关的管理措施,大力推进民主治校,畅通师生员工民主管理、民主监督的渠道,增强工作的透明度。认真落实教代会的"四项职权",积极支持工会、共青团等群团组织依照法律和各自的章程独立自主地开展工作,发挥他们的桥梁纽带作用。充分发挥民主党派、人大政协委员和广大离退休老同志在学校教学、科研以及民主治校等方面的重要作用。广大党员和教职员工要正确处理个人利益与集体利益、局部利益与整体利益、眼前利益与长远利益的关系,自觉坚持"四个服从",保证学校的政令畅通。

(六)加强和改进思想政治工作,提高师生员工思想道德素质

随着改革不断深化,开放日益扩大,各种矛盾愈加复杂,各种思潮相互激荡,师生的思想观念、价值取向、经济状况、信息渠道、就业方式等更加多样化,学校的思想政治工作面临着新的形势、新的情况和新的问题。各级党组织务必加强政治思想上的领导,牢牢把握全校的舆论导向,务必要把思想政治工作当作"生命线"紧紧抓在手中,务必要把思想政治工作贯穿于学校工作的各个部位和各个环节。要建立健全党委负责、党政工团齐抓共管,全员做思想政治工作的领导体制和工作机制。努力建设一支政治强、业务精、纪律严、作风正,以专职为骨干,专兼结合的思想政治工作队伍。深入开展"三育人"活动,积极营造全方位育人、全过程育人的良好氛围。增强思想政治工作的针对性和实效性,着眼于一校多区,推动思想政治工作进公寓;着眼于学生规模扩大和学分制的实施,推动思想政治工作进社团;着眼于网络文化的快速发展,推动思

想政治工作进网络。努力创新和改进思想政治工作的内容、形式、方法、手段和机制，增强思想政治工作的感召力和渗透力，把思想教育与解决师生的实际问题结合起来。通过强而有效的思想政治工作，把党的路线方针政策化为师生员工的自觉行动，调动大家的积极性和创造性，推进学校的改革、发展和稳定。

会议决议

关于中国共产党安徽师范大学第八次代表大会党委工作报告的决议

（2004年6月27日通过）

中国共产党安徽师范大学第八次代表大会经过认真审议，同意蒋玉珉同志代表党委所作的《深入贯彻十六大精神　加快学校改革发展步伐　为把我校建设成为综合性有特色的教学研究型大学而奋斗》的工作报告。

大会认为，自第七次党代会以来，学校党委在马列主义、毛泽东思想、邓小平理论和"三个代表"重要思想的指引下，深入贯彻党的十六大和十六届三中全会精神，坚持党的基本理论和基本路线，紧紧把握改革、发展和稳定的大局，围绕培养社会主义现代化事业的建设者和接班人这一根本任务，齐心协力，艰苦奋斗，迎难而上，开拓进取，做了大量艰巨而富有成效的工作，取得了令人鼓舞的成绩，推动了党的建设和学校各项事业不断向前发展，为创建综合性、有特色的教学研究型大学的目标打下了坚实的基础。大会认为，报告实事求是地总结了五年来党委的工作，深入分析了我校目前面临的形势及影响事业发展的矛盾、困难和问题，进一步明确了在新世纪重要发展战略机遇期我校创建综合性、有特色的教学研究型大学的总体思路和奋斗目标。

大会认为，创建综合性、有特色的教学研究型大学是一项艰巨的历史任务。面对经济全球化和市场经济条件下高等教育发展的新趋势，面对日趋激烈的人才竞争的状况，面对兄弟院校纷纷加大投入、加快发展的局面，更要增强忧患意识,认真分析我校在前进和发展中存在的问题和不足,积极贯彻落实教育部《2003—2007年教育振兴行动计划》,牢固树立科学发展观、人本观和高等教育市场观,通过教育创新、科技创新、制度创新等各方面的创新,不断提高学校的竞争力。要围绕学校的中心任务,进一步加强和改进学校党的建设,进一步理解"三个代表"重要思想对学校改革发展的重要指导意义,保持党的先进性,不断提高党对学校工作的领导水平,更充分地发挥党委在学校工作中统揽全局、协调各方的作用,切实做好各项工作,务求使教学、科研、管理和党建等方面的工作有一个新的突破和新的气象。

大会号召全校各级党组织和全体共产党员,积极学习贯彻第八次党代会精神,认真落实大会提出的各项任务,团结带领全校广大师生员工,在中共安徽省委的正确领导下,解放思想、实事求是、与时俱进,为实现创建综合性、有特色的教学研究型大学的目标做出新的持续不断的努力和贡献。

闭幕词

中国共产党安徽师范大学第八次代表大会闭幕词

(2004年6月27日)

各位代表、同志们:

中国共产党安徽师范大学第八次代表大会,在上级领导的关心和指导下,在各位代表的共同努力下,已圆满地完成了会议的各项议程,即将闭幕。

大会召开期间,各位代表以高度的政治责任感和使命感,认真履行党代表的各项职责,保证了这次会议的成功召开。这次党代会是我校在新世纪召开的党的第一次代表大会,也是学校在建设和发展的关键时期召开的一次非常重要的会议。这是一次继往开来、与时俱进的大会,是一次开拓创新、奋发进取的大会,是一次进一步动员、凝聚全体党员和全校师生员工高举邓小平理论伟大旗帜,认真实践"三个代表"重要思想,不断推进教育创新,加快综合性、有特色的教学研究型大学创建进程的大会。

大会认真总结了学校过去五年多来所取得的成就和体会，深刻分析了面临的问题及原因，提出了学校今后几年的发展目标和工作任务。代表们认真讨论、审议了蒋玉珉同志、高家保同志分别代表上届党委和纪委所作的工作报告，对上届党委和纪委的工作给予了充分的肯定，并就学校的改革、建设和发展提出了许多中肯的、重要的意见和建议。大会通过的工作报告及各项决议，是学校今后几年建设与发展的纲，将对学校各项事业的发展起到重要的规范和指导作用。

自校第七次党代会以来，学校各级党组织高举邓小平理论伟大旗帜，以“三个代表”重要思想为指导，团结和带领全校师生员工顽强拼搏，谱写了一曲曲胜利篇章，取得了一个个可喜成绩，推动学校上层次、扩规模，各项事业都有了较大发展，为实现本次大会提出的发展目标打下了比较坚实的基础。今后的五到十年，将是我校改革、建设与发展的重要历史时期，我们要在实现发展目标，创建综合性、有特色的教学研究型大学的同时，践行“三个代表”重要思想，为“科教兴皖”、科教兴国和人才强省、强国战略，为全面建设小康社会做出新的更大贡献。

这次会议选举产生了新一届党委会和纪律检查委员会，形成了年龄结构合理、知识结构互补、年富力强、朝气蓬勃的新一届党委和纪委领导班子，从而为实现学校的下一阶段发展目标提供了重要的政治和组织保证。由于年龄原因，有部分同志没能再进入新一届党委或纪委领导班子。他们多年来任劳任怨、无私奉献，为党的事业、为学校的改革、建设和发展做出了巨大贡献。让我们以热烈的掌声向他们表示由衷的敬意和感谢！希望上述同志今后对校党委和纪委的工作继续给以关注和支持。一批年轻同志进入了新一届党委和纪委领导班子，他们朝气蓬勃、奋发有为，政治素质和领导水平较高，业务能力较强。他们的加入必将大大加强党委和纪委的领导。在此，谨向这些同志表示热烈的祝贺！希望新进入“两委”领导班子的各位同志今后进一步加强理论和业务学习，谦虚谨慎，努力工作，大胆开拓，不断创新，不辜负全体党员和全校师生员工的信任和重托。

创建综合性、有特色的教学研究型大学，是一项光荣而艰巨的历史任务，也是一个长期的奋斗过程。我们坚信,新一届党委一定能够进一步动员和凝聚全体党员和全校师生员工,进一步发掘和利用好各种资源并开拓创新,圆满完成大会提出的各项工作任务,快速、稳步地向上述目标迈进。我们的目标一定能够实现。但是,我们同时还必须清醒地看到:经济全球化将加速进行,市场经济条件下的教育、科技发展将面临更大的挑战,人才和资源的竞争将更趋激烈,不断深化的各项校内改革也将更深层次地触及人们的切身利益,学校今后建设与发展的形势将更加复杂和严峻,各项工作的难度将更大,对此,我们必须有足够的认识和充分准备。我们必须树立和落实科学发展观,增强忧患意识和紧迫感,认真分析存在的问题、不足和困难,拿出切实的对策和措施,不断提高学校的学科水平、教学质量、人才培养质量和综合竞争力。同志们,机遇当前,形势逼人,不进则退。我校全体共产党员和全校师生员工都要保持昂扬向上的精神状态,同心同德、开拓奋进、解放思想、真抓实干。让我们在新一届校党委的坚强领导下,为再创安徽师范大学历史发展的新辉煌做出自己应有的努力和贡献。

同志们,本次大会提出的发展目标能否实现,各项工作能否不失时机地做好,关键在党,在党委的正确领导和全体党员同志的共同努力。离开党委正确、坚强、有力的领导,我们就会迷失方向,就会失去凝聚力和向心力;没有全体党员的共同努力,就没有团结进取、奋发向上的战斗力,就难以动员、团结和带领广大师生员工积极投身并推动学校各项事业的快速发展。大会闭幕后,我们要按照大会的要求,紧紧围绕学校的中心任务,进一步加强党建和思想政治工作,进一步用邓小平理论和“三个代表”重要思想武装全党,指导学校的各项工作;要进一步加强和改进党的领导,更好地统揽全局、统筹兼顾、科学决策,真正使学校的各项事业全面、协调、可持续地快速发展。

同志们,我校今后几年的发展目标和工作任务已经确定,但重在落实。会议闭幕后,各级党组织要及时组织广大党员和教职员工认真学习蒋玉珉同志所作的党委工作报告和高家保同志所作的纪委工作报告,贯彻落实会议精神,凝聚共识,统一思想,明确目标,加快发展;要把学习贯彻第八次党代会精神作为一项重要的政治任务抓紧抓好;要在落实上狠下功夫;要从本部门、本单位的工作实际出发,解放思想、实事求是、与时俱进、开拓创新。全体共产党员和全校师生员工都要从学习和实践“三个代表”重要思想的高度出发，响应大会号召，努力工作，做好工作，并不断提高自己的政治和业务素质，为学校的改革、建设和发展勇挑重担并做出更大贡献。

同志们，让我们在新一届校党委的正确领导下，高举邓小平理论伟大旗帜，在“三个代表”重要思想指引下，团结拼搏、开拓创新，为完成大会提出的各项任务，为早日实现把我校建成为一所综合性、有特色的教学研究型大学的发展目标而努力奋斗！

中共安徽师范大学第九次代表大会

会议概况

中共安徽师范大学第九次代表大会于2009年6月18日至19日召开，参加大会的党员代表237名，列席人员17名，特邀人员31名。大会听取了吴良仁同志代表校党委所作的工作报告，程度同志代表上一届纪委所作的工作报告。大会选举产生了中共安徽师范大学第九届委员会和新一届纪律检查委员会。

会议议程

一、听取和审议中国共产党安徽师范大学第八届委员会工作报告；

二、听取和审议中国共产党安徽师范大学纪律检查委员会工作报告；

三、选举中国共产党安徽师范大学第九届委员会；

四、选举中国共产党安徽师范大学纪律检查委员会。

会议日程

日　期	时　间	会议名称	主要议程	出席人员	地　点
6月17日（星期三）	上午8:30	召集人会议	1.介绍大会筹备工作情况 2.布置有关工作 3.对开好党代会提出要求	党委常委、召集人	生科院一楼学术报告厅

续 表

日期	时间	会议名称	主要议程	出席人员	地点
6月17日（星期三）	上午10:00	代表团会议	1.推选代表团团长、副团长，确定代表团秘书 2.传达召集人会议精神 3.审议和酝酿预备会有关事项	全体代表	秘书处指定
	下午3:00	预备会议	1.听取大会筹备工作报告 2.通过代表资格审查报告 3.通过党费收缴、使用和管理情况的报告 4.通过大会主席团、秘书长名单 5.通过大会议程	全体代表	田楼报告厅
	下午5:00	主席团第一次会议	1.通过大会主席团常务委员会委员名单 2.通过大会执行主席分组名单 3.通过大会秘书处组织机构及副秘书长名单 4.通过大会日程 5.通过大会列席人员、特邀人员名单	主席团成员	赭山校区综合楼第二会议室
6月18日（星期四）	上午8:30	第一次大会（含开幕式）	1.宣布大会开幕(奏唱国歌) 2.上级领导、来宾讲话 3.宣读贺电、贺信 4.民主党派代表致贺辞 5.合影留念 6.作党委工作报告 7.作纪委工作报告	全体代表列席、特邀人员、上级领导和来宾	田楼报告厅

续 表

日　期	时　间	会议名称	主要议程	出席人员	地　点
6月18日(星期四)	下午 2:30	代表团会议	审议“两委”工作报告	全体代表	秘书处指定
	晚上 7:30	主席团第二次会议	1.讨论通过《大会选举办法》(草案) 2.作“两委”委员候选人预备人选产生经过及有关情况说明 3.讨论通过“两委”委员候选人预备人选名单 4.酝酿总监票人、总计票人、监票人建议名单 5.听取各代表团审议“两委”工作报告情况的汇报 6.讨论通过关于“两委”工作报告的决议(草案)	主席团成员	赭山校区综合楼第二会议室

续 表

日　期	时　间	会议名称	主要议程	出席人员	地　点
6月19日（星期五）	上午 8:00	代表团会议	1.讨论《大会选举办法》(草案) 2.酝酿新一届“两委”委员候选人预备人选名单 3.推选监票人 4.讨论关于“两委”工作报告的决议(草案)	全体代表	秘书处指定
	上午 10:00	主席团第三次会议	1.听取各代表团讨论《大会选举办法》(草案)情况的汇报,并讨论通过《大会选举办法》 2.听取各代表团讨论关于“两委”工作报告的决议(草案)情况的汇报 3.听取各代表团酝酿“两委”委员候选人预备人选名单的情况汇报,通过“两委”委员候选人名单 4.讨论通过监票人建议名单,确定总监票人、总计票人建议名单和计票人名单	主席团成员	赭山校区综合楼第二会议室

续　表

日　期	时　间	会议名称	主要议程	出席人员	地　点
6月19日(星期五)	下午2:30	第二次大会(第一阶段)	1.通过《大会选举办法》 2.通过总监票人、总计票人、监票人名单 3.宣布计票人名单 4.宣布新一届党委、纪委委员名额和候选人名单 5.选举新一届党委委员和纪委委员 6.统计选票(观看录像片)	全体代表	田楼报告厅
	下午4:00	主席团第四次会议	1.向大会主席团报告被选举人得票情况 2.大会主席团根据选举情况,研究决定相关事宜;确定“两委”第一次全委会召集人		
	下午4:30	第二次大会(第二阶段)	1.向大会报告“两委”委员选举计票结果 2.宣布“两委”委员当选人名单 3.通过关于“两委”工作报告的决议 4.奏《国际歌》,宣布大会闭幕		

续 表

日　期	时　间	会议名称	主要议程	出席人员	地　点
6月19日（星期五）	下午5:00	新一届纪委第一次全委会	1.讨论通过《选举办法》 2.作关于新一届纪委书记、副书记候选人预备人选名单的说明 3.酝酿新一届纪委书记、副书记候选人预备人选名单 4.推选监票人，指定计票人 5.选举纪委书记、副书记 6.向会议报告选举结果，宣布当选人名单（休会） 7.新当选的纪委书记讲话（待党委第一次全委会通过后）	新当选的纪委委员	赭山校区综合楼第一会议室
	下午5:30	新一届党委第一次全委会	1.讨论通过《选举办法》 2.作关于新一届党委常委、书记、副书记候选人预备人选名单的说明 3.酝酿讨论新一届党委常委、书记、副书记候选人预备人选名单 4.推选监票人，指定计票人 5.选举党委常委 6.选举校党委书记、副书记 7.向会议报告选举结果、宣布当选人名单 8.通过纪委书记、副书记选举结果 9.新当选的党委书记讲话	新当选的党委委员	赭山校区综合楼第二会议室

工作报告

坚持科学发展,深化内涵建设,为创建高水平教学研究型大学而奋斗

——在中国共产党安徽师范大学第九次代表大会上的报告(节选)

(2009年6月18日)

大会的主题是:高举中国特色社会主义伟大旗帜,以邓小平理论和“三个代表”重要思想为指导,全面贯彻落实科学发展观,团结带领全校广大党员和师生员工,继续解放思想,坚持科学发展,深化内涵建设,同心同德,务实创新,攻坚克难,乘势而上,为把我校建设成为特色鲜明的综合性高水平教学研究型大学而努力奋斗。

一、五年来的工作回顾

(一)坚持教学研究型大学目标,牢牢把握办学方向

五年来,校党委坚持以科学发展观为统领,坚持社会主义办学方向,认真贯彻党的教育方针,紧紧围绕“建设什么样的安徽师大”“怎样建设安徽师大”和“培养什么人”“怎样培养人”这两个根本性的问题,把方向、谋全局、抓大事,充分发挥了党委的领导核心作用。

(二)坚持先进性要求,切实加强党的建设

五年来,校党委坚持“围绕中心抓党建、抓好党建促发展”,切实加强党的建设,为学校的改革发展提供了坚强的政治、思想和组织保证。

——先进性教育取得实效。校党委高度重视理论武装,以学习宣传贯彻党的十七大、胡锦涛总书记视察安徽重要讲话、省委书记王金山视察我校重要讲话精神为重点,努力营造科学发展、创新发展、和谐发展的良好氛围,校园的主流舆论积极健康。

——基层党组织建设不断加强。根据学校发展实际,校党委适时对基层

党组织进行了调整,设立了分党委。大力加强党校培训工作,形成了"班级党小组—学院党校—学校党校"三级培训模式

——干部队伍建设富有成效。认真贯彻落实《党政领导干部选拔任用工作条例》,严格选拔、任用、培训、考核等环节,大力加强领导班子和干部队伍建设。

——党风廉政建设常抓不懈。坚持"标本兼治、综合治理、惩防并举、注重预防"的方针,努力构建教育、制度、监督并重的惩治和预防腐败体系。

(三)坚持发展是第一要务,大力推动事业发展

——人才培养成效显著。学校坚持教学工作中心地位,着力培养具有创新精神和实践能力的高素质人才。按照知识、能力和素质协调发展的人才培养理念,修订了本科人才培养方案。优化专业结构与布局,新增11个本科专业,专业数达到59个,涵盖9个学科门类。大力加强"质量工程"建设,获国家级"质量工程"项目11项、省级"质量工程"项目55项,国家级"质量工程"项目总数位居省属高校第一。

——科学研究取得突破。以高素质创新团队打造、高层次创新平台建设、高级别项目立项、高水平创新成果培育、高效益社会服务为重点,着力推进科研工作上水平。五年来,获各级各类科研项目立项1461项,其中国家级项目114项、省部级及其以上项目375项。连续三年,学校获国家"两大基金"项目总数位居省属高校首位。共发表国家级以上科研论文3887篇,SCI(E)收录论文478篇,出版各类著作及教材620部,获科研成果奖85项。

——社会服务不断深化。以引领、服务安徽基础教育和教师教育发展为使命,培养培训大批优秀师资和教育管理干部,加强教改指导与研究,举办了两届全省基础教育论坛,承担全省高考音体美加试和阅卷等工作。积极开展产学研合作,先后组织参加产学研合作活动12次,签订合作协议107项,承担横向课题150余项,积极为地方、企业提供科技咨询、专业培训、环境评价、土地和旅游规划、文化建设等服务。学校多次荣获省市科技创新和产学研合作表彰。

——师资队伍得到加强。坚持一手抓人才培养、一手抓人才引进,大力加强师德师风建设,师资队伍的素质和结构发生了可喜变化。五年来,专任教师

由873人增至1381人,其中具有正高职称者由97人增至202人,具有副高级职称者由212人增加至420人,具有硕士、博士学位者由301人增至861人。现有国家级教学名师1人,“百千万人才工程”国家级人选4人,教育部“新世纪优秀人才”支持计划5人,省学术与技术带头人16人、省学术与技术带头人后备人选22人,省级教学名师5人,享受国务院特殊津贴14人、省政府特殊津贴13人,皖江学者特聘教授5人、讲席教授7人,基本形成了一支结构较为合理、发展态势良好、充满生机活力的教师队伍。学校两次获“全省师资培训先进集体”称号。

——一校三区格局形成。为适应学校发展的需要,学校按照“整体规划、按需建设、分期推进”的思路,多渠道筹措资金建设花津校区,完善管理措施,抢抓工程进度,控制工程造价,加大监管力度,确保工程质量,克服重重困难,全力推进花津校区建设。

——后勤改革积极推进。积极探索后勤保障体系建设,引入竞争机制,提升服务水平。开放了后勤服务市场,引进社会企业开展后勤保障服务,有效缓解了学校规模扩大与后勤资源有限的矛盾。启动了新一轮校内后勤改革,在清产核资、资产评估的基础上,注册成立了芜湖师源有限责任公司,实行企业化运行。加强了后勤服务质量监控体系建设,后勤服务和保障水平不断提高。2005年学校被评为“全国高校后勤改革先进单位”。

(四)坚持以人为本,积极推进和谐校园建设

——大力实施民生工程。积极实施了校内医疗制度改革,定期开展教职工体检工作,扎实推进花津校区教师公寓建设、银湖南路教师公寓产权证办理、货币化住房补贴兑现、旧房改造、经济困难学生资助、毕业生就业服务、师生工作学习生活后勤保障等工作,努力营造“学习上安心、工作上顺心、生活上舒心”的良好环境。

——充分发挥各方作用。坚持民主治校、校务公开,注重发挥工会、教代会、共青团、民主党派和离退休教职工在治校理教、民主管理中的重要作用,及时向教代会、民主党派、老同志通报学校重大事项,重视倾听广大师生员工的呼声,团结带领师生员工在共建中共享,在共进中共荣,共同创造和谐美好的家园。学校先后荣获“全国教科文卫体系统模范教工之家”“全国三八红旗先

进集体”“全国教科文卫体工会系统先进女职工组织”“全国教育系统关心下一代先进集体”“全省老干部工作先进集体”“全省高校统战工作先进单位”“全省高校共青团工作标兵单位”等荣誉称号。

——积极建设平安校园。健全了各项安全制度和应急管理体系，建立了全面覆盖、反应灵敏、富有成效的安全稳定工作包保责任制。加强师生思想教育、安全教育、法制教育，加强对论坛讲座、涉外学术交流、网络媒体和出版物的规范管理，加强学校及周边环境综合治理，及时排查并消除各种安全隐患。在特大冰冻灾害、汶川大地震等重大事件和迎接奥运火炬传递等重大活动期间，采取积极有效措施，确保了校园安全稳定，得到上级的充分肯定。学校被授予“全国赴地震灾区优秀团队”“北京奥运火炬接力安徽境内传递工作先进集体”“火炬传递学生动员先进集体”“火炬在线传递工作先进集体”等荣誉称号。

——成功举办八十周年校庆。2008年，学校成功举办了以“和谐、创新、发展”为主题的八十周年校庆，编辑出版了校史，举办了中外大学校长论坛、基础教育论坛、校友论坛、庆典大会、专场晚会等大型活动，展示了师大八十年的办学成就，激发了全校师生和广大校友爱校荣校的情怀，取得了“内聚人心、外树形象、广聚资源、促进发展”的效果。特别是省委书记王金山同志在校庆期间亲临学校视察，省政协主席杨多良，省委常委、宣传部部长臧世凯等领导同志出席庆典大会，并发表重要讲话，极大地鼓舞了全校师生。

学校的发展也赢得了中央和省市主流媒体的广泛关注，仅2008年以来，全国省级以上媒体报道达360多篇，其中国家级媒体报道共90多篇。不久前，人民日报、新华社、光明日报、中国教育报、安徽日报、安徽人民广播电台、安徽电视台等国家及省级主流媒体到我校集中采访报道，进一步提升了学校的声誉和形象，鼓舞了师生的干劲和士气。

但是，我们应当清醒地看到，在前进的道路上还面临一些困难和问题：“育人为本”的理念尚需强化，教育教学质量有待进一步提高；创新团队建设较为薄弱，高水平标志性科研成果有待进一步创造；社会服务领域不宽，服务经济社会发展的贡献率有待进一步提升；管理体制和工作运行机制活力不够，管理效能有待进一步加强；办学经费严重短缺，办学资源有待进一步整合；少数基层党组织建设创新不够,战斗堡垒作用有待进一步发挥;少数党员干部爱岗敬业精神不强,工作作风有待进一步改进;等等。对此,我们必须高度重视,在今后的工作中认真加以解决。

成绩来之不易,经验弥足珍贵。回顾学校的发展历程,我们有以下几点经验和体会:

——必须始终坚持科学发展、内涵建设。

——必须始终坚持育人为本、质量立校。

——必须始终坚持群策群力、共建共享。

——必须始终坚持党要管党、保障有力。

二、今后五年的奋斗目标与主要任务

今后五年学校工作的指导思想是:高举中国特色社会主义伟大旗帜,以邓小平理论和“三个代表”重要思想为指导,全面贯彻落实科学发展观,坚持社会主义办学方向,遵循高等教育规律,以人才培养为根本,以学科建设为龙头,以队伍建设为关键,以体制机制创新为突破口,在更高起点上实施“质量立校、特色兴校、人才强校、学科领校、开放活校、依法治校、文化荣校”战略,团结带领全校广大党员和师生员工,为把我校早日建成特色鲜明的综合性高水平教学研究型大学而努力奋斗。

经过五年的努力,我们要力争实现以下主要目标和任务:

——办学规模基本稳定,教育质量稳步提高。本科生规模保持在25000人以内,研究生发展到5000人左右。生源质量省内一流,人才培养更加适应社会需求和学生个性化发展需要。毕业生就业率保持在省内高校前列。入选省级优秀硕士和博士学位论文的数量每年不少于10篇且逐年增加,力争突破全国优秀博士学位论文奖或提名奖。

——学科建设再上台阶,科研实力显著增强。力争实现国家级重点学科的突破,省级重点学科达到20—25个,再建成2—3个省高校文科重点研究基地、2—3个省级创新团队、2—3个省高校重点实验室和2个省级工程技术研究中心。力争实现标志性成果和项目的突破,国家级项目立项150项左右,省部级项目立项达到200项左右;发表国家级以上论文5000篇左右,其中SCI、EI和

SSCI论文800篇左右;获省部级成果奖40—50项,出版各类著作1000部左右,申请专利100项左右。突破一级学科博士学位授予权,增加一级学科硕士学位授予权的数量和覆盖面,再获得4—5个专业学位授予权。

——师资水平逐步提升,三支队伍协调发展。高学历、高职称教师数量不断增长,师资结构更加适应人才培养需求,专任教师达到1600人左右,其中具有博士学位的教师达到30%左右;拥有正高职称280人左右,副高职称500人左右,高级职称人员所占比例达到50%左右。打造省内一流的本科教学师资队伍,建设更多高水平教学团队,培育20名左右国家级和省级教学名师;培养、引进省级学科及专业带头人40名,争取30位创新人才进入省级以上人才计划。积极推动师资队伍、管理队伍和后勤保障队伍协调发展。

——管理机制更加完善,办学活力充分释放。管理制度更加合理,职责更加明确,运行更加顺畅,管理成本逐步降低,管理效能进一步提高,形成更加科学协调高效的体制机制,办学活力进一步激发和释放。

——资源配置更加合理,后勤服务保障有力。校区办学功能明确,办学布局优化,资源配置合理,积极建设节约型、环保型校园。建立与学校发展相适应的后勤保障体系,不断提高后勤服务质量和水平。

目标鼓舞人心,发展催人奋进。为全面实现上述目标,学校的主要措施是:

(一)坚持"质量立校",进一步提高人才培养质量

以本科生培养为重点,大力培养国内优秀的本科人才。按照知识、能力和素质协调发展的人才培养理念以及"宽口径、厚基础、高素质、强能力"的人才培养规格,树立多元化的人才培养质量观和评价体系,建立以社会需求为导向的招生、培养、就业的联动机制。积极拓展生源基地,优化生源结构,吸引优秀生源;优化人才培养方案,稳定教学秩序,严格过程管理,深化教学改革,着力构建有利于学生健康成长的人才培养体系,确立有利于提高本科教育教学质量的政策导向和激励机制;构建有效的就业指导和服务体系,调动校内外一切力量,大力推进毕业生就业和自主创业。

以创新能力和应用能力培养为核心,进一步完善研究生培养方案,健全导师考核评价机制、研究生管理体制机制和教育质量保障体系,使我校学位与研

究生教育达到全国同类院校领先水平。

稳定继续教育办学规模,创新发展思路,规范办学行为,积极开展学历和非学历教育,满足社会多层次需求,主动服务终身教育。积极开展对外交流与合作,扩大留学生规模,提升中外合作办学质量。加强对皖江学院办学的支持和指导,突出教学质量建设,力争以优异成绩通过教育部教育工作合格评估,推进皖江学院持续健康发展。继续支持附属学校深化教育教学改革,提高办学质量和效益,保持领先优势,成为基础教育改革与发展的引领者。

(二)坚持“特色兴校”,进一步提升学校竞争力

教师教育是我校的传统优势和鲜明特色。在建设高水平教学研究型大学的过程中,要进一步突出和强化这一优势和特色,做好“引领服务安徽基础教育和教师教育”这篇大文章。紧密结合基础教育改革实际,深入开展教育理念、培养模式、专业设置、课程体系、教学内容等方面的研究,努力构建教师教育新体系,培养高水平、高层次师资。积极参与安徽省基础教育、教师教育的战略研究、政策研究与改革实验,充分利用学校的各类教育资源为基础教育服务,进一步扩大学校在基础教育领域的地位和影响。树立多元化的特色观,努力培育新的办学特色,积极打造新的特色学科、特色专业和特色领域。

(三)坚持“人才强校”,进一步加强师资队伍建设

继续加强师德师风建设,大力弘扬为人师表、品德高尚、严谨治学、乐于奉献的优良传统,积极引导广大教师做知识和品格完美结合的代表,做知行合一的典范,在教学科研活动中彰显自己的人格魅力和学识魅力。继续坚持“优化结构、强化素质、提高层次、创新机制”的工作思路,围绕人才培养和学科专业建设需要,以教学团队和学术团队建设为重点,积极稳定和用好现有人才,大力培养和引进高层次人才,着力打造和汇聚一批教学名师、教学团队和学术团队。以国家和省部级重点项目为纽带,以重点学科、重点实验室为依托,完善“学科带头人 + 创新团队”的组织模式,大力培育一批凝聚力强、学术水平高、具有较强竞争力的创新团队。高度重视青年教师队伍建设,加大资助力度,加强跟踪培养,激励优秀青年教师脱颖而出,形成更为合理的人才梯队。按照能上能下、竞争择优、动态管理的原则,优化人才选拔、培养、评价和激励机制,有计划、有针对性地解决不同学科、不同专业的人才紧缺问题,全面改善师资队

伍结构、提升师资队伍素质。

(四)坚持“学科领校”,进一步增强科技创新能力

大力推进学科和学位点建设。按照“统筹规划、突出重点、分层建设、整体推进”的方针,坚持“有所先为、有所后为”,着力加强与本科人才培养密切相关的学科以及重点学科建设;促进学科交叉,培育新的学科增长点;积极发展新兴学科,提升自主创新能力和应用服务能力,形成特色鲜明、优势明显、协调发展的学科体系。进一步优化学位与研究生教育的学科专业结构,在学位点建设上优先向特色学科和应用型学科倾斜;进一步优化学位与研究生教育的类型结构,采取多种方式发展专业学位教育,不断扩大高级应用型人才培养规模,提高高级应用型人才培养层次。

大力推进科技创新。优化资源配置,发挥综合效益,加强科技创新平台和研究基地建设。凝练学科方向,整合优势资源,培育建设一批科技创新团队。完善以质量为导向的科研成果评价体系和科研激励机制,着力构建“项目—平台—团队—成果”四位一体的运行机制,大力提升科技创新能力。进一步加强学术规范和学术道德建设,努力形成勇于探索、敢于创新、宽容失败、诚实守信的学术氛围。

(五)坚持“开放活校”,进一步增强学校发展活力

树立国际化办学理念。学习借鉴国内外大学先进的办学理念和管理经验,扩大与国外高校在人才培养、科学研究等方面的交流与合作,培养具有国际竞争力的高素质人才。继续加强“引智”工作,聘请更多的国内外高水平专家教授到校任教或讲学。积极选派教学、科研和管理骨干到国外一流大学研修,建设高水平师资和管理队伍。积极举办各类高水平国际国内学术会议,扩大学校的学术地位和影响。积极拓展对外交流渠道,充分发挥校友会、董事会作用,成立基金会,努力探索中外合作、股份制等办学模式,推进办学体制的改革创新,不断增强学校办学活力。

着力增强服务社会能力。面向国家、地方发展战略的需要,主动融入合芜蚌自主创新综合配套改革试验区、皖江城市带承接产业转移示范区、皖北地区三市六县建设,加强科技创新、开展社会服务、提供各类咨询、促进文化建设,找准对接点和切入点,将学科链转化为技术链,让技术链对接产业链,大力加强产学研合作、校市合作、校企合作、校校合作,以服务得支持,以贡献促发展,

不断提高学校服务地方经济社会发展的贡献率。

(六)坚持"依法治校",进一步提高管理水平

坚决依照高等教育法、教师法等有关法律法规,全面贯彻党的教育方针。明确学校党委、校长、校务委员会、学术委员会等机构的职责权限和议事规则,坚持"党委领导、校长负责、教授治学、民主管理"的运行机制,做到相互配合,权责统一,依法办事。完善学校内部财务、审计和资产管理等制度,严格执行国家有关收费的规定,健全监督机制,依法管理好学校资产。明确部门职责,健全规章制度,严格决策程序,提高决策效率。积极探索校院两级管理体制改革,稳步推进人事分配制度改革。尊重教师权利,发挥工会、教代会的作用,依法保障教职员工参与民主管理和监督,落实和保障教职工待遇。加强法制教育,引导教职员工履行法律规定的义务。完善学校保护机制,保障学生申诉的法定权利,健全学生安全和伤害事故的应急处理机制和报告制度,切实维护学生的合法权益。

(七)坚持"文化荣校",进一步提升学校"软实力"

坚持以社会主义核心价值体系为引领,以追求真善美为目标,以弘扬师大精神为核心,制定并实施校园文化建设纲要,努力构建富有时代特征、师范特色、师大特点的校园文化。注重文化传承,加强校史研究和校园历史文物保护,深入开展校史校情教育,激励广大师生员工努力践行"厚德、重教、博学、笃行"的校训,增强对学校的自豪感和责任感。积极开展高品位校园文化活动,不断满足师生日益增长的精神文化需求。加强校风、教风、学风建设,营造有利于学生健康成长的校园文化氛围。切实加强网络文化建设和管理,抓好网络宣传阵地建设。加强校园文化环境建设与保护,大力建设文明校园。通过文化荣校战略,进一步发挥校园文化的育人功能,凝聚全校师生员工的力量和智慧,为实现学校的办学目标提供强大的精神动力,增添丰富的文化内涵,努力建设一个更加兼容并蓄、文明健康、安定有序的人文师大。

三、以改革创新精神全面加强党的建设

(一)加强思想建设,用中国特色社会主义理论体系武装头脑

坚持用马克思主义中国化最新成果武装广大师生,用社会主义核心价值体系引领师生思想观念和价值取向,牢牢把握意识形态领域的主导权。大兴

学习之风，校院两级中心组要以学习十七大精神、贯彻落实科学发展观为重点，切实增强学习的针对性、实效性、开放性和互动性，带头深入学习，带动广大党员干部群众的理论学习。发挥思想政治理论课主渠道作用，加强思想政治理论学科和师资队伍建设，努力把思想政治理论课建设成为大学生真心喜爱、终身受益的课程，切实推进大学生的理论武装工作，筑牢青年一代成长成才的思想道德基础。发扬理论联系实际的学风，做到学以致用、用以促学，深入开展学习实践科学发展观活动，用科学发展观指导学校各项事业全面协调快速发展，把全校师生员工的思想统一到科学发展观的要求上来，凝聚到建设高水平教学研究型大学目标上来。

（二）加强干部队伍建设，提高领导班子治校理教能力

按照社会主义政治家、教育家的要求和建设学习型领导班子的要求，进一步加强校级领导班子治校理教能力建设。认真贯彻执行民主集中制，坚持党委领导下的校长负责制。进一步完善校院两级领导班子民主议事、民主生活会、联系师生等制度，推动科学发展。坚决贯彻《党政领导干部选拔任用工作条例》，坚持“德才兼备、以德为先”和“民主、公开、竞争、择优”的原则，完善选人用人机制，注重在实践中考察和选用干部，增强民主推荐、民主测评的科学性，进一步提高选人用人公信度和满意度。坚持以职责管理为中心，完善干部任期目标管理，创新考核方式，激发广大干部的积极性、主动性和创造性。加强干部培训工作，注重对年轻干部、女干部、党外干部的培养。大力加强管理团队建设，努力建设一支素质过硬、作风优良、纪律严明、充满活力的干部队伍，为学校事业发展提供坚强的组织保证。

（三）加强基层党组织建设，发挥广大党员的先锋模范作用

围绕学校中心工作，进一步完善基层党组织建设目标管理制度，努力实现“组织坚强有力、党员作用突出、工作得到促进、师生员工满意”的工作目标。进一步完善学院党政联席会议等制度，有效形成党政相互配合、协调运转的工作机制，充分发挥院级党组织的政治核心和保证监督作用。创新基层党组织建设，选优、配强基层党组织负责人，充分发挥基层党组织推动发展、服务群众、凝聚人心、促进和谐的作用。推进党内民主建设，扩大党务公开，实行党代表任期制和党代表大会常任制，完善党内情况通报制度和重大决策征求意见

制度,落实党员的主体地位。积极发挥党校的作用,大力加强党员和入党积极分子的教育培训工作,重点抓好青年教职工和学生的党员发展工作。

(四)加强和改进思想政治工作,全面提高师生员工的思想政治素质

坚持育人为本、德育为先,把思想政治工作贯穿于教育教学和人才培养的始终,努力在全校形成思想政治工作的强大合力。坚持教书育人、管理育人、服务育人,构建全员育人格局。坚持贴近学生、贴近生活、贴近实际,增强思想政治工作的针对性和实效性。坚持抓活动、抓实践、抓骨干、抓社团、抓网络,不断丰富思想政治工作载体。继续推进辅导员队伍的专业化、职业化建设,发挥班主任、关工委等作用,不断加强大学生思想政治工作队伍建设。切实完善学生教育管理制度,健全贫困生资助、心理健康教育、就业服务等体系,引导学生健康成长。发挥思想教育研究会作用,切实加强教工的思想教育工作。

(五)加强党风廉政建设,形成清正廉洁的良好氛围

加强作风建设,以优良的党风带动校风、教风和学风。深入开展党的优良传统教育,引导全校党员干部牢记"两个务必",强化责任意识和服务意识,把心思用在干事业上,把精力放在抓落实上,全心全意为师生员工干实事、做好事、解难事。切实加强机关效能建设,改进工作作风,提高服务质量。

坚持"党委统一领导、党政齐抓共管、纪委组织协调、部门各负其责、师生员工广泛参与"的领导体制与工作机制,形成反腐倡廉建设整体合力。认真贯彻标本兼治、综合治理、惩防并举、注重预防的方针,按照中共中央纪委、教育部、监察部《关于加强高等学校反腐倡廉建设的意见》的要求,扎实推进教育、制度、监督并重的惩治和预防腐败体系建设。深入开展理想信念和廉政教育,努力营造风清气正、干事创业的校园环境。进一步落实党风廉政建设责任制,努力形成用制度管权、按制度办事、靠制度管人的有效机制。切实加强对干部任免、招生考试、招标、采购等重点领域和关键环节的监督。重视信访工作,坚决查办违纪违法案件。

(六)加强统战群团离退休工作,推动和谐校园建设

进一步加强统战工作,充分发挥党外知识分子的独特优势和作用,健全民主党派参与民主决策、民主管理的机制,帮助民主党派加强基层组织建设,不断提高政治把握能力、参政议政能力、组织协调能力、合作共事能力。支持工会依照

法律和章程独立自主地开展工作。加强工代会、教代会的规范化、制度化建设,建立二级教代会制度,扩大校务公开,拓展民主管理的渠道。进一步做好离退休工作,积极营造关心离退休老同志、尊老敬老的良好氛围,认真落实其政治待遇和生活待遇,充分发挥好他们在学校建设发展中的重要作用。充分发挥共青团作为党的助手和后备军的作用,坚持"党建带团建",积极创建"全国五四红旗团委"。充分发挥广大校友的作用,使之成为学校发展的一支重要力量。

以"抓基层、打基础"和"重在治本"为思路,建立健全维护学校稳定的综合防控体系和处理校内外突发事件的快速反应机制,深入排查化解影响学校稳定的隐患、矛盾和问题,从源头上减少引发学校安全稳定的各种因素,建设平安、健康、文明的和谐校园。

深入贯彻落实科学发展观,扎实有效推进反腐倡廉建设

——中国共产党安徽师范大学纪律检查委员会工作报告(节选)

(2009年6月18日)

一、过去五年的主要工作

(一)深入开展反腐倡廉教育,党员干部的廉洁自律意识有了新增强

反腐倡廉,教育是基础。五年来,校纪委高度重视反腐倡廉宣传教育,注重发挥廉洁文化的教育功能,广泛开展形式多样的教育活动,积极营造风清气正的廉洁氛围,广大党员干部廉洁自律意识和拒腐防变的自觉性不断增强。

(二)大力推进反腐倡廉制度建设,治本抓源头工作取得了新进展

反腐倡廉,制度是保障。五年来,校纪委高度重视反腐倡廉制度建设,大力推进制度创新,积极营造用制度管人、靠制度管权、按制度办事的良好环境,努力做到行政有章可循、管理规范有序,切实从源头上预防和治理腐败。

(三)突出重点领域和关键环节,对权力运行的监督与制约工作有了新成效

反腐倡廉,监督是关键。五年来,校纪委认真贯彻落实党内监督条例,坚持以权力阳光运行为目标,以党员领导干部为重点,以规范程序为前提,以在

参与中服务、在服务中监督为有效途径,到位不缺位、到位有作为,切实加强对重点领域和关键环节的监督与制约。

(四)认真做好信访举报受理和案件查处工作,办案的综合效应有了新提高

反腐倡廉,惩处是手段。校纪委积极畅通群众信访渠道,严格按照"事实清楚、证据确凿、定性准确、处理恰当、手续完备、程序合法"的办案方针,加大对违纪违法案件查处的力度,剖析典型,查找原因,完善管理,充分发挥案件查处的综合效应。

(五)着力抓好纪检队伍自身建设,工作能力和执纪水平有了新提升

反腐倡廉,队伍建设是根本。纪检部门肩负着反腐倡廉的重要职责,五年来,校纪委适应新时期高校纪检工作的需要,高度重视自身建设,切实加强学习和调研,积极探索新形势下纪检工作的有效途径,工作能力和执纪水平得到进一步提升。

二、今后工作的建议

(一)紧密结合学校工作实际和特点,进一步增强党风廉政教育的针对性和实效性

要加强中国特色社会主义理论体系教育和社会主义核心价值体系教育,坚定理想信念,增强纪律意识,进一步筑牢广大党员干部拒腐防变的思想道德防线。坚持以处级以上干部为重点,按照胡锦涛总书记提出的"六个着力、六个切实"的要求,教育广大党员干部进一步加强党性修养,弘扬优良作风,讲党性、重品行、作表率,牢记党的宗旨,做到为民、务实、清廉。以"三育人"活动为载体,切实加强师德师风和学术道德建设,把廉洁教育和诚信教育贯穿师德建设的各个环节,大力开展表彰优秀教师和树立先进典型等宣传教育活动,弘扬淡泊名利、廉洁从教、学为人师、行为世范的优良学风教风,不断提高教师的职业道德修养和廉洁自律的自觉性。认真落实教育部《关于在大中小学全面开展廉洁教育的意见》,积极推进廉洁文化进校园活动,努力探索新形势下廉政文化建设的新途径新方法,不断丰富廉政文化建设的内容和形式,增强廉政文化在校风、学风和师德师风建设中的渗透力、感染力和影响力。

(二)认真落实各项监督制度和措施,进一步规范领导干部廉洁从政行为

要加强对领导干部遵守党的政治纪律、贯彻落实科学发展观、执行民主集中制和遵守廉洁从政各项规定的监督检查。坚持和完善重大决策、重要干部任免、重要项目安排、大额资金使用等重要问题应经党委(常委)会集体决定的制度。进一步建立和完善符合科学发展观要求的干部考核评价体系,把作风建设贯穿于领导干部的培养、选拔、管理、使用等各个环节,建立和完善党委(常委)会讨论任用干部书面征求纪委意见制度,加强对推荐提名、考察考核、讨论决定等重要环节的监督。进一步加强对财经纪律执行情况的监督检查,严格执行"收支两条线",坚决禁止"小金库",建立和完善科研经费使用和管理的监督约束机制。继续加强处级干部经济责任审计工作,推行基建项目跟踪审计办法,建立审计结果通报和公告制度,重视审计结果的运用。进一步建立健全民主监督机制,完善教职工代表大会制度,重视发挥工会、教代会、各级人大代表、政协委员、民主党派和党风党纪监督员的参与民主管理和民主监督的作用。积极推进党务、校务公开,不断扩大公开内容和范围,努力创新公开形式和方法,认真落实广大师生员工在学校党务和校务管理中的知情权、参与权、表达权和监督权。

(三)全面加强组织领导,进一步完善党风廉政建设责任体系

要按照"一岗双责"和"谁主管,谁负责"的要求,认真执行党风廉政建设责任制,就必须全面加强组织领导,形成各负其责、齐抓共管、权责明晰、层层落实的党风廉政建设责任体系。校纪委要积极协助校党委按照党风廉政建设责任制的要求,进一步抓好学校党风廉政建设的任务分解和责任落实。各单位主要领导要进一步增强党风廉政建设第一责任人的意识,认真履行第一责任人的职责,要建立和完善党风廉政建设责任考核和责任追究的实施办法,把党风廉政建设责任制落实情况纳入领导班子和领导干部考核评价范围,作为考察干部工作实绩和进行奖惩的重要依据,同时要积极推行党政领导干部问责制,对责任不落实、措施不得力,造成不良后果的,严肃追究其责任。

(四)严格依纪依法办案,进一步加大违纪违法案件的查处力度

要继续重视群众信访,严格依纪依法办案。对有线索的举报要一查到底,对违纪违法的人和事要依纪依法严肃处理。严肃查处严重违反政治纪律、组织人事纪律、财经纪律等案件,要严格执行《党政领导干部选拔任用工作条

例》,坚决反对干部选拔任用中拉票贿选等行为;严肃查办在教育收费、基建工程和教材、图书、医药等大宗物资采购招标中的违纪违法案件,以及在招生、考试和评优评先、职称评聘、毕业生选留、人才招聘等工作中的违纪违规行为。建立健全案件查办联席会议和工作协调机制,形成纪检监察、财务、审计、组织、人事、保卫等部门协同办案的合力。加强对典型案例的剖析,深入查找根源,研究对策措施,抓住典型案例,在广大党员干部中开展警示教育,立足于事前防范,发挥查办案件在预防腐败中的建设性作用。

(五)努力适应纪检工作的新要求,进一步加强干部队伍自身建设

纪检部门担负着维护党纪、实行党内监督、确保政令畅通的重要职责,建设高素质的纪检干部队伍,是全面履行党章赋予的神圣职责,提高党的执政能力、保持发展党的先进性的重要保证。新一届纪委班子要按照"政治坚强、公正廉洁、纪律严明、业务精通、作风优良"的要求,进一步加强政策理论和业务知识学习,切实加强思想政治建设,更好地贯彻民主集中制,严格执行议事规则和工作制度,大力弘扬理论联系实际的优良作风,求真务实,锐意进取,以与时俱进的思想观念、奋发有为的精神状态和改革创新的精神,深入推进学校党风廉政建设,促进学校科学发展、和谐发展和创新发展。

会议决议

关于中国共产党安徽师范大学第九次代表大会党委工作报告的决议

(2009年6月19日通过)

中国共产党安徽师范大学第九次代表大会经过认真审议,批准吴良仁同志代表中共安徽师范大学第八届委员会所作的工作报告。

大会认为,报告高举中国特色社会主义伟大旗帜,以邓小平理论和"三个代表"重要思想为指导,全面贯彻落实科学发展观,实事求是地总结了过去五年的工作和经验,客观地分析了存在的困难和问题,明确提出了创建特色鲜明

的综合性高水平教学研究型大学的战略目标。报告主题鲜明，定位准确，目标鼓舞人心，措施切实可行，符合科学发展观要求和学校实际，集中了全校师生的智慧，体现了广大党员和师生员工的共同愿望，是指导学校工作的纲领性文件，为继续推进学校事业发展指明了方向。

大会充分肯定了学校第八届党委的工作。大会认为，第八次党代会以来的五年，是学校党委领导核心作用充分发挥、凝聚力显著增强的五年，是学校建设力度大、发展速度快、办学水平和综合实力明显提升的五年。五年来，在省委、省委教育工委的正确领导下，学校党委认真贯彻落实党的教育方针，牢牢把握办学方向，坚持以科学发展观统领学校工作全局，团结带领广大党员和师生员工，解放思想，抢抓机遇，锐意进取，开拓创新，不断推动学校各项事业迈上新台阶，在人才培养、科学研究、社会服务和党的建设等方面取得了令人鼓舞的成绩，实现了学校跨越式发展，为建设高水平教学研究型大学奠定了良好的基础。

大会指出，创建高水平教学研究型大学是一个长期的过程，在今后的办学中，必须长期坚持这一目标不动摇。要实现这一目标，必须正视面临的困难和问题，坚持科学发展，深化内涵建设，加快转型升级。要坚持质量立校，进一步提高人才培养质量；坚持特色兴校，进一步提升学校竞争力；坚持人才强校，进一步加强师资队伍建设；坚持学科领校，进一步增强科技创新能力；坚持开放活校，进一步增强学校发展活力；坚持依法治校，进一步提高管理水平；坚持文化荣校，进一步提升学校“软实力”。

大会强调，实现学校新的发展目标，关键在于加强和改善党的领导。必须以改革创新精神全面加强党的建设，为学校改革发展稳定提供坚强有力的保证。要加强思想建设，坚持不懈地用中国特色社会主义理论体系武装头脑；加强干部队伍建设，着力提高领导班子的治校理教能力；加强基层党组织建设，充分发挥广大党员的先锋模范作用；加强和改进思想政治工作，全面提高师生员工的思想政治素质；加强党风廉政建设，努力营造清正廉洁的良好氛围；加强统战群团离退休工作，积极推进和谐校园建设。

大会号召，全校各级党组织、全体共产党员和广大师生员工，认真贯彻落实第九次党代会的精神，在校党委的领导下，紧紧围绕大会确定的奋斗目标和工作任务,以更加昂扬的斗志,更加振奋的精神,更加扎实的作风,同心同德,务实创新,攻坚克难,乘势而上,为建设特色鲜明的综合性高水平教学研究型大学而努力奋斗。

关于中国共产党安徽师范大学第九次代表大会纪委工作报告的决议

(2009年6月19日通过)

中国共产党安徽师范大学第九次代表大会经过认真审议,批准程度同志代表中共安徽师范大学纪律检查委员会向本次大会所作的工作报告。

大会充分肯定了校纪委五年来的工作。大会认为,校纪委在校党委和上级纪委的领导下,充分依靠各基层党组织和广大师生员工,深入贯彻落实科学发展观,认真履行党章赋予的各项职责,紧紧围绕学校中心工作,坚持标本兼治、综合治理、惩防并举、注重预防的方针,加强教育、完善制度、强化监督,积极协助党委开展党风廉政建设和反腐败工作,为学校改革发展稳定提供了有力政治保障。

大会认为,纪委工作报告对五年来的工作总结客观全面,对我校当前党风廉政建设存在问题的分析符合学校实际,提出的任务明确,思路清晰,措施有力。认真落实纪委工作报告提出的各项任务,对保证和推进学校建设发展具有重要意义。大会同意纪委报告对今后工作的建议。

大会要求,新产生的纪律检查委员会要在校党委和上级纪委的领导下,坚持以邓小平理论和"三个代表"重要思想为指导,以科学发展观为统领,以完善惩治和预防腐败体系为目标,认真贯彻落实中共中央纪委、教育部、监察部《关于加强高等学校反腐倡廉建设的意见》,努力把学校党风廉政建设提高到一个新水平。

大会号召,全校各级党组织和全体共产党员,要自觉遵守党纪党规,廉洁自律,弘扬正气,以高度的政治责任感和饱满的工作热情,凝心聚力,扎实工作,求真务实,锐意进取,不断推进我校党风廉政建设深入开展,为维护学校改革发展稳定大局,为顺利实现我校第九次党代会确定的发展目标而努力奋斗!

中共安徽师范大学第十次代表大会

会议概况

中国共产党安徽师范大学第十次代表大会于2014年9月27日至28日召开。大会听取了顾家山同志代表校党委所作的工作报告，程度同志代表上一届校纪委所作的工作报告，选举产生了中共安徽师范大学第十届委员会和新一届纪律检查委员会。

会议议程

一、听取和审议中共安徽师范大学第九届委员会工作报告；

二、听取和审议中共安徽师范大学纪律检查委员会工作报告；

三、选举中共安徽师范大学第十届委员会；

四、选举中共安徽师范大学纪律检查委员会。

会议日程

时　间	会议名称	主要议程	出席人员	会议地点
9月26日 （周五） 下午2:30	召集人会议	1.介绍大会筹备工作情况 2.介绍大会相关工作安排	校党委常委各代表团召集人	赭山校区综合楼五楼第二会议室

续　表

时　间	会议名称	主要议程	出席人员	会议地点
9月26日（周五）下午3:30	代表团会议	1.通过代表团团长、副团长名单，确定代表团秘书 2.传达召集人会议精神 3.讨论大会议程，熟悉大会日程安排 4.审议大会主席团、秘书长名单	全体代表	地点由秘书处统一安排
9月26日（周五）下午4:30	预备会议	1.听取大会筹备工作报告 2.通过代表资格审查情况报告 3.通过党费收缴、使用和管理情况报告 4.通过大会主席团成员和大会秘书长名单 5.通过大会议程	全体代表	田楼报告厅
9月26日（周五）下午5:30	主席团第一次全体会议	1.通过大会主席团常务委员会委员名单 2.通过大会执行主席分组名单 3.通过大会秘书处组织机构及副秘书长名单 4.通过大会日程 5.通过大会列席人员、特邀人员名单	主席团成员	赭山校区综合楼五楼第二会议室
9月27日（周六）上午8:30	第一次全体会议（开幕式）	1.宣布大会开幕（奏唱国歌） 2.上级领导、来宾讲话 3.宣读贺电、贺信 4.合影留念 5.听取党委工作报告 6.听取纪委工作报告	全体代表列席、特邀人员、上级领导和来宾	田楼报告厅

续 表

时 间	会议名称	主要议程	出席人员	会议地点
9月27日（周六）下午2:30	代表团会议	审议“两委”工作报告	全体代表	地点由秘书处统一安排
9月27日（周六）晚上7:30	主席团第二次全体会议	1.讨论通过《大会选举办法》(草案) 2.作“两委”委员候选人预备人选产生经过及有关情况说明 3.讨论通过“两委”委员候选人预备人选名单 4.酝酿提出总监票人、总计票人、监票人建议名单 5.听取各代表团审议“两委”工作报告情况汇报 6.讨论通过关于“两委”工作报告的决议(草案)	主席团成员	赭山校区综合楼五楼第二会议室
9月28日（周日）上午8:30	代表团会议	1.讨论《大会选举办法》(草案) 2.酝酿新一届“两委”委员候选人预备人选名单 3.酝酿总监票人、总计票人、监票人建议名单 4.讨论关于“两委”工作报告的决议(草案)	全体代表	地点由秘书处统一安排

续　表

时　间	会议名称	主要议程	出席人员	会议地点
9月28日(周日)上午10:00	主席团第三次全体会议	1.听取各代表团讨论《大会选举办法》(草案)情况的汇报,讨论通过《大会选举办法》(草案) 2.听取各代表团讨论关于“两委”工作报告的决议(草案)情况的汇报 3.听取各代表团讨论“两委”委员候选人预备人选名单的情况汇报,通过“两委”委员候选人名单 4.通过总监票人、监票人和总计票人建议名单,确定计票人名单	主席团成员	赭山校区综合楼五楼第二会议室
9月28日(周日)下午2:30	第二次全体会议(第一阶段)	1.通过《大会选举办法》 2.通过总监票人、总计票人、监票人名单 3.宣布计票人名单 4.宣布新一届党委、纪委委员名额和候选人名单 5.选举新一届党委委员和纪委委员 6.统计选票(观看录像片)	全体代表	田楼报告厅
9月28日(周日)下午4:00	主席团第四次全体会议	1.听取总监票人汇报选举情况 2.确定新一届“两委”第一次全体会议召集人	主席团成员	教科院会议室

续　表

时　间	会议名称	主要议程	出席人员	会议地点
9月28日（周日）下午4:30	第二次全体会议（第二阶段）	1.报告“两委”委员选举计票结果 2.宣布“两委”委员当选人名单 3.通过关于党委工作报告的决议（草案） 4.通过关于纪委工作报告的决议（草案） 5.奏《国际歌》，宣布大会闭幕	全体代表	田楼报告厅
9月28日（周日）下午5:00	新一届纪委第一次全体会议	1.讨论通过《选举办法》 2.宣读省委关于纪委领导成员候选人提名的通知 3.酝酿新一届纪委书记、副书记候选人预备人选名单 4.推选监票人、指定计票人 5.选举纪委书记、副书记 6.向会议报告选举结果，宣布当选人名单（休会） 7.新当选的纪委书记讲话（待党委第一次全委会通过后）	新一届纪委委员	赭山校区综合楼五楼第一会议室

续 表

时 间	会议名称	主要议程	出席人员	会议地点
9月28日(周日)下午5:30	新一届党委第一次全体会议	1.讨论通过《选举办法》 2.宣读省委关于党委领导成员候选人提名的通知 3.酝酿新一届党委常委、书记、副书记候选人预备人选名单 4.推选监票人,指定计票人 5.选举党委常委 6.向会议报告选举结果、宣布当选人名单 7.选举党委书记、副书记 8.向会议报告选举结果、宣布当选人名单 9.通过纪委第一次全委会议选出的书记、副书记名单 10.新当选的党委书记讲话	新一届党委委员	赭山校区综合楼五楼第二会议室

工作报告

弘扬师大精神 深化综合改革
奋力开创高水平大学建设的新局面

——在中国共产党安徽师范大学第十次代表大会上的工作报告(节选)

(2014年9月27日)

大会的主题是:高举中国特色社会主义伟大旗帜,以邓小平理论、“三个代表”重要思想、科学发展观为指导,以省部共建为契机,进一步弘扬师大精神,坚持立德树人,推进综合改革,深化内涵发展,解放思想、凝心聚力、勇于担当、积极作为，奋力开创特色鲜明的高水平大学建设的新局面。

一、五年来的主要工作

(一)全面加强党建和思想政治工作，党建科学化水平有了新提升

——主题教育实践活动扎实推进。根据中央和省委的统一部署，认真落实了学习实践科学发展观活动整改任务；扎实开展了以“强基固本创先进、育人成才争优秀”为主题的创先争优活动、以“保持党的纯洁性、迎接党的十八大”为主题的教育实践活动和以“为民务实清廉”为主要内容的党的群众路线教育实践活动。这些主题教育实践活动的深入开展，进一步提升了学校各级领导班子“把方向、谋全局、抓大事”的能力，增强了基层党组织的创造力、凝聚力、战斗力，进一步强化了党员、干部的宗旨意识和群众观念，全校上下形成了争先进位、干事创业的良好氛围。

——思想政治工作不断加强。高度重视理论武装和思想政治教育。不断健全和完善校院两级中心组学习制度，形成了领导干部带头学习的长效机制。认真组织学习贯彻党的十八大、十八届三中全会和习近平总书记系列重要讲话精神，扎实开展了“我的中国梦”、中华优秀传统文化教育等系列主题宣传教育活动；积极培育和践行社会主义核心价值观，扎实推动了社会主义核心价值观进教材、进课堂、进头脑；充分发挥思想政治理论课主渠道作用，成立了政治学院，深化了思政理论课教学改革，有效推进了思想政治教育进公寓、进社团、进网络；扎实开展辅导员队伍职业化、专业化建设，大力实施“青年马克思主义者培养工程”，学生教育、管理和服务水平不断提升。坚持贴近师生、面向基层，加强典型选树和宣传，涌现出全国优秀思政课教师、党的十八大代表房玫，“中国青年五四奖章”获得者吴青山等一批师生典型，入选中国好人6名、安徽好人2名，入选人数居全省高校前列。

——干部队伍建设成效明显。按照学习型领导班子要求，健全完善校院两级领导班子集体学习、组织生活、工作例会等制度，认真贯彻民主集中制，切实提高校院两级领导班子推进科学发展的能力。坚持“德才兼备、以德为先，注重实绩、群众公认”和“民主、公开、竞争、择优”原则，完善干部选拔任用办法，推行干部试用期制度，注重在实践中考察和选用干部，顺利完成处级领导

班子换届调整和科级干部集中调整，选人用人的公信度进一步提高。完善干部任期目标管理和考核方式，开展了处级领导班子任期目标制定及年度考核、届中考核，广大干部干事创业的积极性和主动性进一步增强。加大了干部教育培训的力度，完成了10期近1200人次的校本培训，广大干部的党性观念和综合素质进一步提升。共选派30余名干部到校外挂职锻炼，向外输送厅级干部4名、处级干部5名。学校干部队伍结构不断优化、能力不断提升，为推动事业发展提供了坚强的组织保证。

——基层党组织建设切实加强。按照“推动发展、服务师生、凝聚人心、促进和谐”的要求，认真贯彻落实《中国共产党普通高等学校基层组织工作条例》，制定了学校《院级党组织工作条例》和《基层党支部工作条例》，加强学习型、创新型、服务型党组织建设，推动基层党组织工作的规范化和制度化。扎实开展基层党组织建设年活动，完成了全校院级党组织整体换届，建立并严格执行院级党组织负责人学习例会制度，制定并实施了《学院党政联席会议议事规则》，院级党组织的政治核心作用、党支部的战斗堡垒作用、党员的先锋模范作用不断增强；出台了《党员发展工作实施细则》，严格党员发展工作程序，启动了党员发展答辩试点，开展了全校学生党员集中教育培训，党员发展质量进一步提高。五年来，学校基层党组织工作基础不断夯实、功能不断强化，共发展教工党员101名、学生党员10313名，获评省级优秀共产党员2人，获省委教育工委表彰先进基层党组织8个、优秀共产党员10人和优秀党务工作者4人。

——党风廉政建设常抓不懈。高度重视党风廉政建设，始终坚持“一手抓事业发展不动摇、一手抓党风廉政建设不动摇”，坚持党委统一领导、党政齐抓共管、部门各负其责、纪委组织协调、依靠师生员工支持参与的领导体制和工作机制，认真落实党风廉政建设责任制。以贯彻执行《关于加强高等学校反腐倡廉建设的意见》《廉政准则》和“中央八项规定”为契机，以党风廉政宣传教育为依托，以制度建设为支撑，扎实开展了“党风、作风、教风、学风”建设年活动和廉政风险防控工作，认真做好省委第五巡视组巡视意见的整改落实，不断推进教育、制度、监督并重的惩治和预防腐败体系建设；加强了对重点领域和关键环节的监督检查，着力规范权力运行机制，严肃查处了新校区工程建设等领域发生的违纪违法案件。党风廉政建设和反腐倡廉工作扎实推进，广大党员五年来，共获纵向项目1300余项，经费总额达1.51亿元，同比增长4.4倍，其中，国家级项目283项，同比翻了一番。承担、参与国家哲学社会科学基金重大招标项目、自然科学基金重点项目、星火计划、973计划、863计划重大（重点）项目共计11项，实现了高级别科研项目的新突破。发表CSSCI、SCI(E)、EI收录论文2600余篇，出版著作259部，3篇论文入选“中国百篇最具影响国内学术论文”、2部著作入选《国家哲学社会科学成果文库》，获省部级以上科研成果奖78项。文科学报入选2010年全国高校百强社科期刊，理科学报获2013年中国高校科技期刊研究会“高校学科建设贡献奖”。

——实施“人才强校”战略，师资队伍建设取得成效。坚持党管人才的原则，着力深化人事制度改革，坚持引进与培育并举，切实加强师资队伍建设。制定并实施了《引进高层次人才暂行办法》，聘任了特聘教授、兼职教授82名，引进博士105人；加大教职工培养培训工作力度，初步建立了新进教职工培训模式，选派了教师1079人参加各类进修培训，其中62人赴海外学习培训；支持青年教师成长，实施了青年教师培养计划，恢复了青年教师助教制度，青年教师教学科研能力不断提升。加强师德师风建设，加大了教师考核奖励力度，开展了教师表彰活动，积极营造教书育人、尊师重教的价值导向和舆论氛围。修订了教师系列专业技术职务聘任条件，强化了教学业绩和人才培养效果在职称评聘中的作用，新聘教授120人、副教授129人，获批专业技术二级岗位人员37人。

五年来，新增国家级教学团队2个，“百千万人才工程”国家级人选1人，教育部“新世纪优秀人才”支持计划4人，省级教学名师9人，省级教学团队5个，省“百人计划”2人，“皖江学者”特聘教授1人，省高校领军人才2人、领军人才团队2个，省学术与技术带头人及后备人选78人。目前，学校有专任教师1402人，其中具有博士学位者比例为33.6%、高级职称者比例为52%，师资队伍结构不断优化，整体素质稳步提升。学校荣获“全省人才工作先进单位”称号和“合芜蚌自主创新综合试验区创新人才（工作）奖”。

——实施“开放活校”战略，对外交流合作不断加强。主动对接国家和地方重大发展需求，积极融入合芜蚌自主创新综合配套改革试验区、皖江城市带承接产业转移示范区、皖北地区三市六县建设，深入开展产学研合作。先后与

5市7县(区)建立了战略合作关系,共建研究中心或产学研基地51个;获批国家级社会工作专业人才培训基地,旅游规划资质升格为国家甲级资质,新增3个省部级服务资质;积极为政府、企业提供科技支持、决策咨询,承担各类横向课题近2000项,累计到账经费6500余万元,同比增长4倍;申报发明专利224件,授权发明专利73件,位居全省高校前列。

积极开展国际交流与合作。新增国(境)外合作院校40多所,获批国家级中外合作联合培养硕士项目1个;接待国(境)外来访近500人次,选派教师、干部赴国(境)外访学、进修、交流近150人次,学生出国(境)参与交换就读、交流培养、实习就业、学历提升等项目近300人;与澳大利亚查尔斯·达尔文大学共建了孔子学院。

为加强与校友以及社会各界的沟通和联系,学校成立了校友工作办公室,设立"梦想与传承"优秀校友论坛,定期邀请知名校友来校为学生做成长报告,编印了《校友风采》和《校友通讯》。成立了教育基金会,获得社会协议捐赠3410万元,有力地支持了学校的建设发展。

——实施"特色兴校"战略,办学特色和优势不断强化。学校不断强化特色发展的意识,立足长期办学过程中形成的学科专业特点和传统优势,不断彰显办学特色、提升办学水平。

依托学校教师教育的办学优势,着力推动教师教育内涵式发展,实施卓越教师培养计划,学生在全国、全省师范生技能大赛中屡创佳绩。积极引领、服务全省基础教育和教师教育发展,牵头成立了"安徽省高等院校教师教育合作委员会",参加了"长三角教师教育联盟",着力推动教师教育区域合作和联盟化发展。成立了教育集团及幼教集团,"三附"优质教育品牌进一步彰显。

切实加强特色优势研究领域建设,遴选了"中国语言文学传承与创新、徽学研究、马克思主义中国化理论与实践、教师教育研究、稀土金属有机化学与材料、皖南国际文化旅游示范区协同创新研究、长江中下游濒危物种致濒机制及保护生物学研究、体育社会资源综合研究、媒介文化与传媒产业发展研究、安徽地方音乐文化研究、安徽产业升级与小微企业发展、随机分析与数理金融、原子分子光谱及动力学"等13个特色优势研究领域,进行重点支持和建设。

发挥教育资源优势。加强教育部高校辅导员培训和研修基地、安徽省高校师资培训中心、安徽省高校思政理论课教师培训基地以及各类招生考试阅卷基地建设，成功申报“国培计划”示范性培训机构和应用型高校“双师型”教师队伍建设国家级试点项目，完成了各级各类培训和考试阅卷工作，社会效益和经济效益不断提高。

——实施“文化荣校”战略，校园文化建设成果丰硕。坚持以社会主义核心价值观为引领，以追求真善美为目标，以弘扬师大精神为核心，围绕建设兼容并蓄、文明健康、安定有序的人文师大，进一步加强了对校园文化的研究和利用，成立了校史研究中心，加强对校史、校情和师大精神方面的专题研究，并在师生中全面开展校史校情教育活动，实现校史教育的全覆盖，增强了师生对学校的认同感和自豪感；规范学校形象标识体系，建设了花津校区校园导视系统；组建了青年交响乐团等文化团体，积极开展高雅艺术进校园等高品位校园文化活动，不断满足师生精神文化需求；深入开展精神文明创建活动，推进“学雷锋”活动常态化；大力推进社会实践和志愿服务活动，积极探索社会实践课程项目体系与工作运行机制。学校连续二十年荣获全国暑期“三下乡”社会实践活动先进单位，涌现出一大批校园文化活动品牌，其中，“平民电脑学校”荣获教育部优秀高校校园文化建设成果二等奖和“中国青年志愿服务优秀项目奖”。

——实施“依法治校”战略，内部管理水平不断提升。以建立健全现代大学制度为目标，积极探索“党委领导、校长负责、教授治学、民主管理”的有效实现形式。健全并认真执行党委常委会工作规则、校长工作规则、“三重一大”制度等议事规则和决策程序，建立审计公示等一系列制度，认真做好制度“废、改、立”工作，用制度管权、管事、管人的工作机制逐步形成。以转变机关职能和管理重心下移为重点，稳步推进校院两级管理体制改革，进一步明确校院两级管理权限和职责，健全学院党政联席会议制度，成立了学院教授委员会和二级教代会，增强了学校办学活力。完善年度和聘期考核办法，对学院、非教学单位、附属单位开展了分类考核。注重学校发展的科学规划和统筹谋划，成立了发展规划处。加强财务预算管理，强化审计监督。推进大资产管理，实施后勤管理“一体化”改革，组建了新的后勤管理处。根据校园基本建设的需要，成立了基建处。

五年来,学校还积极加强基础能力建设,努力改善办学条件。积极开展了美丽校园、节约型校园、绿色校园建设,着力推动校园信息化建设,推进了文献信息资源共建共享,加快了档案资源全文信息化、数字化建设,完成了文津花园和10栋学生宿舍楼建设工作。学校债务问题得到根本缓解,财务状况明显改善。

尤其值得一提的是,五年来,学校抢抓发展机遇,成功跨入安徽省人民政府与教育部共建高校行列,成功入选国家"中西部高校基础能力建设工程"项目,成为全国首批十所"部校共建新闻学院"试点单位之一,成为安徽省首批"地方高水平大学"建设高校,并获批皖南地区首家出版社,实现了发展平台的大提升,发展空间的大拓展和发展资源的大汇聚。五年来,《人民日报》、新华社、中央电视台等主流媒体对我校的宣传报道达2000多篇次,学校的办学美誉度不断提升,社会满意度不断提高,对经济社会发展贡献度不断增强,建设一个更加具有实力、充满活力的安徽师大已经成为全体师大人的自觉行动和共同梦想!

(三)经验与不足

回顾学校的发展历程,我们的经验和体会是:

——必须始终坚持高举旗帜、把握方向。

——必须始终坚持科学发展、内涵建设。

——必须始终坚持以生为本、立德树人。

——必须始终坚持改革创新、增强动力。

——必须始终坚持开放办学、抢抓机遇。

——必须始终坚持追求卓越、自强不息。

在看到成绩的同时,我们也清醒地认识到,学校的发展与省委省政府的要求、社会各界的希望、师生员工的期待还有较大差距。对照"三严三实"的标准,我们工作中还存在许多亟待解决的问题,比如,人才培养的中心地位和本科教学的基础地位有待进一步落实;科研成果的显示度和社会服务的贡献度有待进一步提升;高层次人才队伍和教学科研团队建设有待进一步加强;鲜明的办学特色和优秀的校园文化有待进一步培育;科学决策和民主决策的机制有待进一步健全;内部考核评价体系和管理体制机制有待进一步完善;教育信息化和"美丽校园"建设的力度有待进一步加大;党建和思想政治工作的针对性、实效性有待进一步提高;等等,这些都需要我们在今后的工作中下大气力认真加以解决。

二、今后五年的主要任务

我们一定要认清形势、明确方位、抢抓机遇、改革创新、乘势而上，力争到建校100周年时，把学校建设成为全国同类院校一流、特色鲜明的高水平大学。

今后五年，学校工作的指导思想和工作思路是：高举中国特色社会主义伟大旗帜，以邓小平理论、“三个代表”重要思想、科学发展观为指导，认真学习贯彻党的十八大、十八届三中全会和习近平总书记系列重要讲话精神，始终坚持立德树人这个根本任务，紧紧围绕内涵发展这条主线，牢牢抓住综合改革这个突破口，有效依托省部共建高校和安徽省地方高水平大学建设高校等发展平台，大力弘扬“师大精神”，认真贯彻从严治校、从严治教、从严治学，在更高起点上推进“七大发展战略”和“八个高水平”建设，团结带领全校师生员工，进一步解放思想、凝心聚力、积极作为，着力建设实力师大、特色师大、活力师大、开放师大、幸福师大，奋力开创特色鲜明的高水平大学建设的新局面。

今后五年，学校工作的主要任务和举措是：

（一）以深化内涵建设为主线，着力建设“实力师大”

立德树人、提高质量是高等教育综合改革的根本任务。建设“实力师大”，必须全面深化人才培养机制改革，深入推进人事制度改革，不断提升学科建设水平，始终把人才培养工作、师资队伍建设和学科建设放在学校最重要的位置高度重视、常抓不懈。

——全面深化人才培养机制改革。人才培养是大学的第一职能，不断提高人才培养质量是建设高水平大学的第一要务。要紧紧围绕立德树人这一根本任务，进一步更新人才培养理念，创新人才培养机制，建立以学生学习与发展成效为核心的教育质量观。始终把本科生作为人才培养的重点，着力培养国内优秀本科人才。根据经济社会发展需求，适度调整优化专业结构，加强教师教育类、艺体类特色专业建设，培育打造新的特色专业；深化教育教学改革，创新人才培养模式，深入实施“卓越人才培养计划”，强化实践育人；大力加强艺术教育和体育教育，提高学生实践能力和综合素质；完善专业负责人制度，加强协同联动，建立以专业负责人为主导的“教、学、管”一体化、“三个课堂”联动的工作机制；主动适应教育信息化的要求，以信息化推动教育教学现代化，加强教学资源建设，不断探索人才培养模式和教学组织、管理、评价方式的改革。

以提高学术型研究生创新能力和专业学位研究生应用能力为核心，全面深化研究生教育改革，着力打造同类院校领先水平的学位与研究生教育。进一步加强学位点建设，优化学位点布局结构，开展学位点动态调整和合格评估，积极申报新的学位授权点。加强学位点负责人制度建设，改革研究生培养模式，健全师生双向互选、专业学位双导师制，不断强化导师在研究生培养中的主体责任，推进分类培养和联合培养，积极构建协同育人机制。

主动适应和积极探索考试招生制度改革，完善招生、培养、就业互动的工作机制。加强生源基地建设，不断提高生源质量。探索建立部门指导、学院负责、学生自主的学生日常教育与管理工作体制机制。强化就业创业指导服务，促进毕业生高质量就业。

支持继续教育健康发展，努力提升继续教育办学质量和水平。进一步扩大留学生规模，加大留学生学历教育比重。继续加强对皖江学院的支持和指导，积极探索合作共建的途径和机制。支持附属学校加强自身建设，巩固和扩大优质教育资源的品牌优势。

——继续推进人事制度改革。人才是大学的第一资源，高素质的教师队伍是高水平大学建设最关键、最核心的要素。要坚持党管人才，把师资队伍建设作为学校最重要的基础性工作来抓。紧紧围绕人才培养、特色学科、特色专业、优势领域和高端科研平台建设需要，科学编制人才队伍建设规划，不断推进人事制度改革，完善人才工作机制，按照“有理想信念、有道德情操、有扎实学识、有仁爱之心”的好老师标准，精心打造一支“师德高尚、业务精湛、结构合理、充满活力”的高素质教师队伍。构建符合学校事业发展需要、在编人员占较大比例、人事代理逐步扩大、外聘人员为有力补充的师资结构体系。加强师德师风建设，切实增强广大教师教书育人的使命感和责任感。加强引进培育工作力度，积极实施“领军人才引进计划”，着力汇聚教学领军人物和学科领军人物；积极实施“海外培训百人计划”，着力拓展广大教师的国际视野；积极实施“青年教师提升计划”，着力提升青年教师的业务能力和水平。完善岗位聘任和考核，推进目标管理，进一步建立能上能下、能进能出的聘用机制。积极推进师资队伍、管理队伍和后勤保障队伍协调发展，着力打造一支适应高水平大学建设需要的办学骨干队伍。

——不断提升学科建设水平。学科建设水平是高校四大职能的根本支撑和办学综合实力的重要体现。要围绕知识创新和国家、区域经济社会发展需求,科学制订学科建设发展规划,改革并不断完善学科建设运行机制,建立健全学科投入保障机制和激励机制。在现有基础上进一步凝练学科方向,加大整合力度,优化结构布局,坚持择优扶重、重点突破的原则,重视基础学科,加强应用学科,发展新兴学科,重点建设一批对学校长远发展有重要影响的优势学科和交叉学科,积极开展学科评估,着力强化各类学科平台和创新团队建设,全面提升我校学科水平和原始创新能力。

紧紧抓住国家进一步繁荣发展哲学社会科学的战略机遇,遵循哲学社会科学发展规律,推进学校哲学社会科学学科体系建设。大力实施学校《哲学社会科学繁荣发展计划》,立足科学前沿,注重现实需求,突出特色发展,更加注重马克思主义中国化、社会主义核心价值观、中华优秀传统文化、"中国梦"等重大理论问题的基础研究,更加注重区域社会发展现实问题的对策研究,更加注重彰显办学实力和学科优势的特色研究,更加注重优秀成果的转化普及和国际传播,更加注重发挥哲学社会科学的育人功能。努力打造一支高素质人才队伍,推出一批重大成果,建立一批高水平智库,确保我校哲学社会科学的学科建设和研究水平在国内同类高校中保持一流水平。

(二)以教师教育改革为重点,着力建设"特色师大"

——全面推进教师教育改革。突出师范院校的本质属性,进一步彰显教师教育特色,充分发挥对我省基础教育和高等师范教育的引领示范作用,是今后一段时期"特色师大"建设的首要任务。要主动应对教育改革发展对教师队伍建设的新要求,科学制订教师教育改革发展总体规划。以培养卓越教师为导向,全面推进招生、培养、课程、教学、师资、评价、资源为重点的教师教育领域综合改革。建立高校与地方政府、中小学"三位一体"协同培养新机制;加大投入,有效整合办学资源,建设好教师教育协同创新中心和教师能力发展平台;积极构建学校与中小学、教研机构、企事业单位和教育行政部门"协同教研""双向互聘""岗位互换"的师资队伍建设新机制;完善专业结构和素质结构精品化、职前与职后一体化、本科与研究生培养系列化的教师教育体系,着力培养师德高尚、专业基础扎实、教育教学能力和自我发展能力突出的高素质专业化教师教育人才。努力把我校建设成为全国有较大影响力的教师教育人才培养、培训基地,基础教育、职业教育、高等教育理论研究基地,教育事业改革与发展的智囊团和思想库。

——不断强化科学研究特色。科研创新能力是高水平大学的重要标志。要瞄准科学前沿,强化问题导向,不断完善科研创新体系建设,全面提升学校科研创新能力,力争引育一批领军人物、打造一批优秀创新团队、产出一批有影响的研究成果,为学校高质量人才培养提供有力支撑。按照"省内领先、国内一流"的要求,着力加强徽学、唐宋文学、金属有机化学等具有良好基础的特色优势研究领域的建设,遵循学术研究规律,鼓励学科交叉融合,整合校内外资源,积极培育和扶持一批新的特色优势研究领域。深入实施"创新能力提升计划",切实加强现有"高端科研平台"和"协同创新中心"建设,积极培育若干新的"高端科研平台"和"协同创新中心",建立健全与政府、高等院校、科研院所、企事业单位的协同创新体制机制,鼓励、促进并带动校内相关学科的协同创新。进一步加强学术规范和学术道德建设,强化学术自律,规范科研行为和经费使用,努力营造良好的学术氛围。创造宽松的科研环境,支持和鼓励教师开展具有个人研究特色的系统性研究。

——精心打造师大文化特色。大学文化凝聚着学校的办学理念、优良传统和大学精神,是学校办学中师生员工共同培育形成并遵循的价值取向和行为规范。要增加投入,加强校史研究和校园文化研究,全面总结挖掘师大精神的丰富内涵。以社会主义核心价值观为引领,着力写好学校历史,弘扬办学传统,讲好师大故事,凝练师大文化,切实将以校训、师大精神、优良的教风学风为主要内容的师大文化融入各项工作之中,让这些具有鲜明特色的师大文化浸润师生的心田,真正成为全体师生员工的行为准则、精神动力和价值追求。积极推进图书馆、档案馆、博物馆、体育馆、生物标本馆等文化阵地建设,深入开展校史校情教育,不断增强师生对学校的认同感、自豪感、责任感和爱校、荣校意识。支持开展高品位的文化活动,举办具有师大特色的名家讲座,搭建专家与学生交流的平台,加强校园网络文化建设,传播中华优秀传统文化,提升师生审美能力和人文素养。

（三）以校内管理体制改革为突破口，着力建设“活力师大”

——努力推进治理体系和治理能力现代化。大学章程是高校依法自主办学的基本准则。认真制定并组织实施大学章程，逐步构建现代大学制度体系，坚持党委领导下的校长负责制，进一步完善党政议事规则和决策程序。成立学校教授委员会，充分发挥以教授为代表的教师队伍在学校管理特别是学术事务管理中的作用。深化校院两级管理体制改革，进一步转变机关职能和工作方式，稳步推进管理重心下移，不断扩大学院办学自主权。进一步完善学院管理架构，切实强化学院职责和权限，增强学院自我管理、自我发展的能力。以人才培养为导向，创新资源配置机制，充分发挥资源配置对提升人才培养质量的基础保障作用。

——不断健全科学评价体系。评价体系是学校政策导向和价值导向的根本体现，是激发办学活力的重要途径。要遵循高校办学规律，推进各类评价改革，积极构建以育人为中心、质量为导向的综合考核评价体系，逐步建立和完善人才培养、专业建设等各类质量标准。以开展本科教学审核评估、学位点评估为契机，建立健全科学合理的分类评价、公开公正的开放评价和以育人为导向、教学与科研、社会服务业绩并重的教师考核评价体系。根据人才培养目标和标准，对学生知识、能力和素质进行全面科学评价，建立健全学生评价体系，完善学生评价机制，鼓励学生多样化发展。逐步建立以教学效果和育人成效为导向的教学业绩评价体系、以创新水平和成果质量以及科研成果转化效益为导向的科研业绩评价体系、以目标责任和效能绩效为导向的管理工作评价体系，探索建立不同学院、不同学科专业、不同教师的分类评价体系。在健全评价机制的基础上，严格工作考评，构建奖惩机制，规范表彰奖励，进一步引导师生员工树立正确的价值取向。

——切实加强教育信息化建设。信息技术的全面渗透深刻影响着教育理念、模式和走向，教育信息化是现代大学增强创新能力、焕发生机活力的重要支撑。要建立健全有利于推进教育信息化的体制机制，有效统筹整合校内外各种资源，加强校园网络基础设施升级改造，加快大数据平台和优质网络资源建设，着力推进信息技术与学校建设发展深度融合，促进教育教学、科技创新、管理服务手段和方法现代化。加快建成技术先进、资源丰富、应用广泛、安全高效的校园信息化体系,积极推进课程资源、实验平台、图书资料、文献档案等资源共享,探索建立资源共建共享机制。加强学校师生综合服务信息系统和管理信息系统建设,逐步形成涵盖学校管理服务各项功能的信息化平台。不断推动决策科学化、服务便捷化、效能最大化。

(四)以提升办学影响力和贡献度为目标,着力建设“开放师大”

——全面加强对外合作交流。主动寻求教育部、省政府对学校的指导和支持,把省部共建高校相关政策用好、用活、用足。积极探索建立校际、校地、校企协同合作机制,在人才培养、科技创新、资源共享等方面广泛开展合作。面向国内重点大学和科研院所,共建学科专业、开展师生互派、设立平台联盟,共享优质教学科研资源。面向地方政府部门和企事业单位,通过共商人才培养标准,强化学生实习实训,加强人员互派挂职,共建研发基地,推进人才联合培养和科研协同创新。注重发挥校友会在联系、服务校友方面的独特优势,积极支持教育基金会发展,进一步为学校建设发展广泛汇聚资源。

——主动服务经济社会发展。服务经济社会发展是现代大学的重要职能。要充分发挥人才优势、科技优势、资源优势,结合学科专业特点,构建新型社会服务体系,拓宽社会服务领域和渠道,积极融入国家和地方经济社会建设。深化产学研合作,建立各类战略合作联盟和科研成果转化平台。进一步整合资源,发挥学校办学特色优势,认真开展“国培计划”和高校辅导员、思政课教师、高校师资等各级各类培训,加强考试阅卷基地建设。继续引领服务全省基础教育,打造具有较大社会影响力的服务品牌,办好教育集团及幼教集团,为社会提供更多优质教育资源。办好出版社、学报和学刊,发挥窗口作用,扩大办学影响力。切实做好有关对口帮扶工作。

——不断提升办学国际化水平。加强国际交流与合作是现代大学建设的必然要求,是高水平大学的重要特征。要主动适应高等教育国际化的时代潮流,强化国际化办学理念,坚持走出去,请进来,推动教学、科研和管理工作与国(境)外大学之间的交流合作,拓宽教职工的国际视野,扩大学校的国际影响力。借鉴引进国外先进办学理念、优质办学资源、人才培养模式和评价标准,探索建设一批参与国际交流的学科专业和特色课程,推进联合培养,开展学生互换、学分互认和学位互授,进一步完善学生的知识结构和能力结构,提升人才培养的国际视野。注重引进具有海外学习或工作经历的高层次人才，聘请高水平海外专家来校讲学、任教，支持教师赴国(境)外攻读学位、访学研修，鼓励支持教师参与国际合作研究和学术交流。推进与世界高水平大学和科研机构的合作交流，联合开展科学研究和技术创新。充分发挥华文教育基地作用，加强汉语国际推广，用好现有孔子学院平台，主动创造条件，建设新的孔子学院，积极支持广大师生参与国际文化交流。

(五)以提升师生幸福指数为目标，着力建设“幸福师大”

——进一步推进“美丽校园”建设。根据学校实际和发展需要，修订完善校园建设规划，进一步论证和明确各校区功能定位，切实做好校区功能配套与环境整治工作，加强在建项目质量监控与过程管理，做好拟建项目的规划论证工作，进一步提高综合服务保障能力。按照“整体设计、合理布局、突出重点、分步实施”的原则，积极开展自然景观改造和文化景观建设，重点建设一批文化广场、主题雕塑、主题文化石、文化长廊等高品位的文化景观。全面开展校园精神文明创建，争创全省教育系统文明单位。努力构建风景优美、功能齐全、文明高雅的绿色校园、生态校园、人文校园，为师生员工提供良好的学习工作条件和环境。

——大力加强“和谐校园”建设。建立完善符合学校实际、体现岗位绩效和分类分级管理的教职工收入分配制度和合理增长机制，持续提高教职工福利待遇。以服务教学科研一线为导向，以提升服务质量为目标，加强校内公共服务保障体系建设，建立师生事务综合服务中心，切实提高学校综合服务效能。健全师生利益诉求和反馈机制，建立完善困难师生帮扶体系，关心学生健康成长，着力解决事关教职工切身利益的实际困难，切实维护师生合法权益。高度重视师生身心健康，提高医疗保障水平，推广全民健身运动。全面营造公平公正的发展环境，激励广大师生员工为学校发展贡献智慧和力量。

——深入开展“平安校园”建设。严格落实安全稳定工作目标责任制、包保责任制和责任追究制，健全安全稳定工作领导体系和责任体系，积极构建人防、物防、技防有机结合、务实管用、与高水平大学建设相适应的校园安全保卫体系，不断增强维护学校安全稳定的综合能力。进一步加强网络信息的有效管理，提升校园网络安全管理水平。进一步加强安全基础设施建设，实施学生宿舍区分区管理,开展校园及周边综合治理,加大安全隐患排查整改力度,加强校园交通安全、消防安全和重点部位的管理。定期开展各类应急演练,提高突发事件应急处置能力和师生的安全防范意识,确保校园安全稳定。

三、全面提高党的建设科学化水平

(一)着力加强思想政治建设,不断夯实事业发展的思想基础

以学习贯彻党的十八大、十八届三中全会和习近平总书记系列重要讲话精神为主线,深入开展党的理论学习教育,弘扬理论联系实际的学风,切实提高领导班子和党员干部的思想理论水平。牢牢把握意识形态工作的领导权、管理权、话语权。推进完善校院两级党委中心组学习和党员、师生学习制度,发挥党校主阵地作用和思想政治理论课主渠道作用,拓宽学习平台,丰富理论学习教育形式,真正做到学以致用、学用相长。积极培育和践行社会主义核心价值观,大力弘扬中华优秀传统文化,不断用中国特色社会主义生动实践感染教育广大师生。加大典型选树、宣传和表彰力度,把"教书育人、管理育人、服务育人"落到实处,形成全员育人、全方位育人、全过程育人的良好氛围。以坚定理想信念为重点,加强和改进青年教师、大学生思想政治教育工作,创新思想政治教育工作方式方法,推进思想政治理论课教师队伍和辅导员队伍建设,促进思想政治教育与专业教育相互融合,适应网络时代的要求,发挥微博、微信等新媒体的育人功能,把思想政治工作与解决师生的实际困难紧密结合,不断提高思想政治教育的针对性、实效性和感染力。

(二)着力加强干部队伍建设,切实提高办学治校的能力水平

认真贯彻落实民主集中制,坚持党管干部的原则,按照社会主义政治家、教育家的要求,切实加强学校领导班子建设,不断提高党委"把方向、谋全局、抓大事"的决策水平和班子成员"观大势、谋大事、促发展"的工作能力。严格按照新时期"好干部"要求,根据新的《党政领导干部选拔任用工作条例》,修订完善学校干部选拔任用相关制度,努力形成有效管用、简便易行、有利于优秀人才脱颖而出的选人用人机制。认真做好处级领导班子换届调整和处科级干部选拔任用工作,加大优秀年轻干部和后备干部培养力度,探索开展干部队伍分类培养与分类管理。根据学校事业发展和干部队伍建设的需要,强化干部

教育培训工作的质量,不断提高广大党员干部推动事业发展、构建和谐校园的能力水平。坚持群众公认、注重实绩的价值导向,建立完善述德、述职、述廉、述学相统一,平时考核、年度考核、任期考核相一致,领导评价、群众评价、个人评价相结合的考核评价体系。努力建设一支信念坚定、为民服务、勤政务实、敢于担当、清正廉洁的干部队伍。

(三)着力加强基层党组织建设,逐步建立创先争优的长效机制

按照《中国共产党普通高等学校基层组织工作条例》和省委《关于〈中国共产党普通高等学校基层组织工作条例〉的实施办法》的要求,坚持重基层、打基础、抓创新、求实效,着力加强学习型、服务型、创新型基层党组织建设,充分发挥院级党组织的政治核心作用和党支部的战斗堡垒作用。进一步完善党代会常任制,充分发扬党内民主。优化基层党组织设置,选优配强基层党组织领导班子,严格党的组织生活,扎实开展基层党组织结对共建,组织开展党建理论研究和党建活动项目创新,认真开展党员民主评议和评先评优活动,逐步建立巩固创先争优长效机制,不断激发党组织的生机活力。认真贯彻落实《中国共产党发展党员工作细则》,按照"控制总量、优化结构、提高质量、发挥作用"的要求,规范发展党员工作,严格发展程序,进一步做好入党积极分子和党员教育培训,健全党员教育、关怀、帮扶、激励、惩戒机制,充分发挥广大党员的先锋模范作用。

(四)着力加强作风建设,积极营造求真务实的工作氛围

深入贯彻"中央八项规定"和习近平总书记"三严三实"要求,进一步巩固党的群众路线教育实践活动成果,深入工作实际和基层一线,密切联系师生,构建作风建设的长效机制。完善校领导接待日制度、联系基层制度,健全领导干部深入教学科研管理一线调研制度和党员联系服务师生制度。加强机关作风建设,转变职能,简政放权,切实提高行政效率和管理效能。改进文风会风,开展公务用车制度改革,严格控制"三公"经费支出。坚持从严治校、从严治教、从严治学,以加强教育、健全制度、严肃纪律为抓手,切实加强执行力建设,继续加强对庸懒散奢等不良风气的整治力度,以优良党风促校风带教风正学风,不断营造求真务实的工作氛围。

（五）着力加强反腐倡廉建设，努力打造风清气正的办学环境

反腐倡廉必须常抓不懈，拒腐防变必须警钟长鸣。要坚持一手抓事业发展、一手抓党风廉政建设，两手抓、两手都要硬。坚持标本兼治、综合治理、惩防并举、注重预防的方针，认真贯彻执行《建立健全惩治和预防腐败体系2013—2017年工作规划》，全面落实党风廉政建设责任制，强化党委的主体责任和纪检监察部门的监督责任，进一步推进惩治与预防腐败体系建设。通过个人有关事项报告、诫勉谈话、经济责任审计等方式，切实加强对党员领导干部的教育、监督和管理，强化经济责任审计问题的整改和审计结果的运用。切实加强廉政风险防控，坚持用制度管权管事管人，完善公务支出、公款消费监督检查机制，加大对重点领域和关键环节的监管力度，探索科学有效的权力制衡机制，促进权力规范透明，努力从源头上防治腐败。坚持抓早抓小抓苗头，强化责任考核与问责追究，健全信访举报查处反馈机制，持之以恒正风肃纪，坚决查办违纪违法案件，以零容忍态度惩治腐败，大力推动学校各项事业持续健康发展。

（六）着力加强统战群团工作，全面凝聚共谋发展的师大力量

积极落实各项统战政策，着力抓好党外后备干部队伍建设，充分发挥党外人士建言献策和参与学校民主管理等方面的作用。认真做好离退休工作，切实关心老同志的生活和健康，充分发挥老同志在学校建设发展中的重要作用。加强教代会、工代会的规范化、制度化建设。坚持党建带团建，充分发挥共青团作为党的助手和后备军的作用，支持学生会、研究生会、学生社团联合会依照章程创造性地开展工作，切实发挥学生“自我教育、自我管理、自我服务”的作用。

会议决议

关于中国共产党安徽师范大学第十次代表大会党委工作报告的决议

（2014年9月28日通过）

中国共产党安徽师范大学第十次代表大会经过认真审议，批准顾家山同

志代表中国共产党安徽师范大学第九届委员会所作的工作报告。

大会认为，报告高举中国特色社会主义伟大旗帜，以邓小平理论、“三个代表”重要思想、科学发展观为指导，实事求是地总结了过去五年的工作和经验，客观地分析了存在的问题和面临的形势，更加坚定了建设特色鲜明的高水平大学的战略目标，明确提出了今后五年的工作任务。报告主题鲜明，定位科学准确，目标鼓舞人心，措施切实可行，符合学校实际，集中了全校师生的智慧，体现了广大党员干部和师生员工的共同愿望，是指导学校工作的纲领性文件，为推进学校事业发展指明了方向。

大会充分肯定了学校第九届党委的工作。大会认为，校第九次党代会以来的五年，是学校党委领导核心作用充分发挥、凝聚力显著增强的五年，是学校办学水平和综合实力明显提升的五年。五年来，在省委、省委教育工委的正确领导下，学校党委认真贯彻落实党的教育方针，牢牢把握办学方向，总揽全局，协调各方，团结带领广大党员干部和师生员工，凝心聚力，抢抓机遇，务实创新，攻坚克难，在人才培养、科学研究、社会服务、文化传承创新和党的建设等方面取得了令人鼓舞的成绩，实现了学校持续快速健康发展，为高水平大学建设奠定了坚实的基础。

大会指出，建设特色鲜明的高水平大学是全体师大人的共同梦想，是内涵丰富的系统工程和不断推进的历史过程，需要一代代师大人长期坚持、不懈奋斗。必须始终围绕立德树人这一根本任务，大力弘扬师大精神，积极推进综合改革，全面深化内涵建设，坚持从严治校、从严治教、从严治学，进一步处理好改革、发展、稳定的关系，更加注重规模、结构、质量、效益的协调统一，在更高起点上推进“七大发展战略”，着力建设“实力师大、特色师大、活力师大、开放师大、幸福师大”，力争到建校100周年，把学校建设成为全国同类院校一流、特色鲜明的高水平大学。

大会强调，推进高水平大学建设，关键在于加强和改善党的领导。必须坚持党要管党、从严治党，着力加强党的思想建设、组织建设、作风建设、反腐倡廉建设、制度建设，不断推进学习型、服务型、创新型党组织建设，全面提高党建科学化水平，为学校事业发展提供坚强有力的保证。

大会号召，全校各级党组织、全体党员干部和师生员工，认真贯彻落实第十次党代会的精神,在校党委的领导下,以更加坚定的信念、更加开阔的视野、更加饱满的精神、更加务实的作风,同心同德,锐意进取,勇于担当,积极作为,为实现建成特色鲜明的高水平大学的“师大梦”而努力奋斗!

中共安徽师范大学第十一次代表大会

会议概况

中共安徽师范大学第十一次代表大会于2019年12月20日至21日召开。大会听取了胡朝荣同志代表校党委所作的工作报告,周新发同志代表校纪委所作的工作报告。会议通过了中国共产党安徽师范大学第十届委员会工作报告的决议和关于中国共产党安徽师范大学新一届纪律检查委员会工作报告的决议,选举产生了中共安徽师范大学第十一届委员会和新一届纪律检查委员会。

会议日程

时　间	会议名称	主要议程	出席人员	会议地点
12月19日 (周四) 14:30	召集人会议	1.介绍大会筹备工作情况 2.通报大会有关工作安排	校党委常委、各代表团召集人	花津校区会议中心第一会议厅

续 表

时　间	会议名称	主要议程	出席人员	会议地点
12月19日 (周四) 15:00	代表团会议	1.通过代表团团长、副团长名单,确定代表团秘书 2.传达召集人会议精神 3.讨论大会议程,熟悉大会日程安排 4.审议大会主席团、秘书长名单 5.学习《会议须知》	全体代表	地点由秘书处统一安排
12月19日 (周四) 15:30	预备会议	1.听取大会筹备工作报告 2.通过代表资格审查情况报告 3.通过党费收缴、使用和管理情况报告 4.通过大会主席团成员和秘书长名单 5.通过大会议程	全体代表	花津校区实习实训中心报告厅
12月19日 (周四) 16:00	主席团第一次全体会议	1.通过大会主席团常务委员会委员名单 2.通过大会副秘书长名单 3.通过大会日程 4.通过大会列席人员、特邀人员名单	主席团成员	花津校区会议中心第一会议厅
12月20日 (周五) 9:00	第一次全体会议(开幕式、听取“两委”报告)	1.宣布大会开幕(奏唱国歌) 2.上级领导、来宾讲话 3.代表合影(敬文图书馆东广场)	全体代表,列席人员、特邀人员,上级领导和来宾	花津校区实习实训中心报告厅

续　表

时　间	会议名称	主要议程	出席人员	会议地点
12月20日（周五）9:00	第一次全体会议（开幕式、听取“两委”报告）	4.听取党委工作报告 5.听取纪委工作报告	全体代表，列席人员、特邀人员	
12月20日（周五）14:30	代表团会议	审议“两委”工作报告	全体代表	地点由秘书处统一安排
12月20日（周五）17:30	主席团第二次全体会议	1.讨论通过《大会选举办法》（草案） 2.作“两委”委员候选人预备人选产生经过及有关情况说明 3.讨论通过“两委”委员候选人预备人选名单 4.酝酿提出总监票人、监票人、总计票人建议名单 5.讨论通过关于“两委”工作报告的决议（草案）	主席团成员	花津校区会议中心第一会议厅
12月21日（周六）8:30	代表团会议	1.继续审议“两委”工作报告 2.讨论《大会选举办法》（草案） 3.酝酿新一届“两委”委员候选人预备人选名单 4.酝酿总监票人、监票人、总计票人建议名单 5.讨论关于“两委”工作报告的决议（草案）	全体代表	地点由秘书处统一安排

续　表

时　间	会议名称	主要议程	出席人员	会议地点
12月21日(周六)9:00	主席团第三次全体会议	1.听取各代表团审议"两委"工作报告情况汇报 2.听取各代表团讨论《大会选举办法》(草案)情况的汇报,讨论通过《大会选举办法》(草案) 3.听取各代表团讨论关于"两委"工作报告的决议(草案)情况的汇报 4.听取各代表团讨论"两委"委员候选人预备人选名单的情况汇报,通过"两委"委员候选人名单 5.通过总监票人、监票人和总计票人建议名单,确定计票人名单	主席团成员	花津校区会议中心第一会议厅
12月21日(周六)10:00	第二次全体会议(第一阶段)	1.通过《大会选举办法》 2.通过总监票人、监票人、总计票人名单 3.宣布计票人名单 4.宣布新一届党委、纪委委员名额和候选人名单 5.选举新一届党委委员和纪委委员 6.统计选票(观看录像片)	全体代表	花津校区实习实训中心报告厅

续 表

时　间	会议名称	主要议程	出席人员	会议地点
12月21日(周六)11:30	主席团第四次全体会议	1.听取总监票人汇报选举情况 2.确定新一届“两委”第一次全体会议召集人	主席团成员	花津校区会议中心第一会议厅
12月21日(周六)11:40	第二次全体会议(第二阶段)	1.报告“两委”委员选举计票结果 2.宣布“两委”委员当选人名单 3.通过关于党委工作报告的决议(草案) 4.通过关于纪委工作报告的决议(草案) 5.胡朝荣同志作贯彻落实大会精神讲话 6.奏唱《国际歌》,宣布大会闭幕	全体代表	花津校区实习实训中心报告厅
12月21日(周六)14:00	新一届纪委第一次全体会议	1.讨论通过《选举办法》 2.宣读省委关于纪委领导成员候选人提名的通知 3.酝酿新一届纪委书记、副书记候选人预备人选名单 4.推选和通过监票人、指定计票人 5.选举纪委书记、副书记 6.向会议报告选举结果,宣布当选人名单(休会) 7.新当选的纪委书记讲话(待党委第一次全委会通过后)	新一届纪委委员	花津校区行政楼一楼第一会议室

续　表

时　间	会议名称	主要议程	出席人员	会议地点
12月21日 (周六) 14:30	新一届党委第一次全体会议	1.讨论通过《选举办法》 2.宣读省委关于党委领导成员候选人提名的通知 3.酝酿新一届党委常委、书记、副书记候选人预备人选名单 4.推选和通过监票人,指定计票人 5.选举党委常委 6.向会议报告选举结果、宣布党委常委当选人名单 7.选举党委书记、副书记 8.向会议报告选举结果、宣布党委书记、副书记当选人名单 9.通过纪委第一次全委会议选出的书记、副书记名单 10.新当选的党委书记讲话	新一届党委委员	花津校区会议中心第一会议厅

领导致辞

在中国共产党安徽师范大学第十一次代表大会开幕式上的讲话

(2019年12月20日)

各位代表、同志们:

中国共产党安徽师范大学第十一次代表大会今天隆重开幕了,这次大会是在全校上下深入学习贯彻党的十九届四中全会精神,深入开展“不忘初心、牢记使命”主题教育之际召开的一次盛会，是学校政治生活和事业发展中的一件大事要事。我代表省委教育工委、省教育厅向大会的召开表示热烈祝贺！向各位代表并通过你们向全校师生员工致以诚挚的问候！

安徽师范大学第十次党代会召开以来，在省委、省政府的坚强领导下，学校党委认真履行管党治党、办学治校主体责任，团结带领全校师生员工抢抓机遇，积极作为，全面推进“五个师大”建设，在人才培养、科研创新、社会服务、文化传承创新、国际交流合作等方面都取得了较大进展，综合实力不断增强，社会声誉不断提升。在此，向全校广大师生员工，向为学校改革发展做出贡献的全体老同志，致以衷心的感谢和崇高的敬意！

各位代表、同志们，近年来，全国教育大会、高校思想政治工作会议、学校思想政治理论课教师座谈会等会议先后召开，掀起了新时代高等教育改革发展的热潮。当前，安徽师范大学正处在争先进位、改革攻坚的关键时期。站在新时代新起点上，开好这次党代会，对于开创学校未来发展的新局面具有重要意义。希望各位代表认真履职尽责，把“两委”报告讨论好，找准并解决制约学校改革发展的深层次矛盾和问题，选举产生新一届党委和纪委班子；把学校未来发展蓝图描绘好，切实把这次党代会开成凝聚共识、振奋精神、促进发展的大会。

借此机会，我提几点希望。

第一，高站位贯彻落实新时代党的建设总要求，着力推动全面从严治党向纵深发展。习近平总书记强调，党的政治建设是根本性建设，决定党的建设方向和效果。加强党对高校的领导，加强和改进高校党的建设，是办好中国特色社会主义大学的根本保证。希望学校新一届党委按照新时代党的建设总要求，以加强党的政治建设为统领，坚持正确办学方向，全面加强党的建设，把党的领导落实到现代大学治理各方面各环节。一要坚持和加强党的全面领导。学校新一届党委要进一步增强政治定力，提高政治站位，增强“四个意识”，坚决维护以习近平同志为核心的党中央权威和集中统一领导；要以习近平新时代中国特色社会主义思想为指导，引导广大师生树立和坚定正确的政治信仰，夯实坚持和发展中国特色社会主义的共同思想基础。当前学校党委要认真学习、贯彻好党的十九届四中全会精神，让学校的发展和中国特色社会主义制度的完善和发展同频共振、一致起来。二要持续加强领导班子建设。要进一步加强党委对学校的全面领导,坚持和完善党委领导下的校长负责制,建立健全党委统一领导、党政分工合作、运行协调有序的工作机制,把学校党委建设成坚强有力的领导核心。要把营造良好政治生态作为基础性、经常性工作,不断加强政治文化建设,以良好政治文化涵养风清气正的政治生态。三要认真落实"两个责任"。学校党委要把全面从严治党主体责任扛在肩上,党委书记必须履行全面从严治党的第一责任人职责,领导班子成员必须履行"一岗双责"。纪委要聚焦主业主责,持续推进"三转",不断加大监督执纪问责力度。四要扎实打牢基层组织基础。以提升组织力为重点,突出政治功能,把学校基础党组织建设成坚强战斗堡垒。落实好高校党建20项重点任务,认真落实《中国共产党党支部工作条例(试行)》,扎实开展"对标争先"建设,实施好基层党建"领航"计划和党支部建设提升行动,抓好"双带头人"教师党支部书记建设,不断提升基层党建质量水平,为开创学校事业发展新局面提供坚强的组织保证。

第二,高水平落实立德树人根本任务,努力培养德智体美劳全面发展的社会主义建设者和接班人。习近平总书记曾指出:"高校立身之本在于立德树人。"培养什么人,是教育的首要问题。要深入学习贯彻习近平总书记系列重要讲话精神,坚持把立德树人作为中心环节,以立德树人成效来检验学校一切工作。一要加强思政理论课建设。安徽师范大学拥有安徽省高校中唯一的全国重点马克思主义学院,在思政理论课建设方面有很多有益经验探索,走在了全省高校的前列。要深入贯彻落实习近平总书记在学校思政理论课教师座谈会上的讲话精神,着力推进思政理论课改革创新,着力打造更多像"丙辉漫谈"一样的思政课品牌。二要积极推进"三全育人"。安徽师范大学是安徽省首批"三全育人"综合试点高校,拥有教育部首批"三全育人"综合改革试点院系。希望学校深入贯彻落实全国高校思想政治工作会议精神,强化"大思政"的理念,将"三全育人"贯穿到办学治校全过程和各环节,着力构建一体化育人长效机制。三要守牢意识形态阵地。要坚定不移巩固马克思主义指导地位,认真落实意识形态工作责任制,坚持党风校风教风学风一起抓,加强各类意识形态阵地管理,牢牢把握学校意识形态的领导权、管理权和话语权,切实做到守土有责、守土负责、守土尽责。

第三，高质量推进内涵发展，全力推动高水平大学建设再上新台阶。党的十九大报告提出要“实现高等教育内涵式发展”。走内涵式发展道路是高等教育改革发展的必然选择。希望学校坚持走内涵式、高质量发展之路。一要着力提升人才培养能力。坚持“以本为本”，推进“四个回归”，牢牢抓住全面提高人才培养能力这个核心点，着力形成高水平的人才培养体系，努力实现有灵魂的质量提高、有方向的水平提升。二要着力强化学科引领作用。学校两个学科入选高峰学科建设计划，学科建设重任在肩、大有可为。你们要加强校内资源整合，突出特色优势，构建并完善契合办学定位、互相支撑发展的学科发展体系。三要着力加快科研创新步伐。坚持“顶天立地做科研”，瞄准国家重大战略需求、经济社会主战场和科技发展前沿，加强大团队、大平台、大项目、大成果建设，促进人才链、创新链和产业链精准对接。主动融入长三角一体化发展、“四个一”创新主平台等发展战略，大力推进政产学研用协同创新，不断提升对区域经济社会高质量发展的支撑度和贡献度。四要着力打造人才集聚高地。坚持把人才资源作为办学兴校第一资源，全面深化人事制度改革，大兴识才爱才敬才用才之风，广泛吸引、汇聚各类优秀人才。坚持把师德师风作为评价教师的第一标准，着力打造一支师德高尚、业务精湛、结构合理、充满活力的高素质专业化创新型教师队伍。五要着力完善学校治理体系。认真贯彻落实好党的十九届四中全会精神，坚持依法治校、从严治校，深化“放管服”改革，积极破除制约学校发展的体制机制障碍，着力构建系统完备、科学规范、运行有效的制度体系，全面提升学校的治理体系和治理能力。

各位代表、同志们，安徽师范大学第十一次党代会成功召开，预示着学校开启了新篇章、踏上了新征程。省委教育工委、省教育厅将一如既往地关心支持安徽师范大学的改革与发展。希望在新一届校党委领导下，全校上下凝心聚力、主动担当、攻坚克难、久久为功，为建设国内一流、特色鲜明的高水平大学而不懈奋斗，为现代化五大发展美好安徽建设作出新的更大贡献。

最后，预祝大会取得圆满成功！

谢谢大家！

在中国共产党安徽师范大学第十一次代表大会上的讲话

（2019年12月20日）

各位代表、同志们：

在全省上下认真学习贯彻党的十九届四中全会精神，深入开展第二批“不忘初心、牢记使命”主题教育，加快建设现代化五大发展美好安徽的新形势下，中国共产党安徽师范大学第十一次代表大会隆重开幕了。这是安徽师范大学政治生活和发展历程中的一件大事，也是我省高校党的建设的一件大事。受中共安徽省委组织部部务会的委派，谨向大会的召开表示热烈的祝贺！向出席会议的全体代表，并通过你们向全校共产党员、师生员工和离退休老同志致以诚挚的问候！

安徽师范大学是我省建校最早的高等学府之一，人文荟萃、底蕴深厚。建校90多年来，为国家培养了大量优秀人才，在各行业都涌现出一大批优秀校友，为国家经济社会发展尤其是我省教育事业作出了重要贡献。自第十次党代会以来，学校党委坚持以习近平新时代中国特色社会主义思想为指导，在省委省政府的正确领导下，全面贯彻党的教育方针，牢牢把握正确政治方向，围绕“建成全国同类院校一流、特色鲜明高水平大学”目标，在党的建设、人才培养、科学研究、社会服务、文化传承创新、师资队伍建设、一流学科培育、对外交流合作等方面取得了可喜成绩，学校综合办学实力和影响力不断增强。

教育是国之大计、党之大计。习近平总书记指出：“‘两个一百年’奋斗目标的实现、中华民族伟大复兴中国梦的实现，归根到底靠人才、靠教育。”当前，我省正处在加快建设现代化五大发展美好安徽的关键时期，处在大力实施创新驱动发展战略，深入推进“四个一”创新主平台建设，加快推进长三角一体化发展的重要关口。面对改革攻坚的艰巨任务，我们比以往任何时候都更加需要人才、需要教育。安徽师范大学作为我省首批四所“地方高水平大学”建设高校、省人民政府与教育部共建高校，在全省高等教育发展中具有特殊的、重要的地位，在我省实施科教兴皖、人才强省战略中应继续争当深化改革的先行者、创新发展的排头兵。

新时代、新征程、新发展，安徽师范大学正面临着广阔的发展空间和难得的发展机遇。开好这次党代会，对于进一步加强学校党的建设和改革发展各项工作，具有十分重要的意义。希望各位代表不负广大党员重托，以高度的使命感和责任感，切实履行好职责，行使好权利，规范完成大会各项议程，把这次大会开成统一思想、凝聚共识的大会，发扬民主、求真务实的大会，振奋精神、开拓进取的大会。

这次党代会后，将产生新一届安徽师范大学党委和纪委班子。希望安徽师范大学新一届党委深入学习贯彻党的十九大和十九届二中、三中、四中全会以及全国、全省教育大会精神，认真落实立德树人根本任务，进一步加强党的全面领导，在业已形成的良好发展基础上，着力推进办学治校体系和能力现代化建设，奋力谱写国内一流、特色鲜明高水平大学建设新篇章。希望新当选的同志切实增强“四个意识”，坚定“四个自信”，做到“两个维护”，严格遵守党章党规，坚持真抓实干，坚持清正廉洁，以崭新的形象、扎实的作风、优异的实绩，不辜负省委的厚望，不辜负全校师生员工的信任，不辜负社会各界的期待，向省委和全校师生员工交上一份满意的答卷。

预祝大会圆满成功！谢谢大家！

在中国共产党安徽师范大学第十一次代表大会开幕式上的讲话

（2019年12月20日）

各位领导、各位代表、同志们：

在全国上下深入学习贯彻习近平新时代中国特色社会主义思想，奋力开创国家治理体系和治理能力现代化之际，中国共产党安徽师范大学第十一次代表大会隆重开幕。在此，我谨代表中共芜湖市委向大会的召开，表示热烈的祝贺！向安徽师范大学全体党员、广大师生员工，表示诚挚的问候！

安徽师范大学是一所历史悠久、底蕴深厚、成就辉煌、声誉卓著的大学，是芜湖整座城市的骄傲。在91年的办学历程中，师大始终坚持正确的办学方向，把立德树人作为根本任务，被誉为安徽高等教育的开创者和基础教育的引领者,累计培养各类人才近30万名,为我国高等教育事业发展作出了重要贡献。特别是近年来,学校党委坚持以习近平新时代中国特色社会主义思想为指导,深入贯彻全国教育大会精神,全面落实党的教育方针,秉承"厚重朴实、至善致远、追求卓越、自强不息"的师大精神,扎实推进"实力师大、特色师大、活力师大、开放师大、幸福师大"建设,在立德树人、学科建设、科研创新、开放办学、社会服务等各个方面取得了显著成绩,学校综合实力、社会声誉、社会影响力进一步提升,令每一个芜湖人都倍感振奋。

芜湖因长江而灵动,因创新而兴盛,因师大而更显生机、更展魅力。安徽师范大学自1949年12月迁入芜湖的那一天起,就扎根江城大地,积极支持芜湖经济社会发展,为我市人才引进培养、教育事业发展、城市文化涵养、城市品质提升等发挥了重要作用,不愧为芜湖最引以为荣的城市名片。市校双方始终相伴而行、相互支持,建立了深厚友谊,实现了共赢发展,特别是在去年师大90周年校庆期间,双方签署了战略合作协议,开启了市校合作发展新篇章。

今天,站在新的起点上,芜湖作为长三角中心区城市,迎来了前所未有的发展机遇。我们正按照省委提出的"四个走在前列"要求,坚定不移强化创新驱动发展,加快推进产业层次高端化、人才结构高端化、城市品质高端化,努力打造现代化创新之城、构筑强劲活跃增长极。我们比以往任何时候都更加需要人才和教育的有力支撑,比以往任何时候都更加需要安徽师范大学的强力支持。我们期待,在新一届师大党委领导下,师大能够继续更好地发挥自身科教资源优势,为芜湖高质量发展提供有力的人才保障、智力支撑,我们一定会在继续深化合作中实现互利共赢,在相互支持中推动共同发展。

各位代表、同志们,将师大建设成为国内一流、特色鲜明的高水平大学,不仅是师大人的历史使命,也是芜湖人民的共同愿望。芜湖市委、市政府将一如既往地全力支持师大建设发展,努力为师大创造更加优越的外部发展环境。我们相信,在省委、省委教育工委的正确领导下,安徽师范大学第十一次党代会的胜利召开,必将极大地激发全校党员干部和广大师生员工的奋斗激情,新一届师大党委一定能够团结带领大家不忘初心、牢记使命,改革创新、锐意进取,不断开创建设高水平大学的新辉煌。

最后,预祝大会圆满成功!祝安徽师范大学越办越好!谢谢大家!

工作报告

奋进新时代　勇担新使命
为建设国内一流、特色鲜明的高水平大学而奋斗

——在中国共产党安徽师范大学第十一次代表大会上的报告(节选)

(2019年12月20日)

大会的主题是:高举习近平新时代中国特色社会主义思想伟大旗帜,加强党的全面领导,贯彻党的教育方针,落实立德树人根本任务,坚持"特色、开放、创新"的办学理念,大力弘扬师大精神,深入推进内涵发展,改革为先,干字当头,奋进新时代,勇担新使命,为建设国内一流、特色鲜明的高水平大学而奋斗!

一、过去五年的工作回顾

(一)党的领导全面加强

坚持以习近平新时代中国特色社会主义思想为指导,深入学习宣传贯彻党的十八大、十九大和全国、全省教育大会精神,增强"四个意识",坚定"四个自信",做到"两个维护"。牢牢把握社会主义办学方向,认真贯彻落实中央和省委决策部署,出台关于贯彻落实上级重大决策部署的实施意见,不断提升"把方向、管大局、作决策、保落实"的能力和水平。坚持依法治校和民主管理,认真落实党委领导下的校长负责制,严格执行民主集中制,发布《安徽师范大学章程》,成立校院两级教授委员会,推进党务和校务公开,举办校领导师生午餐会,设置学生校长助理,积极发挥教代会、学代会等组织的重要作用,不断拓宽师生民主参与渠道。坚持党管改革发展稳定,顺应高等教育发展形势,加强战略谋划和顶层推动,制订实施"十三五"事业发展规划,坚持每年推进打基础、利长远、惠民生的"双十"工程。接受省委政治巡视,认真抓好巡视整改工作。着力防范化解重大风险,牢牢掌握意识形态工作领导权,确保学校政治大局稳定。学校成功获批安徽省特色高水平大学奖补资金项目,入选全国重点

马克思主义学院建设单位,校领导班子连续四年在省委综合考核中获得“好”等次。

(二)立德树人成效持续凸显

着力构建“三全育人”工作格局,召开学校思想政治工作会议,深化思政理论课改革创新,推进思政课程与课程思政有机结合,着力打造“丙辉漫谈”等思想政治教育品牌项目,不断加强和改进大学生思想政治工作。开展教育思想观念大讨论,召开本科教育大会,发布一流本科教育五年行动计划,接受教育部本科教学工作审核评估。推行大类招生大类培养,修订人才培养方案,实施拔尖创新人才和卓越人才培养计划,探索“互联网+”教学模式,强化创新创业教育,推进教师教育机构建设,两个专业接受教育部师范类专业第二级认证,教学管理制度进一步完善。加强“四个课堂”联动,强化学生教育管理,成立学生事务中心和易班发展中心,完善学生评价与激励制度,加强心理健康教育,推进精准资助和资助育人,开展素质拓展和社会实践活动,连续四年完成大学生征兵任务。着力提升研究生教育质量,扩大招生规模,加强导师队伍建设,推进培养模式改革,不断完善质量保障体系。积极推进各类教育协调发展,留学生教育层次与规模不断提升,继续教育的质量和效益持续提高,“三附”教育品牌效应更加凸显。皖江学院内涵建设进一步深化,转设工作稳步推进。

五年来,本科毕业生26792人,研究生毕业生7800人(其中硕士7635人,博士165人)。荣获国家级教学成果二等奖1项,省级教学成果特等奖1项、一等奖9项,获批“国家级精品在线课程”1门,25个专业通过省级评选并参加国家“双万计划”评审。学校普通文理科投档最低分位次分别上升至省属高校第2位、第4位,本科生初次就业率保持在90%以上,考研录取学生数占毕业生总数的比率提升至30%以上。学生在各类学科竞赛中获得国家级特等奖110余项、一等奖260余项,获得省级以上奖励2600余人次,一大批学子荣获“全国优秀共青团员”“中国大学生自强之星”“安徽省十佳大学生”等各类荣誉称号。硕士论文合格率由95%提升至98.8%,博士论文合格率由89%提升至100%,学位论文双盲评审“优”“良”占比由78.5%提升至86.1%。学校成功入选全国创新创业典型经验高校、全国“三全育人”试点院系、教育部卓越中学教师培养计划实施院校、体育美育浸润行动计划和国防教育特色学校,获批教育部高校思想政治工作队伍培训研修中心、全国中华优秀传统文化传承基地，两次获评全国心理健康教育工作优秀机构，连续获评大学生暑期社会实践全国先进单位。

（三）人才队伍建设扎实推进

坚持把人才资源作为办学兴校的第一资源，把师德师风作为评价教师的第一标准。召开全校人才工作会议，坚持人才引进、稳定和培育并举，实施“文津学者”“文津名师”计划和人才储备计划。完善教职工岗位考核办法，开展聘期考核和专业技术岗位分级聘任工作，优化专职辅导员职务职级双向晋升机制，推进绩效工资改革，广大教师工作的自觉性和责任感不断增强。五年来，引进博士243人，柔性引进高层次人才50余人，专任教师博士化率由37.3%提升至48.7%，获批国家“万人计划”哲学社会科学领军人才、国家优秀青年基金获得者等省级以上人才称号和人才项目102人次，获批“全国高校黄大年式教师团队”1个，荣获全国模范教师、全国三八红旗手、省五一劳动奖章、省辅导员年度人物等省级以上荣誉称号130余人次。

（四）学科建设思路更加明晰

突出学科“龙头”地位，加强学科建设顶层设计，不断优化学科管理机制。开展学科建设大学习、大调研、大讨论活动，召开全校学科建设大会，发布《安徽师范大学学科建设方案（2018—2030）》，进一步明确了学科建设的目标、任务和思路，确立了重点建设的层次和类别。聚焦特色方向、学术团队、科研创新、人才培养、学科文化等关键要素，推进学科内涵建设，着力培育高峰学科。1个学科稳居ESI全球前1%，2个学科入围安徽省高峰学科建设计划项目，4个学科入选安徽省一流学科建设项目，5个学科进入教育部第四轮学科评估B类等级。新增1个博士后流动站、3个一级学科博士点、5个一级学科硕士点和2个硕士专业学位授权点。

（五）科研创新能力逐步增强

坚持以高水平科学研究支撑高水平大学建设，不断完善科研管理与激励机制，积极培育和申报科研项目，着力打造特色优势研究领域，组织开展“年度科研人物”评选活动。成立长江流域生态研究院、长三角一体化发展研究院、安徽省院士工作站等科研平台，获批省部共建协同创新中心、教育部国别和区域研究中心、安徽省重点实验室等高端平台11个。立项国家级项目289项，其中中宣部马克思主义理论研究和建设工程重大项目、国家社科基金“冷门绝学”项目、国家自然基金“优青”项目、国家艺术基金集体项目取得了新突破。共发表各类高级别学术论文(CSSCI、SCI、EI等)3300余篇,获得省部级以上科研成果奖94项。文科学报入选中文社会科学引文索引来源期刊,理科学报入选中国科技核心期刊,《高校辅导员学刊》等办刊质量不断提升。出版社新出版图书2500余种,获得国家级图书类奖项3项、省级13项。

(六)开放办学格局不断拓展

加强国际交流合作,新增国(境)外友好合作院校40余所,新建中外联合培养专业9个,积极推进澳大利亚查尔斯·达尔文大学孔子学院建设,共建乌克兰扎波罗热大学孔子课堂。公派出国(境)学习交流950余人次,接待国(境)外来访600余人次。深化校地与校企合作,与芜湖市人民政府、奇瑞汽车股份有限公司等百余家单位签订战略合作协议,构建了开放合作办学的新格局。加强对外学术交流,承办各类学术论坛、报告会1300余场次,一批知名专家学者来校研讨交流。加强校友工作,召开校友会换届大会,新成立广东、上海、北美等10余个校友会(联谊会),进一步完善了校友工作体系。成功举办建校90周年校庆,开展系列高品位的学术、文化活动,打造“口述校史”等活动品牌,彰显90周年深厚的历史底蕴,激发了师生校友的爱校荣校情怀,汇聚了推动发展的资源力量。全面推进社会捐赠,募集意向捐赠资金1.1亿元,到账资金7600万元。

(七)社会服务水平日益提升

积极拓展多元化、高质量社会服务,在政策咨询、教育培训、规划评估等方面为区域经济社会发展做出了积极贡献。强化产学研协同创新,新增横向科研项目1400余项、到账经费1.2亿元,授权发明专利384件。积极推进优质基础教育资源下沉,成立幼教集团、小教集团、中教集团,共建托管附属中小学和幼儿园32所,签约在建学校4所。有序开展全省高考文理综合网评、艺术体育高考等各类招生考试和阅卷工作,顺利完成国培省培、高师培训、辅导员研修等各类培训任务,累计培训人员16余万人次。认真做好宿松县三德村对口帮扶工作,突出教育扶贫特色,赢得了上级部门和当地群众的好评。连续四年圆满完成省委省政府交办的脱贫攻坚第三方监测评估工作,累计选派4200余名师生深入基层一线开展评估,展示了学校的良好形象。

(八)管理服务体系逐渐改善

着力提升内部治理能力,调整校内机构设置,推进校院两级管理体制改革,进一步强化了学院办学的主体责任。加强财务和审计工作,增强内部控制能力,强化预算管理和执行,推进增收节支,资金使用绩效不断提升。完善资产与实验室管理制度,严格招标采购流程,经营性资产经营效益不断增长。加强信息化制度建设,升级业务系统和管理平台,开通了校园移动支付和“聚合”支付。规范公务用车管理,租车费用大幅缩减。按照省车改办部署要求,顺利完成了学校公务用车改革工作。加强校园基础设施建设,近五年基础保障经费投入5.5亿元(同比增长3.6倍),建成实习实训中心和两栋学生宿舍楼,开展专项修缮工程200余项,完成部分楼宇饮用水和洗浴热水进公寓等民生项目,建成津南绿地、樱花大道等校园景观,“花津鱼”“格桑花”“师大味道”等人文服务赢得了师生校友点赞。加强图书馆、档案馆、博物馆等育人阵地建设,服务能力进一步增强。着力加强师生生活保障,学生资助经费3.6亿元(同比增长4倍),教职工总收入24.6亿元(同比增长1.9倍),教职工健康体检等人性化服务水平得到了新提升。加强“平安校园”建设,强化安全教育管理,学校安全生产责任体系不断完善,师生的安全感、获得感、幸福感进一步提升。

(九)党的建设工作富有成效

坚持把党的政治建设摆在首位,自觉用习近平新时代中国特色社会主义思想武装头脑,推进政治理论学习制度化、规范化、常态化,成立习近平新时代中国特色社会主义思想研究中心,理论宣讲和研究阐释取得了良好成效。扎实开展“三严三实”“讲重作”专题教育和“讲严立”“三个以案”专题警示教育,深入推进“两学一做”学习教育常态化制度化。全面开展“不忘初心、牢记使命”主题教育,坚持把学习教育、调查研究、检视问题、整改落实有机融合、贯穿始终,取得了重要阶段性成果。坚持党管干部原则,树立正确选人用人导向,建立健全干部选任机制,加强教育培训和管理监督,领导班子和干部队伍建设不断加强。扎实推进基层党组织标准化建设,实施“双带头人”培育工程,获评“全国样板党支部”“安徽省先进基层党组织”等一批荣誉称号。深入推进全面从严治党,压紧压实“两个责任”,严格执行中央八项规定精神和省委实施办法,综合运用“四种形态”,严肃监督执纪问责,进一步严明了党的纪律和规矩。

积极支持和引导党外代表人士参与“五大发展行动助力工程”，做好民族宗教工作，召开归侨侨眷第二次代表大会，7个民主党派基层组织顺利换届。加强工会组织建设，获评“全国巾帼建功先进集体”“全国模范职工小家”等荣誉称号。深化共青团和学生组织改革，成功召开学校第十一次团代会，获评“全国五四红旗团委”，获批全国首批“青马工程”研究培训基地，1人当选团的十八大代表。用心用情做好离退休工作，获评“全国关心下一代工作先进集体”等荣誉称号。

在总结成绩的同时，我们也清醒地认识到，学校还存在诸多问题和不足，比如：顶层推动不够有力，思想不够解放，视野不够开阔，在观大势与谋大事上需要进一步聚焦发力，解决发展难题的魄力和毅力需要进一步增强。综合实力提升缓慢，办学特色不够明显，引进与稳定人才的举措不够有力，学科建设需要进一步加强，国家级科研平台十分紧缺，标志性研究成果产出不足，主动融入国家区域重大发展战略的力度与深度不够，存在“前进中落伍、发展中掉队”的趋向。内部治理亟需优化，校区功能定位尚未明确，部分机构管理职能相互交叉且边界不清，考核评价激励机制不够科学，信息化和国际化进程需要进一步加快。精神状态有待提振，少数干部缺乏敬畏感、危机感、紧迫感，履职尽责担当不够，攻坚克难勇气不足，斗争精神明显缺乏；少数教师教书育人不够尽心尽力，离“四有好老师”的要求还有较大差距；个别单位缺乏大局观，协同攻坚的合力没有形成。服务保障不尽人意，坚持以学生为中心、以人为本的理念落实不够，教学设施条件亟须改善，学生的学习生活保障有待加强，支撑高水平大学建设的保障能力亟待提升。党建与思想政治工作还需加强，党建对事业发展统领和推动作用发挥不够，选拔优秀年轻干部力度亟需加大，师德师风建设存在薄弱环节，干事创业氛围不够浓郁，形式主义、官僚主义的问题一定程度存在，党风廉政建设还有不少风险隐患，思想政治工作针对性和实效性有待进一步增强，等等。这些都需要我们在今后的工作中下大力气加以解决。

成绩来之不易，经验弥足珍贵。回顾学校的发展历程，尤其是过去五年的工作，我们深刻地体会到：

——必须坚持党的领导。

——必须聚焦立德树人。

——必须保持办学定力。

——必须突出特色发展。

——必须扩大开放办学。

——必须注重改革创新。

——必须崇尚真抓实干。

二、全面推进学校事业高质量发展

今后五年,我们要紧紧扭住高水平大学建设目标不动摇,紧紧抓住"双一流"建设战略机遇不松劲,怀揣初心使命,树牢宗旨意识,改革为先,干字当头,以"咬定青山不放松"的决心,以"功成不必在我"的境界,着力破除陈规陋习,大力营造发展氛围,奋力开创高水平大学建设的新局面。力争到建校100周年之际,把学校基本建成国内一流、特色鲜明的高水平大学。

学校今后五年的发展思路是:高举习近平新时代中国特色社会主义思想伟大旗帜,深入贯彻落实党的十九大,十九届二中、三中、四中全会和全国、全省教育大会精神,加强党的全面领导,贯彻党的教育方针,抢抓长三角一体化发展战略机遇,坚持"四个服务"的发展方向,坚持"特色、开放、创新"的办学理念,坚持高质量发展的总体要求,以立德树人为根本,以"双一流"建设为牵引,以服务经济社会发展为己任,弘扬师大精神,推进"四个回归",着力培养"国民表率、社会英才",大力实施"2352"发展计划,面向全省着重建设一流大学和一流学科,面向全国着重打造一流学科和一流本科。

(一)重点突出两大主体工程:铸魂育人工程、强基兴师工程

——全面实施铸魂育人工程。高校立身之本在于立德树人。坚持用习近平新时代中国特色社会主义思想铸魂育人,不断完善"大思政"格局,全面深化"三全育人"综合改革,统筹推进"十大育人体系"建设,大力实施思想政治工作质量提升工程,创新思想政治教育方式方法,着力提升思想政治工作的时代感和吸引力。加快推进全国重点马克思主义学院建设,办好思想政治理论课关键课程,推动思政课程与课程思政同向同行,努力形成融入式、嵌入式、渗入式的协同育人效应。坚持德智体美劳"五育并举",强化"四个课堂"联动育人,实

施辅导员职业能力提升工程,不断完善学生思想教育、日常管理、资助育人、心理健康、国防教育等工作体系,着力培育优良校风学风,激发学生学习动力,积极开展素质拓展与社会实践活动,大力造就具有"人文情怀、科学精神、国际视野"的创新型、复合型、应用型人才。

——全面实施强基兴师工程。不管硬实力还是软实力,归根结底都要靠人才实力。要加大人才引进力度,制定更加积极、开放、有效的引进政策,打造聚集人才的"强磁场"。千方百计稳定人才,完善并实施"文津学者""文津名师"等人才政策,积极营造尊重人才、爱惜人才、服务人才的良好环境和氛围。着力培育潜力人才,厚植人才成长土壤,持续实施人才储备计划,建立健全"青年教师—教研骨干—教学名师—杰出人才"的全过程培养机制。加强人才团队建设,以一流学科建设为牵引,积极培育和打造一批高水平的教学科研创新团队。深化人事制度改革,优化职称评审环节、条件与岗位晋升机制,切实执行能上能下、能进能出的岗位聘用制度。加强管理与服务保障队伍建设,实现"三支队伍"协调发展,使不同类型人才各得其所、各尽其能、各展其长。加大师德师风建设力度,教育引导广大教师争当"四有好老师"、争做"四个引路人",努力打造一支师德高尚、业务精湛、结构合理、充满活力的高素质专业化创新型教师队伍。

(二)统筹推进三大基础建设:学科建设、学位点建设、专业建设

——大力加强学科建设。没有一流学科,就没有一流大学。打造一流学科最关键的是"质量"和"特色"。要调整优化学科布局与归属,整合现有学科资源,着力打造实力强劲、优势突出、特色明显的学科群。围绕不同培育目标,实施分层分类建设,建立学科特区,发展高峰学科,注重培育新的学科生长点,集中优势力量冲击一流学科,力求传统优势学科巩固提升、培育支撑学科跟进突破、新兴交叉学科融合创新。加强学科内涵建设,持续在特色方向、学术团队、科研创新、人才培养和学科文化等关键要素上下功夫,着力构建"学科后备人才—学科骨干—学科带头人—学科领军人才"的学科人才金字塔体系,打造"特色方向—学科领域—学科群"的学科生态体系。

——大力加强学位点建设。学位点承担着"高端人才供给"和"科学技术创新"的双重使命,对高校职能发挥具有不可替代的作用。要统筹布局全校学

位点建设发展，加强学位点质量保障体系建设，建立健全校内检查评估机制，根据培养质量、社会需求、评估结果等因素，定期开展动态调整，不断激发学位点竞争发展的内生动力。实施差异化支持策略，加强优势资源整合，择优进行重点培育，抢抓国家学位授权点增列机遇，积极申报新的博士学位授权点。强化学位点内涵建设，深化管理体制机制改革，严格执行导师准入退出机制，进一步提升学位点建设的质量和水平。

——大力加强专业建设。专业是人才培养的基本单元，也是内涵发展的核心要素。按照“总量削减、交叉融合、质量提升”的原则，对全校专业归属进行整合调整，全面优化专业结构布局。按照“夯实基础、拓宽口径、突出特色”的建设思路，集中优势资源重点打造一批新师范、新文科、新工科、新商科等特色专业群，主动布局国家新兴产业需要、地方经济发展需要和社会民生需要的相关专业。强化专业内涵建设，进一步明晰专业的人才培养目标定位，紧密对接和落实“双万计划”，全面推进本科专业认证和专业评估，切实把专业建设抓出水平、抓出成效。

（三）全面开展五大关键行动：教学提质行动、科研攀登行动、服务融合行动、文化引领行动、开放聚力行动

——深入开展教学提质行动。教育教学质量是办学的生命线，只有教出高素质学生，才能成为高水平大学。全面提升本科教学质量，强化本科教学基础地位，加强基层教学组织建设，深入推进一流本科教育行动计划落实落地。牢固树立以学生发展为中心的理念，稳定本科招生规模，全面推行大类招生和大类培养，着力提升生源质量，进一步完善招生、培养、就业一体化联动机制。全面深化本科教学改革，紧密对接“六卓越一拔尖”计划2.0，加强“金课”建设，完善教学质量监控与评价体系，推行体验式、研讨式、情景式等教学方法，不断提升课堂教学吸引力、参与度和有效性。强化创新创业教育，推进创业孵化基地建设，完善实践育人体系，加大学科竞赛支持指导力度，大力提升学生创新和实践能力。注重国家级教学成果奖培育，鼓励协同攻关、联合申报。加强学生就业指导，积极开拓就业市场，努力促进毕业生高质量充分就业。

全面提升教师教育质量，加强教师教育改革的系统设计，着力构建“少而精”“特而强”的教师教育体系。深化师范生人才培养模式改革，实施“卓越教

师培养计划”,聚焦“一践行、三学会”的培养目标,构建“新师范”课程体系,加强教师教育实训中心等实践平台建设,不断提升师范生培养质量。着力打造教师教育改革试验区,探索构建高校、地方政府、中小学校(幼儿园)协同育人机制。开展教师教育研究创新,探索成立教师教育和基础教育研究平台,进一步发挥在区域内的服务与引领作用。

全面提升各层次、各类别学生的教育教学质量。实施研究生教育质量提升工程,适度扩大研究生招生计划,积极探索有利于选拔高层次应用型人才和拔尖创新人才的招生机制,推进研究生培养模式改革,完善分层分类培养体系,强化过程管理和学业考核,着力提升研究生创新能力和综合素质。逐步扩大留学生招生规模,优化生源结构,改善教学条件,进一步提升留学生培养能力和水平。持续发展继续教育,着力在强特色和创品牌上下功夫,不断提升教学和培训质量。

——深入开展科研攀登行动。高质量的科研创新是高水平大学的鲜明标识,是拔尖创新人才培养和一流学科建设的重要支撑。要坚持“顶天立地”的科研工作方针,按照“入主流、有特色、接地气”的思路,面向学术前沿、面向经济社会发展、面向人才培养,着力抓好高层次研究平台、高水平研究团队、高质量研究成果“三高”建设,着力以科研创新推动学科建设发展和人才培养能力提升。加强对省级和国家科技创新“三大奖”的培育扶持,拓展与创新型企业和研究院所的深度合作,探索建立联合开展研究、联合申报项目、联合参评奖项的协同机制。加大人文社科研究项目支持力度,鼓励联合申报重大课题,深入推进学校哲学社会科学繁荣发展。深化科研管理体制机制改革,完善科研考核与激励制度,进一步激发教师科研创新的积极性和创造力。加强学术规范与学术道德建设,积极营造求诚、求真、求实的校园学术氛围。持续办好出版社、学报和各类期刊,进一步提升出版刊物的影响力。

——深入开展服务融合行动。融入和服务经济社会发展是高校改革发展的源头活水。只有主动融合、主动贡献、主动服务,才能形成合作共建、多元支持、汇聚交融的办学格局。要主动与国家区域经济社会发展贴紧靠实,大力推进产教融合,积极融入长三角一体化发展、安徽“四个一”创新主平台等重大发展战略,努力提供更高质量的人才支撑、智力支撑和创新支撑。深入贯彻落实

《长江三角洲区域一体化发展规划纲要》,主动加强与沪苏浙一流大学、科研院所的战略合作,强化协同创新,推动联合发展。着力布局新建一批优势特色明显、运行机制灵活、服务能力突出的高端智库和平台基地,大力推动科研创新成果转化运用,努力为区域产业升级和社会民生需求提供更加优质的社会服务。认真开展各类研修培训,继续做好招生考试和评卷工作。办好教育集团、中教集团、小教集团和幼教集团,进一步巩固和扩大"三附"品牌优势,持续推进优质基础教育资源下沉。稳妥推进并支持皖江学院转设和办学。

——深入开展文化引领行动。文化是学校发展软实力,对于构筑师生员工的精神家园,提振干事创业的精神士气,具有不可替代的作用。要大力弘扬师大优良传统,写好师大历史,讲好师大故事,努力用师大精神和师大文化感染师生、凝聚师生、鼓舞师生、引导师生,不断汇聚推进学校事业发展的强大合力。加强校园文化阵地建设,赋予师大文化新活力,提升图书馆、档案馆、校史馆、博物馆、标本馆等场馆的服务水平和文化影响力,进一步增强师生爱校、荣校、强校情怀。广泛开展体现时代特征、校园特色、学生特点、教育特质的校园文化活动,努力提升学生的科学精神、审美品位和人文素养。加强校园精神文明建设,争创全国文明校园,推进新时代爱国主义教育和公民道德教育,广泛传播中华优秀传统文化、革命文化和社会主义先进文化,提升师生的家国情怀、道德情怀和人文情怀。

——深入开展开放聚力行动。开放才能发展、合作才能共赢。建设现代化高水平大学,必须要有开放的意识、开放的视野、开放的胸怀,构建全方位、多层次、宽领域的开放办学格局。要大力推进办学国际化,积极拓展与国际知名大学和科研机构的交流合作,支持教师互派互学互访,深入推进中外联合培养项目,探索共建跨国学术研究团队,搭建国际学术交流平台,加强"孔子学院""孔子课堂"建设,努力拓宽师生的国际视野,不断提升学校国际化水平和中华文化影响力。全面推进与芜湖市等地方政府的深度合作,建立健全校地优势互补、发展互促、资源共享、互利共赢的合作机制,充分发挥高校办学优势服务地方发展需求,积极争取地方资源推动学校事业发展。加强校企战略合作,深入推动产学研协同创新,强化校企协同育人,努力形成校企合作共建、互利共赢的发展格局。加强校友会建设,完善校友工作网络,努力形成学校与校友良性互动、共同发展的生动局面。

(四)着力完善两大保障体系:内部治理体系、服务支撑体系

——努力构建现代化内部治理体系。内部治理事关学校改革发展全局。要深入学习贯彻党的十九届四中全会精神,坚持依法治校,提升治理能力,一体化推进学校制度建设,努力让工作运行更加顺畅、决策执行更加有力、管理服务更加高效。加强学校顶层设计,科学编制"十四五"发展规划,细化目标任务,明确建设重点,进一步增强规划执行力。深化"放管服"改革,理顺校院两级管理的权责关系,突出学院办学主体地位,强化目标绩效管理,不断激发学院内生动力和办学活力。大力推进内设机构改革,优化工作运行机制,强化责任落实,规范办事程序,进一步提升管理服务效能。深入推进考核与评价机制改革,统筹完善各类考核评价制度,突出"精细准",避免"一刀切",不断激发广大教职工干事创业的积极性和创造性。积极拓展师生民主管理、民主参与和民主监督的途径方式,注重发挥学术组织、教代会、学代会和研代会等组织的重要作用,进一步畅通师生建言献策与表达诉求渠道。加强财务管理与审计,深化大资产管理改革,树立成本意识,推进增收节支,构建高效透明的资源共享机制,成立经营性资产运营公司,努力提升经营水平和效益。依法加强对学校的社会组织管理和监督,充分发挥基金会、校友会和全体师生的智慧力量,全方位、多途径募集办学资源。

——努力构建高水平服务支撑体系。夯实学校建设发展基础,满足师生对美好生活的追求向往,都离不开优质的服务保障。要着力优化校园环境,加强校园基本建设,明确校区功能定位,修编花津校区校园规划,充分发挥赭山校区资产资源的功能作用,妥善推进中山北路沿线及凤凰山宿舍区改造工程。着力提升后勤服务质量,深化后勤社会化改革,更加凸显其服务保障功能,加强校园景观建设,改善学生住宿条件,进一步提升物业、餐饮、修缮和能源保障等方面的服务水平。大力推进教育信息化、智慧化,加快推进智慧校园建设,推动新一代技术与教育教学、管理服务深度融合,努力实现智慧教育、智慧管理、智慧服务和智慧决策。深化"平安校园"建设,严格落实安全稳定工作目标责任制、包保责任制和责任追究制,强化安全教育管理,提升"三防"建设水平,切实营造秩序井然、安全稳定的校园环境。聚焦保障和改善民生,着力解决教

职工最关心、最直接、最迫切的需求和问题，切实做到教职工薪酬水平只增不减，加大对教职工文体活动、医疗服务、联谊交流等方面的投入力度，保障教职工子女享受附属学校的优质教育资源，认真做好困难教职工的帮扶工作。贴心服务离退休老同志，注重发挥关工委、退教协在办学中的重要作用。

三、以一流党建统领高水平大学建设

（一）坚持把政治建设摆在首位

旗帜鲜明讲政治是马克思主义政党的根本要求，党的政治建设是根本性建设。要深入贯彻落实《中共中央关于加强党的政治建设的意见》，不断坚定政治信仰、加强政治领导、提升政治能力、优化政治生态，增强"四个意识"，坚定"四个自信"，做到"两个维护"，自觉在思想上政治上行动上同以习近平同志为核心的党中央保持高度一致。坚持和完善党委领导下的校长负责制，积极履行管党治党、办学治校主体责任，切实发挥党委总揽全局、协调各方的领导核心作用。严肃党内政治生活，严格执行民主集中制，不断完善党委与行政议事规则。坚决贯彻落实中央和省委各项决策部署，压实政治责任，强化政治担当，深入推进全国全省教育大会等重要会议精神在学校落实落地。扎实做好新形势下统战工作，强化政治和思想引领，画好最大同心圆，不断拓展党外人士参政议政、民主监督、建言献策的渠道和方式，认真做好民族、宗教和侨务工作。着力防范化解重大风险，确保学校政治大局稳定。

（二）自觉用习近平新时代中国特色社会主义思想武装广大师生

思想是行动的先导，理论是实践的指南，思想建设是党的基础性建设。要强化理论武装与政治引领，坚持马克思主义指导地位，深入开展习近平新时代中国特色社会主义思想宣传教育和研究阐释，自觉承担起举旗帜、聚民心、育新人、兴文化、展形象的使命任务，推动宣传思想工作不断强起来。持续加强理想信念教育，坚持和完善各类理论学习制度，巩固"不忘初心、牢记使命"主题教育成果，推进"两学一做"学习教育常态化制度化。牢牢掌握意识形态工作的领导权管理权话语权，严格落实意识形态工作责任制，加强校园意识形态阵地管理，确保学校意识形态安全可控。积极培育和践行社会主义核心价值观，教育引导广大师生做社会主义核心价值观的坚定信仰者、积极传播者和模范践行者。全面深化共青团改革,积极发挥其政治功能、动员功能和服务功能,强化青年思想引领,深化“青马工程”,指导学生组织当好学校联系广大青年学生的桥梁和纽带。加强工会组织建设,认真履行参与、维护、建设、教育四项职能,努力让工会组织成为温馨的职工之家。

(三)着力建设高素质专业化干部队伍

干部是推进学校党建和事业发展的中坚力量。要坚持党管干部原则,深入贯彻落实新时代党的组织路线,树立正确选人用人导向,建立健全科学规范、务实管用、能上能下的干部选用机制,着力建设一支忠诚干净有担当的干部队伍。认真学习贯彻《2019—2023年全国党政领导班子建设规划纲要》,加强校院两级领导班子建设。突出政治标准,着力选拔敢于担当、善于作为、实绩突出、热爱师大的好干部,大力发现培养选拔使用好优秀年轻干部,统筹做好女干部、少数民族干部和党外干部工作,充分调动各年龄段、各类型干部的积极性。加强干部培养锻炼,组织开展精准化、系统化教育培训,加大干部轮岗交流力度,支持干部校外挂职锻炼,切实让更多干部在实践中历练成长。坚持严管和厚爱结合、激励和约束并重,建立健全激励评价机制和容错纠错机制,加强干部日常监督,强化任期目标管理,加大对不作为不担当干部的问责力度,切实为担当者担当,让有为者有位,促有位者有为。

(四)全面加强党的基层组织建设

基层党组织是确保党的路线方针政策和决策部署贯彻落实的基础。要大力实施“对标争先”建设计划,深入推进新时代高校党建“双创”工作,突出政治功能和服务功能,进一步提升基层党组织的创造力凝聚力战斗力。着力建设“五个到位”院级党组织,完善学院党政联席会议制度,推进学院议事决策制度化、规范化、民主化、科学化,充分发挥学院党委政治核心作用。着力建设“七个有力”基层党支部,选优配强党支部书记,深入推进教师党支部书记“双带头人”培育工程,创新基层党支部设置和组织生活方式,推动“互联网+党建”深度融合,落实“三会一课”、主题党日、民主评议等基本制度。加强党员教育管理,落实党员教育培训工作规划,着力提升广大党员的党性修养。严把党员发展质量关,实行教工党员“双培双入”工程,努力把优秀师生吸纳到党的队伍中来。加强党内激励和帮扶,开展评优评先和走访慰问活动,切实将党的关怀与温暖送到党员师生身边。

（五）持之以恒正风肃纪

党的作风关乎人心向背和事业兴衰，党的形象和威望集中体现于优良的作风和严明的纪律。要严格落实党委全面从严治党主体责任和纪委监督责任，压实领导干部"一岗双责"。广泛开展党规党纪宣传教育和警示活动，加强校园廉政文化建设，不断增强党员干部的政治定力、纪律定力、道德定力、抵腐定力。坚持把纪律和规矩挺在前面，建立校内巡察制度，推动校内巡察全覆盖，突出政治监督，强化日常监督，构建制度执行监督机制，督促各级党组织增强贯彻落实上级决策部署的思想自觉和行动自觉。坚持严格执纪，综合运用"四种形态"，抓早抓小，严肃查处违纪违规行为。聚焦精准问责，抓住"关键少数"，以问责倒逼各级党组织和党员领导干部压实政治责任和主体责任。大力加强作风建设，锲而不舍落实中央八项规定实施细则精神和省委实施办法，坚定不移破除形式主义和官僚主义，着力以优良的党风促校风、带教风、正学风。

推进全面从严治党　强化监督执纪问责
为建设国内一流、特色鲜明的高水平大学提供坚强纪律保障

——中共安徽师范大学纪律检查委员会向中共安徽师范大学第十一次代表大会的工作报告（节选）

（2019年12月20日）

一、五年来的工作回顾

（一）压实"两个责任"，全面从严治党合力持续凝聚

一是切实履行协助职责。坚持把党风廉政建设与学校中心工作同部署、同检查、同落实、同考核。协助党委以"新年第一会"的形式召开年度全面从严治党工作会议，及时传达学习中央纪委、省纪委全会精神，部署学校全面从严治党工作。出台落实"两个责任"的实施意见，细化责任清单，签订《党风廉政建设责任书》，实行落实主体责任全程记实工作制度，督促全校各级党组织"以

单定责”“照单履责”“按单问责”。定期对学校政治生态情况开展分析研判,从党委主体责任和纪委监督责任落实情况、党内政治生活落实情况、选人用人和纪律审查情况等,着力发现问题,剖析问题根源,提出改进措施。

二是抓实巡视整改。巡视整改是检验“两个责任”的重要标尺。针对省委巡视组反馈的3个方面11项问题,学校纪委积极配合学校党委梳理形成52条整改意见,制订整改方案,明确“三个清单”,建立工作台账,督促相关单位逐项整改落实,确保件件有着落、事事有回音。对省委巡视组巡视期间移交的15件信访和9件问题线索逐一进行调查核实处置;对省委巡视办电话反馈的9条意见,逐一整改到位;在全校开展以“查漏洞、抓反弹、补短板”为主要内容的巡视整改情况“回头看”工作,督促相关部门对省委高校巡视整改“回头看”督察组督办的3个问题,逐一整改落实。坚持“刀刃向内、自我查改”,做好巡视“后半篇文章”。给予1名党员干部党纪处分,追回违规使用科研经费144.5万元,通过诉讼途径追回工程借款1500万、工程超付款10.4万元。

三是严格问责追责。坚持失责必问、问责必严,以问责倒逼“两个责任”落到实处。五年来,因履行“两个责任”或“一岗双责”不力问责4人,其中给予党内警告处分2人,诫勉谈话1人,责令作出检查1人;取消2个单位年度评优资格。

(二)深化作风建设,清风正气持续激荡

一是持之以恒落实中央八项规定精神。紧盯节假日等重要时间节点和“关键少数”,运用纪检通报、短信提醒、网络公告等方式,加强教育预防和警示提醒。强化对落实中央八项规定精神情况和“酒桌办公”的监督检查,协助推动落实学校公务用车改革,配合有关单位加强对“三公”经费、因公出国(境)等问题的监督检查,持续释放正风肃纪强烈信号。

二是集中整治形式主义官僚主义。深入开展“三查三问”及“严规矩、强监督、转作风”集中整治形式主义官僚主义专项行动,精准查摆学校在党的建设、教育教学、服务师生等方面存在的“多、推、虚、浮”问题,制订方案,逐一整改。扎实开展“以案示警、以案为戒、以案促改”警示教育,督促各级党委履行主体责任,紧盯形式主义官僚主义新动向新表现,采取有效管用的整改措施,着力抓好落实整改,切实解决师生的难心事、烦心事。

三是扎实开展专项治理工作。组织开展“正风肃纪、排查整治”专项行动,严肃查处发生在群众身边的“四风”和腐败问题，有力推进教育扶贫领域突出问题、“管党治党宽松软”、“小金库”专项治理回头看、滥发津补贴、基建采购突出问题、科研经费规范管理及师德师风等近20个专项治理工作。在“不忘初心、牢记使命”主题教育中，积极配合开展8个专项整治和2个集中治理工作。对7个私设“小金库”问题予以严肃查处，追缴违纪款2.35万元，给予1人党内警告处分、1人诫勉谈话、2个单位通报批评。清退违规发放的津补贴和劳务费361万余元。督促推动有关职能部门新建规章制度30余项。

(三)加强纪律建设，纪律规矩意识持续增强

一是不断强化纪律教育。通过集中学习、教育培训、“两微一端”等多种方式，开展“一章程”“两准则”“四条例”等党内法规的学习教育。邀请省检察院、省纪委驻教育厅纪检监察组领导来校作反腐倡廉报告，在全校党员干部中组织开展新修订的《中国共产党纪律处分条例》学习测试，促进广大师生把党的纪律刻印在心、落实于行。组织开展“反腐没有休止符，预防永远在心中”预防职务犯罪专项活动，协助学校党委开展“讲重作”“讲严立”等专题警示教育，突出用身边人身边事教育党员干部，充分发挥反面典型的警示警醒作用。

二是深入推进廉洁文化建设。制定建立健全惩治和预防腐败体系暨建设廉洁校园实施办法，出台关于加强廉政文化建设的实施意见。在花津校区候车亭橱窗布置廉政公益广告作品展，在行政办公等楼宇公共区域安装廉政宣传立牌，在建校90周年办学成就展上开设“明纪律、强作风”宣传专栏。组织师生参加全国全省高校廉政文化作品征集暨廉洁教育系列活动，有8件廉政文化作品获奖。在党政管理干部培训、新生入学教育中讲授廉政党课。开展廉政文化建设和反腐倡廉的实践与理论研究，积极推动廉洁文化进校园、进课堂。学校干部廉洁从政、教师廉洁从教、职工廉洁从业、学生廉洁修身的廉洁文化氛围日益浓郁。

三是严肃查处违规违纪行为。认真贯彻《中国共产党问责条例》，严格执行《中国共产党纪律检查机关监督执纪工作规则》，依规依纪开展执纪审查，强化问责追究，坚持“一案双查”，对违规违纪问题零容忍。五年来，给予党纪处分14人次，其中，党内警告处分9人，党内严重警告处分3人，开除党籍处分2人，收缴各类违纪所得10.25万元。

(四)紧扣监督首责,监督质效持续优化

一是突出政治监督。把"两个维护"作为政治监督的首要任务,协助学校党委制定实施《安徽师范大学关于贯彻落实上级重大决策部署的实施意见》《中共安徽师范大学委员会"政治建设年"活动实施方案》;通过参加或列席相关会议和活动,开展专项监督检查,强化对学校各级党组织和党员领导干部遵守党章党纪,贯彻落实新形势下党内政治生活若干准则,执行党中央、省委和学校党委决策部署等情况的监督;加强对落实党委领导下的校长负责制、民主集中制和意识形态责任制的监督检查。通过纠正偏差,校准方向,强化党的政治领导,严肃党内政治生活,严明党的政治纪律和政治规矩,确保政令畅通。

二是做实日常监督。坚持将问题线索处置与日常监督有机结合。建立健全监督执纪制度体系,制定学校对反映党员领导干部问题线索进行谈话函询的暂行办法、关于践行监督执纪"四种形态"的实施办法等规章制度。盯紧公权力运行各个环节,加强对党员领导干部尤其是"一把手"的监督,根据日常监督中发现的苗头性、突出性问题,向有关部门提出工作建议,督促履行职能监督。运用监督执纪"四种形态",尤其是在用好第一种形态上下功夫,对发现的苗头性、倾向性问题或者轻微违纪问题,及时约谈提醒、批评教育、诫勉谈话。畅通信访监督渠道,完善信访举报登记、呈批、流转、处置和回复制度。五年来,共受理、办结信访举报204件,处置问题线索53件,其中谈话函询30件,初步核实23件,立案12件。梳理学校自2016年接受省委巡视以来受理的信访举报情况,并形成分析报告,切实发挥群众监督作用。

三是强化重点监督。统筹修订完善全校各单位廉政风险点和防控措施、职权目录、流程图,对基建工程、物资采购、干部人事、经费管理、校办企业、评优评先等重点领域和关键环节进行重点盯防、重点监督。加强对各类招生考试阅卷工作的监督检查,年均达20余项,进一步严肃了招考纪律,净化了招考环境。协助开展学术诚信和师德师风教育,严肃惩处违规违纪行为,对2名存在学术不端行为的党员干部分别给予党内警告和严重警告处分,对2名严重违反师德师风的教师给予了开除党籍处分。

四是开展联动监督。加强与组织部、人事处、审计处、财务处等职能部门的协作联动,推动职能监督与专责监督相互促进、相互贯通、形成合力。配合组织部门开展干部选拔任用工作，把好政治关、廉洁关，对600余人出具了廉政回复意见。督促受到组织函询、谈话、处理的党员干部在民主生活会或组织生活会上进行说明或检查，组织监督与民主监督协同发力。建立学校纪委委员联系院级党组织工作制度，充分发挥学校纪委委员和学校党风党纪监督员、特约监察员职责作用。

（五）聚焦队伍建设，履职能力持续提升

一是持续深化“三转”。认真贯彻落实上级纪委“三转”要求，纪委书记退出职责范围以外的议事机构，不兼任其他职务或分管、协管纪律检查以外的其他工作，专职纪检监察干部全部退出“一线监督”。坚持“监督的再监督、检查的再检查”的职责定位，监督不代替，到位不越位，把主要精力集中到监督领导干部廉洁从政、查处违纪违规问题和对主责部门履行职能监督的“再监督”上。

二是提高执纪能力。严格执行纪委全委会、部门工作例会和纪检监察干部业务学习制度，先后组织50余次政治理论学习，不断提高思想政治水平。积极参与教育部直属高校纪检监察党风廉政理论课题研究工作，承办和参加东南十一省（区、市）属重点师范大学纪检监察工作研讨会，加强与兄弟院校学习交流。参加上级纪委组织的执纪审查工作实践和业务培训，加强与地方纪检监察机关的交流与合作，建成省纪委纪检监察内网延伸项目，不断提高执纪审查能力和业务水平。

三是强化自我监督。坚持正人先正己，自觉接受广大师生员工监督，在行使权力上慎之又慎，在自我约束上严之又严，在公私分明、亲清分开上做表率，在守规守纪守法上做表率，严格遵守监督执纪工作规则，建立规范信访处置、问题线索综合研判等机制，严防“灯下黑”。

回顾过去五年的工作，我们有以下深切体会：

一是必须坚持双重领导体制，落实好管党治党政治责任。

二是必须坚持抓住“关键少数”，切实发挥“头雁效应”。

三是必须坚持挺纪在前，用纪律管住全体党员干部教师。

四是必须坚持“打铁必须自身硬”，不断加强纪检队伍建设。

在总结成绩和经验的同时，我们也清醒地认识到，学校党风廉政建设还存在一些薄弱环节，与上级要求和师生期盼还有一定差距，主要表现在：管党治党责任传导层层递减现象依然存在;后勤基建、招标采购、招生考试等重点领域和关键环节还存在廉洁风险,内部控制机制仍需进一步健全;个别党员和领导干部纪律意识淡薄,师德师风、学术不端等违纪现象仍有发生;形式主义、官僚主义问题在一些领域依然不同程度存在,党员干部勇担当、敢作为的良好氛围还不够浓厚;纪检干部队伍建设有待进一步加强,执纪审查能力有待进一步提高,纪检体制改革有待进一步推进;等等。我们必须高度重视这些问题,在今后工作中以奋发有为的精神状态和严谨务实的工作作风,认真加以解决。

二、对新一届纪委工作的建议

(一)坚持把党的政治建设摆在首位

政治建设是党的根本性建设。要坚决夯实"两个责任",积极协助学校党委落实主体责任,自觉落实纪委监督责任,深入推进党风廉政建设和反腐败工作。严明政治纪律和政治规矩,严格执行新形势下党内政治生活的若干准则,督促各级党组织和全体党员严格遵守党章党规,自觉将"两个维护"落实到实际行动上。强化对学校贯彻党的教育方针、坚持社会主义办学方向、落实立德树人根本任务等情况的监督检查,坚决纠正上有政策、下有对策,有令不行、有禁不止行为。协助校党委定期分析研判政治生态状况,不断加强政治生态建设,积极营造良好的育人环境和工作氛围。

(二)坚持驰而不息抓好作风建设

作风建设永远在路上。要持之以恒落实中央八项规定精神,紧抓党员领导干部这个"关键少数",坚持以上率下,带头转变作风。加强监督检查,深挖违反中央八项规定精神以及"四风"问题隐形变异的种种表现,一个节点一个节点坚守,绝不让"四风"反弹回潮。要发扬斗争精神,提升斗争本领,坚定不移破除形式主义、官僚主义,大力营造担当实干的干事创业氛围。持续巩固学校"不忘初心、牢记使命"主题教育成果,切实让广大师生感受到作风建设的新成效新变化。

(三)坚持做实做细监督职责

牢牢把握监督这个基本职责、第一职责。综合运用信访受理、线索处置、约谈提醒、谈话函询和参加民主生活会等多种方式加强日常监督,及时发现、提醒、纠正党员干部存在的苗头性、倾向性问题，推动有关单位弥补制度漏洞、开展警示教育。修订纪律检查信访举报工作实施细则，发挥信访举报“主渠道”作用，畅通来信、来访、来电、网络“四位一体”的受理平台。用足用好监督执纪“四种形态”，尤其在第一种形态上下更大功夫，抓早抓小、防微杜渐。加强对学术科研、招标采购、招生考试、后勤基建、师德师风等重点领域和关键环节的监督检查，形成真管真严、长管长严的常态。积极推动建立激励机制和容错纠错机制，为敢担当、善作为的干部撑腰鼓劲，让党员干部想干事、能干事、干成事、不出事。

（四）坚持一体推进不敢腐、不能腐、不想腐

惩是为了治，治标更要治本。坚决贯彻执行《中国共产党纪律处分条例》，严明“六项纪律”，用好问责利器，持续强化不敢腐的震慑。针对监督执纪中发现的突出问题，积极推动有关职能部门做好制度废、改、立，着力完善用制度管权、按制度办事、靠制度管人的有效机制，扎紧扎牢不能腐的笼子。加强校园廉政文化建设，深化纪律教育，创新教育方式和载体平台，注重用身边事教育身边人，积极营造党风廉政宣传教育的浓厚氛围，切实增强不想腐的自觉。

（五）坚持改革优化纪检体制机制

严格贯彻落实省纪委关于推进省属本科院校纪检体制改革精神，全面深化学校纪检体制改革，建立健全学校纪检工作制度机制。坚持和完善工作例会、约谈、述责述廉、重要情况报告、线索处置报备审核等制度，健全校纪委与党委定期会商、重要情况通报等机制，不断优化与组织、人事、财务、审计等职能部门的联动协商机制，优化校纪委的内设机构设置，探索在各院级党组织设立二级纪委。强化纪检工作保障，加快建设标准化谈话室，制定“走读式”谈话管理办法，确保执纪审查工作安全。规范建设学校处级以上干部廉政档案，加强对干部的监督管理。

（六）坚持开展校内巡察全覆盖

全面开展校内巡察工作，坚守政治巡察定位，充分发挥巡察利剑作用，主动在“治未病”和“治已病”上积极作为。制订五年巡察工作规划，协助新一届党委实现任期内对院级党组织和重要职能部门巡察工作的全覆盖，统筹推进巡察工作与净化学校政治生态相结合，与整治师生反映强烈问题相结合，与解

决日常监督发现的突出问题相结合。扎实做好巡察整改工作,紧盯巡察发现的问题,按立行立改、限时整改、长期建设分别建账销账。深化巡察成果运用,充分发挥校内巡察的“威慑”“体检”和“标尺”作用。

(七)坚持从严从实加强自身建设

在我无瑕,方可律人。纪检干部要以更高的标准、更严的纪律要求自己,采取“走出去”“请进来”的方法,强化理论学习与实践锻炼,不断提高执行政策水平和执纪工作能力。聚焦主责主业,持续深化“三转”,严格执行监督执纪工作规则,强化“监督的再监督”,切实在正己的基础上正人,在守纪的前提下执纪。配齐配强专职纪检干部,充分发挥校纪委委员、二级纪委以及基层党组织纪检委员作用,着力打造一支忠诚坚定、担当尽责、遵纪守法、清正廉洁的纪律检查干部队伍。

会议决议

关于中国共产党安徽师范大学第十一次代表大会党委工作报告的决议

(2019年12月21日通过)

中国共产党安徽师范大学第十一次代表大会经过认真审议,批准胡朝荣同志代表中国共产党安徽师范大学第十届委员会所作的工作报告。

大会认为,报告高举习近平新时代中国特色社会主义思想伟大旗帜,全面回顾了学校过去五年的工作和取得的成绩,客观指出了存在的问题和不足,认真总结了办学经验,深刻分析了发展形势,进一步坚定了建设国内一流、特色鲜明的高水平大学奋斗目标,对今后五年的工作作出了全面部署。报告主题鲜明,目标催人奋进,思路清晰明确,举措切实可行,充分凝聚了全校师生的集体智慧,体现了全体师大人的共同愿景,吹响了奋进新时代、勇担新使命的时代号角,为学校改革发展指明了前进方向。

大会充分肯定了学校第十届党委的工作。过去五年，是全校上下攻坚克难、负重前行的五年，也是奋勇争先、稳中有进的五年。五年来，学校党委坚持以习近平新时代中国特色社会主义思想为指导，深入学习宣传贯彻党的十八大、十九大和全国、全省教育大会精神，树牢“四个意识”，坚定“四个自信”，做到“两个维护”，认真履行管党治党、办学治校主体责任，团结带领广大党员干部和师生员工，抢抓机遇，积极作为，大力推进“五个师大”建设，在党的建设、人才培养、科学研究、社会服务、文化传承创新和国际交流合作等方面取得了可喜的成绩，在高水平大学建设征程中又迈出了坚实的步伐。

大会指出，我国正处于实现中华民族伟大复兴的重要时期，党和国家事业发展对高等教育的需要，比以往任何时候都更加迫切。今后五年，学校机遇与挑战并存，改革攻坚与争先进位并举，全校上下必须解放思想、凝聚共识，增强自信、保持定力，改革为先、干字当头，大力推动各项事业高质量发展。必须坚持“特色、开放、创新”的办学理念，以立德树人为根本，以“双一流”建设为牵引，以服务经济社会发展为己任，全面实施铸魂育人和强基兴师两项主体工程，统筹推进学科、学位点、专业三大基础建设一体化发展，深入开展教学提质、科研攀登、服务融合、文化引领、开放聚力五大关键行动，着力完善内部治理和服务支撑两大保障体系，奋力开创国内一流、特色鲜明的高水平大学建设新局面。

大会强调，建设高水平大学，关键在党。必须毫不动摇坚持和加强党的全面领导，必须毫不动摇大力加强党的建设工作。要认真贯彻落实新时代党的建设总要求，把政治建设摆在首位，用习近平新时代中国特色社会主义思想武装广大师生，着力建设高素质专业化干部队伍，全面加强党的基层组织建设，持之以恒正风肃纪，深入推进反腐败斗争，切实为学校改革发展稳定提供坚强保证。

大会号召，全校各级党组织、全体党员干部和师生员工，要认真贯彻落实本次大会精神，在校党委的坚强领导下，高举习近平新时代中国特色社会主义思想伟大旗帜，不忘初心、牢记使命，凝心聚力、攻坚克难，以永不懈怠的精神状态和勇往直前的奋斗姿态，朝着国内一流、特色鲜明的高水平大学建设目标奋力迈进！

关于中国共产党安徽师范大学第十一次代表大会纪委工作报告的决议

(2019年12月21日通过)

中国共产党安徽师范大学第十一次代表大会经过认真审议,批准周新发同志代表中国共产党安徽师范大学第十届纪律检查委员会所作的工作报告。

大会充分肯定了学校第十届纪律检查委员会的工作。一致认为,校第十次党代会以来,学校纪委在上级纪委和学校党委的正确领导下,增强"四个意识",坚定"四个自信",做到"两个维护",全面履行党章赋予的职责,聚焦监督执纪问责,压紧压实"两个责任",持之以恒正风肃纪,持续加强纪律建设,不断强化纪检队伍建设,推动全面从严治党向纵深发展、向基层延伸,学校党风廉政建设和反腐败工作取得明显成效。

大会要求,学校新一届纪委要坚持以习近平新时代中国特色社会主义思想为指导,把党的政治建设摆在首位,协助党委推进全面从严治党,全面深化纪检体制改革,不断完善监督执纪制度体系,努力实现学校纪检监察工作高质量发展,积极营造风清气正的干事创业环境,为推动国内一流、特色鲜明的高水平大学建设提供坚强的纪律保障。

大会号召,全校各级党组织和党员干部要不忘初心、牢记使命,以永远在路上的坚韧和执着认真履职尽责,不松劲、不停步、再出发,坚定不移推进全面从严治党,为实现学校第十一次党代会确定的奋斗目标作出新的更大的贡献!

附录：1928—2019年学校党的建设大事记

一、省立安徽大学时期（1928年4月—1939年8月）

1928年，党派俞昌准进省立安徽大学预科，与王金林、陈一煌、刘树德、欧阳良劭、刘格非、徐一萍等10余名中共党团员，组成省立安徽党团支部，俞昌准任书记，从事地下革命活动。

同年11月23日，俞昌准遭叛徒刘怡亭告密被捕，当年12月26日被国民党枪杀于安庆北门外的马山下。

俞昌准牺牲后，省立安徽大学党团支部在王金林同志的领导下，继续开展爱国民主运动，并组织了一个外围组织"文艺研究会"。

在此期间，省立安徽大学地下党员刘复彭（刘丹）、后亦斋等人发动进步学生组成"安徽省抗日后援会各县流动工作队"，由刘复彭担任副队长。

二、省立安徽学院时期（1940年3月—1949年12月）

省立安徽学院在立煌阶段，学校有地下党员樊春曦、李德鸿两人。

抗日战争胜利后，中共南京地下市委派张一峰等人到省立安徽学院发展党员。

1948年冬至1949年初，在地下党组织引导下，省立安徽学院进步学生组建了"新民主主义青年学会"。

1949年初，省立安徽学院成立临时党支部，书记为周鹤峰；中共南京市委指示省立安徽学院党组织，保护学校，迎接解放。随后省立安徽学院成立"应变委员会"，由周鹤峰等人组成。

三、国立安徽大学时期(1946年4月—1949年12月)

1946年10月,国立安徽大学复校之初,南京临时大学部分同学转来学习,其中有5名中共党员,中共南京地下市委决定将他们组成一个党支部,书记为李昭定,副书记为刘玉浦。

同年11月,国立安徽大学党支部积极支持对膳食团的查账运动。

北平"沈崇事件"发生后,国立安徽大学党支部支持进步学生谴责美军暴行,并派党员在校内外组织读书会,帮助进步学生成立自治会。

1947年4月,李昭定身份暴露,撤离国立安徽大学,调回南京,支部书记由刘玉浦担任。

四、安徽大学时期(1949年12月—1954年8月)

安徽大学成立后,党的领导组织由中共安徽大学党支部与芜湖一中联合组成。安徽大学建立时,学校党员不到20人。

1950年7月7日,中共安徽大学党支部举行公开大会,选举靳树鸿同志任党支部书记,芜湖一中校长马数鸣同志任副书记。

1952年5月,安徽省委决定任命项南、戈华、方向明、郑英年等人组成安徽大学党委会,以项南同志为党委书记。

同年5月15日,安徽大学党、政、工、团在学校大礼堂召开联合大会,庆祝安徽大学党委成立,党委书记项南发表讲话。

同年9月,安徽大学党委书记项南的工作重心主要在团省委,学校党委工作主要由党委副书记戈华主持。

1953年春,戈华调任中央组织部工作后,安徽省委任命干仲儒为学校党委书记。

五、安徽师范学院时期(1954年8月—1960年3月)

1954年初,安徽师范学院党委成立。

1959年6月14日至17日,安徽师范学院召开第一次全体党员大会。

1960年2月14日至27日,安徽师范学院召开第二次全体党员大会。

整风运动和反右斗争以后,安徽师范学院实行党委领导下的院务委员会负责制。

安徽师范学院在院务不健全阶段,以各系党总支书记和主任联席会议替代院务委员会。

1954年安徽师范学院独立建院时,全校只有5个党支部,共70名党员,到1959年,已先后建立起7个党总支、2个直属党支部、23个党支部、50个党小组。

1958年,安徽师范学院各系成立党的总支部,并配备专职分管学生工作的副书记,在学生班级中建立班主任制。

六、皖南大学时期(1960年3月—1968年8月)

1963年4月至1965年7月,学校开展"四清"运动。

1964年1月,陈轫同志任皖南大学党委书记,建立《关于各级委员会集体领导制度》《定期召开党员大会制度》等。

1966年2月12日至15日,皖南大学召开党员代表大会,选举中共皖南大学委员会和监察委员会,陈轫同志当选党委书记。

1968年8月,皖南大学成立革命委员会,杨锦华同志任主任。

同年8月底至9月初,工人毛泽东思想宣传队进驻皖南大学。皖南大学革命委员会举办各种类型的学习班,认真学习毛泽东思想。

七、安徽工农大学时期(1968年8月—1972年12月)

1969年下半年,校革命委员会对学校的管理体制进行改革。

1969年—1970年7月,学校两次"开门整党",新建17个基层党支部。

1970年4月22日,安徽工农大学和合肥师范学院合并后,根据工作需要报请安徽省革委会批准,成立了新的安徽工农大学革命委员会,杨锦华任主任。

1970年9月,学校成立保密委员会;12月14日至19日,中共安徽工农大学第三次代表大会召开,经代表大会选举,报安徽省革委会核心小组批准,成立中共安徽工农大学委员会,杨锦华任书记。

1971年4月,安徽省委任命魏心一同志为安徽工农大学党委副书记、革委会主任。

八、安徽师范大学时期(1972年12月—)

1974年年初,学校党委举办学习班,认真学习中共中央〔1974〕1号文件,并于同年2月,派出200多名师生赴工厂、农村、部队宣讲中央1号文件。

1974年下半年,为纪念毛泽东《关于红楼梦研究问题的信》发表20周年,学校组建了《评红》小组,在合肥、芜湖、马鞍山等市为工农兵举办用阶级观点研究《红楼梦》讲座300余场。

1975年5月,安徽省在霍山召开空前规模的学朝农(朝阳农学院)大会,学校召开党委扩大会议,传达了霍山会议精神,并制定了《关于学习朝农经验,深入开展教育革命的意见》。

1976年10月,粉碎"四人帮"之后,通过拨乱反正,学校党的建设逐步加强。

1977年6月28日,驻校军代表卢贤杰同志(时任校党委副书记)奉命撤回部队,结束了"文革"中在学校实行的军宣队进驻学校、管理学校的历史。

同年9月,校党委根据党中央精神,组织全校师生开展党的四项基本原则教育;校党委书记魏心一同志调任省委大学科学部部长。

10月,陈韧同志担任安徽师范大学党委书记、革命委员会主任。

11月21日,安徽省委、省革委会决定在全省设立"安徽师范大学教学点"。

1978年5月,《光明日报》发表特约评论员文章《实践是检验真理的唯一标准》。学校党委组织师生认真学习该文及毛主席的相关著作和当时国家主要领导人的重要讲话。

同年7月14日,学校召开落实党的政策大会,宣布为一批冤、假、错案平反。同月,安徽省委决定沙流辉同志担任安徽师范大学党委副书记、校长。

9月25日,学校特邀南京大学哲学系副主任、《实践是检验真理的唯一标准》的主要作者胡福明同志来校作报告。27日,学校举办关于"真理标准问题"的理论讨论会。

11月22日,学校党委召开由党委常委和各系、机关总支负责人参加的会议,传达学习省委组织部、宣传部关于加强对党员教育的意见。

1979年1月20日,校党委召开扩大会议,传达贯彻十一届三中全会、中央工作会议的精神和省委工作会议精神。

同年2月,校党委召开扩大会议,传达贯彻安徽省委工作会议精神。

3月,校党委书记陈韧同志调安徽省高教局任书记、局长。

4月,安徽省委任命沙流辉同志担任安徽师范大学党委书记。

9月5日,校党委召开全委扩大会议,认真学习、研究、贯彻中央工作会议精神,提出要着重抓好十项工作。

是年,校党委召开扩大会议,决定把学校工作的重点转移到教学和科研上来,并采取一系列措施,促进科研水平的提高。

1980年3月,校党委提出加强和改善党的领导的五项措施:一是坚决贯彻执行党的政治路线和思想路线;二是坚持党要管党的原则;三是正确贯彻民主集中制;四是切实改进领导工作方法和作风;五是大力提高工作效率。

同年4月至5月,学校举办处以上党员领导干部学习班和科级党员干部和党支部书记轮训班,学习十一届五中全会精神、党章修改草案、《关于党内政治生活若干准则》。

6月,叶钟文同志担任安徽师范大学校长。

1981年8月13日至16日,中华全国学生联合会在我校召开主席团扩大会议,我校学生会主席在大会上的发言《代表学生利益,更要维护党的领导》受到会议高度重视,《安徽日报》全文发表。

同年10月,学校召开在校省政协委员、常委和民革、民盟、农工、九三学社、民进党派代表座谈会,学习叶剑英委员长《关于台湾回归祖国实现和平统一的方针政策》。

1982年3月20日至21日,中共安徽师范大学第四次代表大会召开,全校170多名代表出席会议,选举沙流辉同志为党委书记,徐勉一同志兼任纪委书记。是月,学校党委对全校知识分子政策落实情况进行全面检查。

同年9月,学校召开在校各民主党派负责人、无党派人士座谈会,强调在建设精神文明中多作贡献。

是年,学校党委认真贯彻执行中央《关于建立干部退休制度的决定》,成立校老干部工作委员会。

1983年3月14日,安徽省委、省政府向全省发出《关于向优秀共产党员、优秀人民教师李友才同志学习的通知》。

是年，安徽省委调整了安徽师范大学领导班子，任命杨新生同志为党委书记，杜宜瑾同志为校长。

1984年2月，学校成立“五讲四美三热爱”活动委员会，张正元任主任委员。

同年4月，校党委成立检查落实知识分子政策领导小组，党委书记任组长。

8月，安徽省委书记黄璜、副书记徐乐义来校视察。

11月23日，中央政治局委员、中央书记处书记胡启立、教育部副部长张文松、国务院副秘书长艾知生等领导来校视察。

是年，学校积极稳妥地调整充实处系级和科一级领导班子。

1985年9月，全国党的代表大会在北京召开，学校党委书记杨新生同志作为全省高校唯一代表参加省代表团，出席了这次会议。

同年11月，团省委书记刘奇葆等同志来校检查学生思想政治工作。

是年，学校积极稳妥地调整充实处系级和科一级领导班子；学校成立党委老干部处和离休干部直属党支部。

1986年1月18日至20日，中共安徽师范大学第五次代表大会召开，大会选举杨新生同志为党委书记，任兴田同志兼任纪委书记。

是年，学校开展党内评优活动，评出一批先进党支部和优秀共产党员。

1987年9月10日，安徽省委书记李贵鲜来校同部分教师座谈，并对学校工作作了重要指示。

同年9月，张海鹏同志担任安徽师范大学校长。

1988年学校开始试行在工人中聘用科级干部。

校长张海鹏在学校第二届教代会上提出要做好坚持校长办公会议制度、坚持向教代会报告工作制度、坚持现场办公制度、坚持恳谈会制度、在建立校长信箱的同时拟建立举报信箱等五项工作制度。

1989年4月，学校印发《安徽师范大学“三育人”工作条例》，定期开展“教书育人、管理育人、服务育人”先进集体、先进个人评选活动。

1990年学校有计划地选派领导干部到中央党校、省委党校、国家行政学院和华东教育管理干部培训中心进修或培训。

校党委先后召开各总支、直属支部正副书记会议和全校处以下干部会议，组织学习和讨论《中共中央关于坚持和完善中国共产党领导的多党合作和政治协商制度的意见》。

1991年12月,谷国华同志担任安徽师范大学党委书记。

是年,校党委召开学习会,学习领会党的十三届七中全会公报精神。

1992年1月,学校成立由分管书记、校长担任正、副主任的学生工作委员会。

是年,校党委组织全校党员和师生学习中央指示和邓小平理论;校党委多措并举培训党支部书记;学校将原"中共安徽师范大学业余学校"更名为"中共安徽师大党校";学校成立由校人大代表、政协委员、民主党派人士、劳动模范、离退休干部等组成的党风党纪监督员队伍;学校印发《关于开展民主评议党员工作活动》,决定在全校集中开展民主评议党员活动;学校对校属企业实行厂长、经理招聘制;对部分单位负责人实行聘任制,并在附属小学公开招聘校长。

1993年1月,沈家仕同志担任安徽师范大学校长。

上半年,学校组织全校党员进行新党章知识测试。

年底,校党委在广泛征求意见的基础上,制定《安徽师范大学干部聘任制实施办法》。

是年,学校成立"关心下一代"工作委员会;落实《安徽省高校党组织工作条例》,制定详细的《实施细则》,扎实开展党员评议活动。

1994年4月12日,沈家仕同志担任安徽师范大学党委书记。

是年,学校在全校党员干部中开展反腐倡廉教育和"廉洁奉公做贡献,争当人民好公仆"主题教育;教师节表彰的全校54位"三育人"先进个人有33位党员教师。

1995年年初,学校先后召开党委会、总支书记会、处级干部座谈会和党员大会,传达学习《关于抓紧培养选拔优秀年轻干部的通知》和《党政领导干部选拔任用工作暂行条例》。

同年5月,校党委出台《关于进一步加强我校发展党员工作的意见》,提出争取在三年内使我校党员队伍中35岁以下青年教工的党员人数稳中有升,学生党员比例从3.4%上升到5%以上。

9月,学校党委贯彻执行中央统战部、国家教委联合下发统发〔1995〕16号文件,印发《关于贯彻〈关于进一步加强高等学校统一战线工作的意见〉的意见》。

10月,学校建立由校人大代表、政协委员、民主党派人士、劳动模范、离退休干部组成的党风党纪监督员队伍。

12月,学校成立"学生精神文明委员会",下设文明岗和巡逻队;学校监察审计处分开建制,成立审计处和监察处,监察处与学校纪委合署办公。

是年,学校党委先后印发《安徽师范大学处(系)科级干部选拔任用工作暂行条例》《关于调整充实处系级领导班子的通知》,成立干部考察办公室,在全面考核的基础上对系处级领导班子进行调整和充实;学校在数学、政教、生物、教育、地理、外语等系行政领导班子调整时,实行民主推荐选举产生的办法;学校继续在全校党员干部中开展反腐倡廉教育和"廉洁奉公做贡献,争当人民好公仆"主题教育。

1996年8月,丁万鼎同志担任安徽师范大学校长;学校党委召开全校党员大会,学习贯彻党的十四届六中全会和安徽省委六届三次全会精神。

同年12月8日,校党委召开会议,专题研究党校工作,为党校配备专职常务副校长,着手制订"九五"期间党校科级以上干部培训规划。

是年,校党委召开全校党员大会,学习贯彻党的十四届六中全会和省委六届三次全会精神;全校党员总数有1329人(其中教职工党员1054人,学生党员275人),设有党总支和直属党支部27个,基层党支部86个;全校有1082名学生递交了入党申请书,400多人被确定为入党积极分子;学校先后举办干部培训班、基层党支部书记培训班,以及开展党员集中轮训,加强党员干部思想教育。

1997年学校在总务部门实行全员聘任制。

是年,学校成立老干部工作委员会,由校党委书记担任老干部委员会主任。

1998年10月,学校开展以提高素质、增强党性、保持先进性为目标的民主评议党员活动。

同年11月,学校召开会议专题研究"两课"改革与建设工作。会议研究决定成立"两课"教研部。

1999年1月8日至9日,学校第七次党代会召开,参加大会的党员代表200名、列席人员17名、特邀代表40名。大会选举丁万鼎为党委书记,高家保为纪委书记。

同年9月6日,校党委召开“三讲”教育动员大会,安徽省高校“三讲”教育巡视组组长、华东冶金学院党委书记钱永智出席会议并讲话。

9月至12月,学校集中开展以“讲学习、讲政治、讲正气”为主题的党性党风教育活动。

是年下半年,学校执行新的课程设置方案,将“马克思主义理论与思想政治教育”作为重点学科建设。

2000年4月14日,“科技扶贫的有心人”何家庆同志先进事迹报告会在我校举行,安徽省委副书记方兆祥出席会议并讲话。

同年6月,安徽省委教育工委、省教育厅在中国科技大学召开全省高校精神文明创建经验交流会。校党委副书记胡昭林出席会议并在会上介绍了“抓‘双学’、创‘十无’、育‘四有’人才”的经验。

11月,学校开展以提高素质、增强党性、保持先进性为目标的民主评议党员活动。

是年,学校党委研究决定106名处级干部、140名科级干部的调整、任命;校党委对全校党总支进行适当调整,并选准配强“一把手”;校党委组织专家编写《十六大文献学习与研究》,建立“三个代表”重要思想音像资料库。

2001年3月9日至10日,学校召开党建和思想政治工作会议。

同年6月22日,学校召开纪念中国共产党成立80周年暨先进基层组织先进个人表彰大会。

8月30日,校党委举办学习江泽民同志“七一”讲话报告会。

2002年4月,省委宣传部、省委教育工委、省教育厅、团省委联合举行安徽省爱国主义教育示范学校命名暨经验交流会。学校被命名为“安徽省爱国主义教育示范学校”。

同年11月29日,校党委召开思想政治教育研究会第七届年会。

12月27日,学校党委召开思想政治教育研讨会第六届理事会暨学术研讨会。是月,学校开展以提高素质、增强党性、保持先进性为目标的民主评议党员活动。

2003年3月21日,校党委召开全校组织工作会议。

同年6月13日,安徽省委任命蒋玉珉同志为安徽师范大学党委委员、党委书记。17日,安徽省政府任命蒋玉珉同志为安徽师范大学校长。

9月12日,学校成立新校区建设指挥部直属党支部。

11月29日,学校召开思想政治教育研究会第七届年会。

12月30日,安徽师范大学"三个代表"重要思想研究基地成立,省委宣传部副部长黄传新为研究基地授牌。

是年,学校遵照省委部署,认真组织公开选拔厅级、处级干部的报名、辅导等工作;学校评选出1个先进党总支,7个先进党支部,46名优秀共产党员,8名优秀党务工作者,8名优秀德育工作者。又推选出3个基层党组织、4名优秀共产党员、4名优秀德育工作者、3名党务工作者参加省里的评选表彰;校党委制定《关于在全校兴起学习贯彻"三个代表"重要思想新高潮的安排意见》,重点学习《"三个代表"重要思想学习纲要》,并围绕10个专题进行学习。

2004年6月26日至27日,学校召开第八次党代会,参加大会的代表200名,列席人员11名,特邀代表22名。大会选举蒋玉珉为党委书记,李立功为纪委书记。

同年7月,学校对机关第一、第二党总支,经济法政学院等党总支进行调整。

7月至8月,学校进行新一届处级干部续聘调整。

10月,校党委制定《关于进一步加强和改进在大学生中发展党员工作的若干意见》,提出到2008年本科生党员比例毕业前达到12%,毕业后不低于7%;研究生党员比例毕业前60%,毕业后不低于30%。

是年,学校党委加强辅导员队伍建设和大学生思想政治教育调研工作,作为典型经验在2004年全省宣传工作会议上作大会发言。

2005年1月4日,校党委举行保持共产党员先进性教育活动总结表彰大会暨党风廉政建设责任书签字仪式。25日至26日,学校召开党委扩大会,就学校建设投资、校内津贴分配改革、后勤社会化改革等事关学校改革与发展的重大问题进行广泛充分的讨论、研究。

同年3月3日,学校召开党委扩大会,传达、学习全省宣传工作会议、第十一次全省高校党建工作会议和全省高教工作会议精神。

5月16日,学校召开校级领导干部2005年度述职测评大会。

6月6日,学校召开"党风廉政学习教育月"活动动员大会。

7月12日,校党委召开保持共产党员先进性教育活动动员大会。13日,芜湖师专并入后,在北校区成立北校区党委。

10月11日,学校领导班子召开先进性教育专题民主生活会。20日,学校举办“三项学习教育”活动报告会。27日,学校召开党委扩大会,认真传达党的十六届五中全会精神。

12月1日,学校召开党建研究会成立大会。9日,设立党委研究生工作部,与研究生学院合署办公。

是年,学校开展“三个代表”重要思想、马克思主义新闻出版观、职业精神职业道德学习教育活动(简称“三项学习教育”)。

2006年1月4日,校党委举行保持共产党先进性教育活动表彰大会暨党风廉政建设责任书签字仪式。

同年2月,学校党委设立环境科学学院总支部。

5月,学校印发《安徽师范大学本科生导师制实施暂行办法》,决定从2006年9月1日起在一、二年级的本科生中实行导师制。

9月13日,省委讲师团副团长董玉田应邀来校为校院两级理论学习中心组作“学习《江泽民文选》,推进伟大事业和伟大工程”专题报告。

12月4日,全省高校思想政治教育工作评估考核专家组来校考核评估思想政治教育工作,学校被省委宣传部、省委教育工委联合授予“安徽省高等学校思想政治教育工作评估优秀单位”。

2007年1月12日,学校党建研究会第一届年会召开。

同年3月3日,学校召开中层以上干部大会,宣布省委对校级领导班子调整的决定:吴良仁同志任安徽师范大学党委委员、常委、党委书记。12日,中共安徽师范大学八届十八次全委(扩大)会议召开。是月,党委决定在文学院等16个单位设立党的委员会,撤销原党总支的建制。

4月27日,学校召开校级领导干部考核大会,安徽省委教育工委考核组来校对校级领导干部2006年度履行岗位职责和完成年度工作任务情况进行考核。

6月1日,学校召开集中开展作风教育月活动动员大会。21日,学校召开专项工作会议,传达学习中央纪委、省委办公厅、省教育工委的有关文件和会议精神。

11月30日,学校召开学习贯彻党的十七大精神座谈会。

12月3日,学校召开党委常委会。安徽省委教育工委书记、省教育厅厅长程艺到会宣布省委、省政府对校级领导班子建设中有关干部职务调整的决定。22日至24日,学校召开处级领导班子和处级干部任期考核述职大会。

2008年3月20日,中共安徽师范大学委员会八届二十一次全体(扩大)会议召开。

同年4月12日,校党委书记吴良仁同志接受《中国青年报》副总编张坤、中青报驻安徽记者站记者靳生和《安徽日报》记者陈婉婉的联合专访。18日,省委书记王金山来校视察。

5月7日,校党委常委理论学习中心组集中学习贯彻胡锦涛总书记在北京大学师生代表座谈会上的重要讲话和安徽省委书记王金山考察我校的重要讲话精神。

7月4日,学校召开"加强制度建设、坚持廉政勤政、促进科学发展"主题教育活动动员会。8日,学校邀请安徽省委教育工委委员、省教育纪工委书记王宜来校作反腐倡廉形势报告。

10月28日,学校召开处级干部大会,传达学习胡锦涛总书记"9·30"视察安徽重要讲话精神。31日,校党委常委理论学习中心组召开理论学习会议,传达、学习第十七次全国高校党建工作会议精神等内容。

2009年2月18日,校党委常委理论学习中心组召开理论学习会议,传达学习贯彻全省组织工作会议、全省宣传工作会议和全省高校思想政治理论课工作会议精神。

同年3月4日,中共安徽师范大学委员会八届二十四次全体(扩大)会议召开。18日,学校召开深入学习实践科学发展观活动动员大会,省属高校学习实践活动第一指导检查组组长、原安庆师范学院党委书记丁伯华出席并讲话。

4月8日,校党委中心组召开深入学习实践科学发展观专题学习会;举办校院两级中心组深入学习实践科学发展观专题报告会。14日,省属高校学习实践活动第一指导检查组组长丁伯华、副组长江贻东等来校调研。22日,校党委中心组召开深入学习实践科学发展观,促进大学生就业创业专题学习会。27

日,学校举办校院两级中心组深入学习实践科学发展观专题报告会,中共中央机关刊物《求是》杂志社副总编、著名科学社会主义理论专家刘润为应邀作《近代中国的抉择》专题报告。

5月13日,学校举办深入学习实践科学发展观活动"解放思想大讨论"主论坛。22日,学校召开深入学习实践科学发展观活动学习调研阶段总结暨分析检查阶段动员大会;学校召开2008年度校级领导班子及成员考核述职大会。

6月12日,安徽省政府任命王伦为安徽师范大学校长。15日,学校党委召开八届二十五次全委会。18日至19日,中国共产党安徽师范大学第九次代表大会召开,大会选举产生了校第九届党委和新一届纪委,吴良仁同志当选党委书记,程度同志当选纪委书记。26日,学校领导班子召开民主生活会。30日,学校组织全校处以上干部赴安徽省反腐倡廉警示教育基地——蜀山监狱接受警示教育。

7月15日,学校召开深入学习实践科学发展观活动分析检查阶段总结暨整改落实阶段动员大会。

8月29日,学校召开深入学习实践科学发展观活动群众满意度测评大会。省属高校学习实践活动第一指导检查组杨忠祥、齐济友应邀到会指导。

9月23日,校党委中心组召开党的十七届四中全会精神专题学习会。

11月4日,安徽省委党校第七期全省高校负责人研修班全体学员来校考察、调研党建工作。

是年,校党委首次承担的中央组织部2008年重点调研课题"关于深化干部人事制度改革的拓展研究"《中国历代官吏选任制度利弊分析、吏治腐败的根源和教训》荣获一等奖。

2010年1月11日,学校召开学习实践科学发展观活动整改落实方案自查群众代表座谈会。11日至12日,安徽省属高校学习实践活动整改落实情况第五督查组来校检查整改方案落实情况。

同年2月25日,校党委召开九届二次全体(扩大)会议。

3月27日,学校召开"四风"建设专题会议。

4月23日,学校召开"四风"建设动员大会,正式启动学校党风、作风、教风和学风建设年活动。

5月5日至6月24日，学校新任处级干部培训班开班。

5月27日，学校召开深入开展创先争优活动动员部署大会。

7月6日，安徽省委常委、组织部部长、省委创先争优活动领导小组副组长段敦厚等领导一行率领省调研组来校调研指导创先争优活动，并召开全省部分高校创先争优活动座谈会。14日，学校召开创先争优活动转段工作会议。

9月7日，学校领导班子召开以“贯彻落实《廉政准则》，切实加强领导干部工作作风建设”为主题的民主生活会。26日，学校召开创先争优工作推进会，就“党员示范岗”和“红旗党组织”创建工作的推进、学习房玫和吴青山活动的开展进行专题部署。30日，学校召开公推公选副厅级领导干部公开推荐大会。

11月10日，学校召开学习贯彻《中国共产党普通高等学校基层组织工作条例》会议。16日，教育部在北京召开全国高校思想政治理论课教师队伍建设工作会议。我校党委副书记顾家山参加会议并作为地方高校唯一代表作了交流发言。

12月11日，中共安徽师范大学第九届代表大会第二次会议召开。14日至16日，安徽省委公推公选领导干部考察组一行7人来校考察干部。

2011年1月10日，学校召开创先争优专项工作布置会。

同年3月9日，校党委理论学习中心组理论召开学习会，传达学习第十八次全省高校党建暨2011年度高教工作会议精神。11日，安徽省委第五巡视组来校召开巡视工作动员会。25日，安徽省委副书记、省政协主席王明方来校视察。

4月12日，学校召开评审会议，评选推荐安徽省高校先进基层党组织、优秀共产党员、优秀党务工作者。

6月1日，学校组织处级以上干部、机关党政管理部门科级干部赴芜湖市国际会展中心参观“全国检察机关惩治和预防渎职侵权犯罪展览芜湖巡展”。2日，学校举办社会主义核心价值体系理论辅导报告会。14日，学校召开评审会议，评选先进基层党组织、优秀共产党员和优秀党务工作者。25日，学校举行庆祝建党90周年教职工红歌大赛暨先进基层党组织、优秀共产党员、优秀党务工作者表彰大会。21日，全国高校创先争优先进事迹报告团首场报告会在北京工业大学举行。房玫教授作为报告团成员在大会上作题为《作一名马克思主义的真情传播者》报告。

7月2日,安徽省委组织部、省委教育工委来校召开厅级干部任职与考核大会,宣布省委决定:顾家山同志任安徽师范大学党委书记。6日,全省廉政风险防控管理试点工作会议在铜陵市召开。学校被确定为“全省廉政风险防控管理试点单位”。18日,学校召开廉政风险防控管理试点工作动员大会。

8月31日,安徽省推进廉政风险防控管理试点工作指导小组一行4人来校调研指导廉政风险防控管理试点工作。

9月16日,学校举办党委中心组学习扩大会暨二级党组织主要负责人高级研修班。19日,校党委书记顾家山以及部分核心涉密部门的负责同志赴合肥参观全国窃密泄密案例警示教育展。

10月9日,学校召开廉政风险防控管理试点工作交流会。26日,安徽省第九次党代会代表、校长王伦做客中安在线“省九次党代会专题报道”演播室,就高校如何提速发展,服务安徽崛起等问题接受了中安在线记者杨玥玥的专访。

11月2日,学校举行全校处级以上干部大会暨党委中心组扩大学习会,传达学习党的十七届六中全会精神和安徽省第九次党代会精神。9日,学校召开处级班子和处级干部考核与换届动员大会。

12月10日至11日,学校召开处级领导班子集中述职暨民主测评大会。

2012年1月4日,学校召开创先争优群众评议工作动员部署会。

同年2月29日,校党委中心组召开理论学习会,学习传达省属高校党委书记座谈会和全省宣传工作会议精神。

3月12日,学校召开全校处级领导班子任期目标制定工作动员部署会。

3月28日,学校组织召开创先争优工作专题动员部署会。

29日,安徽省委教育工委书记、教育厅厅长程艺来校宣布省委的决定:刘新跃同志任安徽师范大学党委委员、常委、副书记。3月31日至4月1日,学校召开论证会,集中审核全校处级领导班子任期目标。

4月16日,学校召开专题会议,推选2010—2012年全省创先争优先进基层党组织、优秀共产党员。24日,学校召开校级领导班子和领导干部2011年度考核大会。

5月21日至22日,全国创先争优理论研讨会在北京召开。校党委副书记刘新跃作为安徽省高校唯一代表应邀参加大会并在小组交流会上介绍了学校开展创先争优活动情况及创先争优理论研究成果。23日,学校召开处级干部大会,与各部门、各单位签订处级领导班子任期目标责任书、安全稳定工作目标责任书和新一轮党风廉政建设责任书。

6月21日,学校召开评审会议,评选2010—2012年创先争优先进基层党组织、优秀共产党员和优秀党务工作者。27日,学校召开创先争优活动表彰暨"保持党的纯洁性,迎接党的十八大"主题教育实践动员大会。

7月26日至8月14日,学校举办处级干部党性教育专题培训班。

8月4日,学校举行新任处级干部集体谈话和送任会。29日,学校召开保持党的纯洁性主题教育实践活动汇报交流会。

10月31日,学校处级干部"发展战略"高级研修班开班典礼举行。

11月14日,央视"新闻30分"播出采访党的十八大代表房玫的画面,栏目记者就党的十八大报告中提出的"美丽中国,全面建设小康社会"这一话题对房玫进行了访谈。20日,学校召开院级党组织换届工作专题培训会。

12月28日至29日,学校召开第九届党代会第四次会议暨七届教代会第三次会议。30日至31日,学校召开处级干部述职测评大会。

2013年1月28日,学校领导班子召开以"认真贯彻落实党的十八大精神,保持党的先进性和纯洁性"为主题的民主生活会。

同年3月15日,学校设立分会场,集中收看2013年全省教育系统党风廉政建设工作视频会议。

4月26日,学校召开校级领导班子和领导干部2012年度考核大会。

7月12日,学校召开党的群众路线教育实践活动动员大会。省委教育实践活动第十八督导组组长、安徽大学督导员叶华到会指导。

8月3日,学校举行党的群众路线教育实践活动专题报告会,省委宣传部副部长徐东平应邀作了学习习近平总书记一系列重要讲话精神的辅导报告。1日至4日,校党委中心组举行集中学习会。16日,学校党的群众路线教育专题培训班开班。

9月30日,校党委中心组举行专题学习会,教育科学学院副院长、高教研究所副所长阮成武教授应邀作《彰显教师教育办学特色:机遇、挑战与路径》专题讲座。

10月18日,安徽省委教育工委书记、教育厅厅长程艺来校参加校级领导班子专题民主生活会。10月27日至11月6日,学校各院级党组织陆续召开处级领导班子专题民主生活会,聚焦“四风”问题,开展批评与自我批评。

12月4日,安徽省委第十七督导组来校开展互学互查活动,推动整改落实、建章立制环节工作。18日,校党委中心组召开扩大学习会,专题学习党的十八届三中全会精神。27日至28日,学校召开第九届党代会第五次会议、七届教代会第四次会议。

2014年1月8日,学校举行处级领导班子及成员年度和任期目标届中考核集中述职测评。

同年1月25日,学校召开党的群众路线教育实践活动总结大会,安徽省委第十八督导组组长叶华出席会议并讲话。

2月26日,第二十一次全省高校党建暨2014年度高教工作会议在合肥召开。校党委书记顾家山参加会议,并作了题为《突出四个引领,优化大学生思想政治教育方法路径》的交流发言。27日,学校教育实践活动督导组对校内教育实践活动140项整改任务尚未全面完成的单位进行集中督查。

4月25日至6月4日,学校举办学习习近平总书记系列重要讲话和十八届三中全会精神处级干部培训班。

8月26日,安徽省委教育工委常务副书记高开华一行来校宣布省委、省政府关于学校领导班子调整的决定:李琳琦同志任安徽师范大学党委副书记;朱家存、毕明福两位同志任安徽师范大学党委常委、副校长。

9月19日,学校举办党代会常任制和党代表任期制专题培训会。9月27日至28日,中共安徽师范大学第十次代表大会召开。顾家山同志当选党委书记,程度同志当选纪委书记。

10月25日,学校百名大学生党支部书记专题培训班开班。

11月7日,学校召开党委中心组扩大学习会,传达学习党的十八届四中全会精神。

12月9日至11日,安徽省委常委、宣传部部长曹征海来校蹲点调研,详细了解部校共建传媒学院工作推进情况,探讨加强马克思主义新闻观教育的新思路、新举措。24日,校党委中心组举行扩大学习会,专题学习中共中央《关于党内政治生活的若干准则》和习近平总书记在党的群众路线教育实践活动总结大会上的重要讲话精神。22日至26日,校领导分别主持召开2014年民主生活会征求意见座谈会。

2015年1月22日,学校召开2014年度党委领导班子民主生活会。安徽省委教育工委常务副书记高开华、省委第十八督导组组长叶华等到会指导。

同年3月3日,学校召开2015年党风廉政建设工作会议。4日,校党委理论学习中心组召开专题学习会,传达学习全国、全省主要领导干部专题研讨班精神。20日,学校学习贯彻十八届四中全会和校第十次党代会精神专题培训班开班。

4月3日,学校召开专题会议,动员部署"正风肃纪 排查整治"专项行动。11日,安徽省委常委、宣传部部长曹征海来校作题为《中国特色社会主义新闻传播理论探索》辅导报告。

5月14日,校党委理论学习中心组召开专题学习会,传达学习中央、省委《关于在县处级以上领导干部中开展"三严三实"专题教育方案》等文件精神,动员部署学校"三严三实"专题教育工作。20日,学校召开"三严三实"专题教育党课报告会,校党委书记顾家山在会上作专题报告。

6月16日,学校召开专题会议,评选先进基层党组织、优秀共产党员和优秀党务工作者。24日,安徽省委组织部部务会成员、副巡视员、人才工作处处长谭用发一行来校调研,督导"三严三实"专题教育、组织系统"弘扬沈浩精神,建设模范部门"主题实践活动和上半年组织工作。

7月7日,学校召开汇报评审会议,评选首届思想政治教育先进集体、先进工作者及十佳辅导员。当日,学校召开"正风肃纪 排查整治"专项行动督查汇报会。

10月20日,安徽省纪委纪律审查工作调研组杨新华处长一行来校就党风廉政建设情况进行专题调研。

11月10日,校党委中心组举行专题学习会,马克思主义学院张正光教授应邀作题为《为确保全面建成小康社会勾画蓝图——党的十八届五中全会精神解读》辅导报告。

12月11日,学校召开中层领导班子和领导人员考核与换届工作动员大会。25日,学校召开院级党组织书记抓基层党建工作述职评议大会。31日,学校召开中层领导班子和领导人员任期届满考核集中述职测评大会。

2016年1月6日,学校党委领导班子召开“三严三实”专题民主生活会。20日,中共安徽师范大学第十届代表大会第二次会议举行。27日学校举办中层领导人员(正职)任前短训班。

同年2月24日,学校召开2016年党风廉政建设工作会议,并举行党风廉政建设责任书和安全稳定工作目标责任书签订仪式。

3月30日,校党委理论学习中心组举行专题学习会,马克思主义学院路丙辉教授应邀作题为《数字·热词·理念——“两会”政府工作报告解读》辅导报告。

4月8日,2015年度学校领导班子和领导干部综合考核工作大会召开,省委第十八考核组对学校2015年度事业发展和党建工作进行综合考核。4月29日至5月13日,学校举办党支部书记“两学一做”学习教育专题培训班。

5月9日,安徽省委第十八考核组来校反馈学校领导班子和领导干部2015年度综合考核结果。10日,校党委理论学习中心组召开(扩大)学习会,传达学习2016年全省高教工作会议精神;学校召开院级党组织主要负责人会议,对全校“两学一做”学习教育进行再动员、再部署、再强调。

6月30日,学校举行庆祝中国共产党成立95周年专场音乐会《永远跟党走》。

7月9日,校党委理论学习中心组召开专题学习会,传达学习省委巡视工作领导小组办公室关于巡视工作动员部署会议精神,部署省委巡视组来校开展巡视相关工作。18日,校党委召开巡视工作动员会,安徽省委第三巡视组组长成浩作巡视动员讲话。

8月23日,学校“两学一做”基层党务工作者党性教育专题培训班在井冈山开班。

9月29日,中共安徽师范大学第十次代表大会第三次会议召开,选举产生学校出席省第十次党代会的代表。

10月21日,安徽省委第三巡视组向安徽师范大学党委反馈专项巡视情况。28日至29日,学校召开专题会议,集中审核论证全校中层领导班子任期目标。

11月4日,学校召开全校处级干部大会,动员部署巡视整改工作。11日,校党委理论学习中心组召开扩大学习会,传达学习党的十八届六中全会精神和省第十次党代会精神;学校召开新一届中层领导班子任期目标责任书签订大会。

12月2日,学校召开工作会议,推进巡视整改工作、专项治理"管党治党宽松软"问题、布置"讲看齐、见行动"学习讨论工作。28日,学校召开"管党治党宽松软问题"专项治理工作推进会。

2017年1月5日,安徽省高校"管党治党宽松软问题"专项治理督查组来校开展督查工作。9日,学校召开中层领导班子及领导人员年度考核集中述职测评大会。12日,学校召开党委扩大会,进行院级党组织书记抓基层党建工作述职评议。16日,学校党委领导班子召开2016年度民主生活会。

同年2月22日,由省委巡视整改工作领导小组和省委教育工委组成的联合督查组来校开展"管党治党宽松软问题"专项治理督查工作。25日,全省高校思想政治工作会议在合肥召开。校党委书记顾家山在会上作题为《坚持"四个突出",构建"四个体系",在改进中加强思政理论课建设》交流发言。

3月3日,学校召开"管党治党宽松软问题"专项治理工作总结提高推进会。28日,学校召开专门会议,协调推进学习贯彻全国、全省高校思想政治工作会议精神。

4月21日,学校召开"四个专项治理"工作布置会,对"小金库"专项治理"回头看""基建采购突出问题专项治理""科研经费规范管理专项治理""师德师风专项治理工作"作出专题布置。

5月4日,学校召开党委理论学习中心组学习会,传达学习贯彻习近平总书记关于推进"两学一做"学习教育常态化制度化重要批示精神和中央推进"两学一做"学习教育常态化制度化工作座谈会会议精神以及安徽省委推进"两学一做"学习教育常态化制度化工作电视电话工作会会议精神。10日,学校召开基层党组织标准化建设动员部署暨培训会。11日,校党委理论学习中心组深入马克思主义学院围绕学习贯彻全国高校思想政治工作会议精神开展专题调研学习。12日,学校学习贯彻十八届六中全会暨全国全省高校思想政治工作会议精神培训班开班。25日,学校"两学一做"督导组5个督导小组对院级党组织开展专题督导工作。